KB089562

내 직업을 소개합니다 1

리얼 스토리 1

리얼 스토리 1

내 직업을 소개합니다 1

2021년 7월 20일 **1판 1쇄 인쇄** | 2021년 7월 31일 **1판 1쇄 발행**
글 우경하, 한정숙, 김현용, 조유나, 김정은, 안귀옥, 이은주, 장여진, 전인숙,
남기태, 기윤희, 홍정화, 양선선, 이송비, 권한나
편집 조기웅 | **디자인** 기린반 | **교정교열** 김지원

펴낸이 차여진 | **펴낸곳** 숨 | **등록번호** 제406-2015-000048호
문의 050-5505-0555 | **팩스** 050-5333-0555 | **홈페이지** www.soombooks.com

979-11-88511-11-2 (04810)
979-11-88511-13-6 (세트)

차례

프롤로그

인생을 살면서 가장 큰 축복 중에 하나는 나와 잘 맞는 일과 직업을 만나는 것이라고 생각합니다. 나와 매우 긴 시간을 함께하며 그 안에서 다양한 삶의 희로애락을 느낄 수 있기 때문입니다.

15년간의 직장 생활을 마감하고 1인 기업으로 사업을 시작한 지 2년차가 되었습니다. 처음 해보는 사업이기에 힘도 많이 들었고 다양한 시행착오를 거치면서 지금의 자리에 와 있습니다. 저는 매일 블로그에 글을 쓰고 책을 만들고 강의와 모임 및 다양한 프로그램들을 기획하고 있으며 1인기업협회를 운영하고 있습니다. 전자책과 종이책을 모두 해서 60권 정도 냈고 작가 강사 1인 기업가가 되고 싶어 하는 분들에 도움을 주는 일을 하고 있습니다.

1인 기업으로 사업을 하면서 다양한 직업을 가진 분들과 인연이 되었습니다. 주변에 다양한 직업을 가진 분들이 많았고 책 관련 일을 하고 있었기에 우리의 다양한 직업을 필요한 누군가에게 알리고 싶다는 마음이 들었습니다. 자신의 일과 직업에 대해 많은 분이 자부심과 가치를 갖고 있었기에 그것들을 표현하고 싶었습니다. 또한 우리의 길을 가려는 분들이 많다는 것을 압니다. 이런 이유들로 청소년, 대학생, 취준생 분들에게 현실적으로 직업 선택에 도움이 될 다양한 직업의 현실적인 이야기를 담은 공동 저서를 기획하게 되었습니다.

모든 일에는 빛과 그림자, 장점과 단점 그리고 음과 양이 있기에 좋은 면도 있을 것이고 나쁜 면도 있을 것입니다. 1인 기업을 시작하기 전 여러 직업을 거치면서 다양한 이유로 인해 힘들고 어렵게 들어온 직장을 금방 그만두는 사람들을 보며 안타깝다는 생각이 들었고, 회사와 본인 모두에게 시간과 에너지 낭비라는 생각이 들었습니다.

밖에서 보는 것과 안에 들어가서 실제로 내가 해보는 것에는 큰 차이가 있습니다. 저는 직업 선택에 있어 고민을 하는 분들에게 실제로 그 직업을 가진 사람들이 그 직업을 갖게 된 이유 사연, 그 직업을 갖기 위해 한 공부와 만난 사람들, 그 직업의 현실적인 장점과 단점 그리고 비전들에 대해서 진솔하게 담을 수 있는 책을 만들고 싶었습니다. 그것이 인생을 먼저 산 선배이자 어떤 직업을 먼저 경험한 사람들이 해야 할 역할이라는 생각이 들었기 때문입니다.

이 책을 통해 다양한 직업을 소개하고 우리들의 직업을 원하는 분들에게 현실적으로 유익한 도움이 되는 길잡이가 되었으면 하는 마음입니다. 또한 힘들게 들어간 직장을 금방 그만두는 사람들이 줄어들었으면 하는 바람입니다. 책을 만들면서 저 또한 저의 직업의 의미와 비전을 생각해보는 귀한 시간이 되었고 함께 공동 작업을 한 대표이자 작가님들도 모두 같은 마음이었을 것이라고 생각합니다.

귀한 책을 세상에 나오게 도와주신 출판사 숨 차여진 대표에게 감사의 말을 전하고 함께 집필 작업을 해주신 29분의 작가님들에게도 감사의 인사를 전합니다. 또한 귀한 추천사를 남겨주신 홍석기 교수님과 김형환 교수님께 깊은 감사의 말을 전합니다.

아울러 이 책을 통해 많은 분이 정말 자신이 하고 싶은 일, 좋아하는 일을 하면서 성장하고 인생을 재미있고 즐겁게 살았으면 하는 마음입니다.

1인기업협회 나연구소그룹 대표

우경하 드림

추천사

김형환 교수

혁신적이고 창의적인 기발한 성과물

2019년 8월 우경하 대표님을 처음 뵈었을 때가 생각이 나네요. 일에 치어 자신을 찾고 싶다며 상담을 요청하실 때만 해도 그냥 고민 많은 직장인이었다고나 할까요? 지금의 열정 가득한 용기 넘치는 모습은 솔직히 찾아보기 힘들었습니다. 그 이후의 과정을 함께하며 우경하 대표님의 놀라운 강점들을 바라보게 되었습니다. 한 사람의 변화라기 보다는 내재되어 있는 자신의 보석을 하나씩 들어내어 찍어 가공하며 기회로 만드는 모습에 놀라움을 금하지 않을 수 없었습니다.

그의 비전을 1인기업협회로 단숨에 시작하는 실행은 지금도 기억에 생생합니다. "도대체 누구와 함께 하려고?" "무엇을 어떻게 시작하려는 걸까?"라는 걱정과 의심은 그의 실행력 앞에 눈 녹듯 사라지고 한 사람, 한 프로젝트, 한 계단, 한 열정으로 채우는 한 모습들에서 성공을 예감할 수밖에 없었습니다. 다양한 분들의 의기투합은 세상을 바꿀 듯 혁신적이었고 그 한 분 한 분과의 밀접한 관계는 가족과도 같았습니다. 더욱이 그분들과 함께 시작한 직업을 소개하는 책 작업은 아무도 생각지 못한 창의적인 제안이자 모두를 승자로 만드는 기발한 전략일 수밖에 없습니다.

직업을 영어로 표현한 단어 중 하나가 바로 Calling입니다. 직업은 어쩌면 이미 나에게 주어진 소명일 수도 있습니다. 하지만 많은 분들 특히 청년들은 자기만의 기준도 아닌 보편적이고 사회적인 오해를 기준으로 삼다가 제때 일을 선택하지도 못하고 시간을 지지부진하게 보내는 경우가 많습니다. 돈이 안 된다는 직업? 일이 많다고 하는 직업? 위험하다는 직업, 남에게 표현하기 어려운 직업? 부모님의 체면에 손상이 간다고 하는 직업 등의 복잡한 편견이 일에 대한 오해를 낳기도 합니다. 이런 상황에서 자신의 직업에 관한 경험과 의미 그리고 비전을 나눈다는 것 자체 만으로도 이 시대에 한 줄기 희망을 보여주는 것이라고 생각합니다.

이 책을 통해 세상을 바꿀 의미 있는 직업의 주인들이 더 큰 자존감을 갖고 더 많은 사회적 가치를 만들어낼 것임을 믿습니다. 우경하 대표님 한 분의 꿈으로 시작한 이 사업이 더 많은 우경하를 만들며 행복하고 자유로운 1인기업들의 귀한 출발점이 될 것입니다.

1인기업협회 화이팅!

__ 김형환

1인기업CEO 실전전략스쿨 주임교수, 스타트경영캠퍼스 대표, 전 한국능률협회 컨설팅, 한국무역협회아카데미 교수. 저서『죽어도 사장님이 되어라』,『1인기업과 미래트렌드』,『CEO 위기보다 강해져라』

010-8410-2199 | kimhhcn@naver.com

추천사

홍석기 교수

베스트 셀러보다 좋은 책

쇼펜하우어는 그의 저서 『문장론(文章論)』에서 “독자들의 시간과 돈을 아깝지 않게 쓰라”고 했습니다. 서점 나들이를 하면서 책을 고를 때 실망할 때가 많습니다. 특히, “베스트셀러”라고 올라 온 책들 중에 베스트가 아닌 책들을 발견하는 경우엔 작가 이름과 경력을 다시 살펴보면서 실망을 합니다. 일부 정치인이나 대학 교수들이 쓴 책 중에 쓸모도 없고 별 볼 일 없는 글이 너무 많습니다. 책을 만드는 데 쓰인 나무가 아깝기도 하고, 서점을 오염시킬 뿐만 아니라 독자들의 마음에 상처를 주는 듯한 느낌이 듭니다. 순수하고 진솔한 글이 나오기를 기다리고 있었습니다.

"코로나 대유행(Corona Virus Pandemic)"이 전 세계인들에게 고통과 피해를 주면서 많은 사람들이 "정신적 건강의 위기(Mental Health Crisis)"에 빠지고 있다고 합니다. 이럴 때 바로 필요한 것이 "정서와 감정의 안정적 관리"가 아닌가 생각하는 바, 그 비결은 독서, 글쓰기, 그리고 음악 감상이라고 합니다. 베토벤이나 모차르트의 아름다운 피아노협주곡을 들으며, 러셀의 철학이나 고흐의 편지를 읽으면서 "인문 예술의 향연"을 즐긴다면 이보다 더한 행복이 어디 있겠습니까?

때를 같이 하여 우경하 작가님께서 글을 쓰고자 하는 분들을 모아, 멋진 작품을 내신다고 하니 얼마나 반갑고 감사한지 모르겠습니다. 많은 분의 원고를 읽으며 감탄을 했습니다. 이름 없는 작가들이 처음 쓰는 글이라 어설플 거라고 했지만, 꾸밈없이 순수한 마음으로 쓴, 최고의 글이라는 생각이 들어 단숨에 다 읽고 다시 읽었습니다. 청소년, 대학생, 취업을 준비하는 분들을 위해 다양한 직업을 가진 분들의 현실적인 내용과 경험을 골고루 담아, 직업 선택에 유익한 도움을 주고자 했다는 우경하 작가의 집필 의도와 철학에 감동을 받았습니다.

글을 쓰고 싶은데 용기가 나지 않거나, 책 한 권 내고 싶은 갈증을 느끼는 분들을 모아 "멋진 책" 한 권 내자는 일념으로 시작한 "아마추어들의 책 쓰기" 작업은 성공입니다. 부사 형용사로 꾸미려 하지 않고, 앞뒤 가리지 않으면서 순수한 생각과 경험을 나열한 이 책의 모든 글은 "최고의 문장력을 자랑하는 명문(名文)"이었습니다.

인생 조율사로 살고 싶다는 피아노 조율사의 글을 읽으며, 쇼팽과 브람스의 피아노 협주곡을 좋아하는 필자는 집에 있는 피아노가 어떻게 이렇게 아름다운 소리를 낼 수 있는지를 다시 생각했습니다. 30년 동안 지구 30바퀴 거리를 달리며 7만여 대의 피아노를 조율하고 수리하면서 각 가정마다 "인생을 조율해야 한다"고 강조하는 작가는 기능사의 열정과 소통이 왜 중요한지를 너무나 잘 설명하고 있습니다. 저도 이제부터 인생의 하루하루를 조율하고 조정하면서 수시로 값진 삶이 되도록 살겠습니다.

지겹고 어려워서 읽기 싫은 책을 즐거운 놀이로 전환하여 어린이들이 책에 빠질 수 있도록 한 "책 놀이 프로젝트 전문가"의 글을 읽으며, 지금까지 자녀와 이웃들에게 얼마나 무식한 방법으로 책을 읽어야 한다고 강조를 하고 있었는지 반성을 합니다. 다양한 직업을 거치면서 자기를 발견하고 후회를 하고, 또 다른 길을 찾은 직업 상담사의 글은 더욱 많은 분들에게 구체적인 지침을 주고, 실수와 오류가 반복되지 않도록 도움을 줄 것입니다.

더 많은 글들이 엮이고 더 좋은 생각들이 표현되고 생성되어, 누군가에게 큰 지침이 되기를 기대합니다.

303명의 작가들을 인터뷰해서 쓴 책 『작가라서(파리리뷰 刊)』 중에 "내 책을 세 명만 제대로 읽어 준다면 충분하다"는 글귀가 떠오릅니다.

__ **홍석기**

코리안리 재보험 근무, 한국강사협회 회장 역임, 대학 강사, 기업교육 전문강사

저서 『오늘도 계획만 세울래』, 소설 『시간의 복수』 외 4권, 번역 『글로벌 코스모 폴리탄』 외 2권

010-6398-1251 | skhong33@naver.com

각자의 영역에서 최선을 다하는 전문가들의 진솔한 이야기가 그 길을 걸어갈 후대의 누군가에게 등불이 되어주리라 생각합니다. 오래오래 등불이 되어 길을 밝혀주는 책이 되길 기원합니다.

버터플라이인베스트먼트 신태순 대표
entrepreneur@kakao.com

청소년, 대학생, 그 외 취업 준비생의 필독서가 될 "30인의 리얼 직업 스토리" 출판에 즘하여 공동 저서에 참여한 1인 기업인과 출판에 총괄 지휘를 한 우경하 대표께 감사를 드리며 만연한 취업난으로 힘들어하는 모든 이들에게 소망의 책으로 베스트셀러가 될 것을 직감하며 적극 추천하는 바입니다.

디지털노마드세상 이기인 대표
010-3950-1189 | pacificsp@naver.com

한 분 한 분 소중한 자신만의 삶의 스토리. 직장과 사업의 영역, 직업인으로서의 경험과 노하우를 이렇게 진솔하게 표현하기는 쉽지 않을 것이다. 현장의 이야기를 경험을 통해 진솔하게 풀어낸 우리 모두의 이야기가 여기에 있다. 새로운 길을 시작하는 분들은 꼭 읽어야 할 책이다.

생따연구소 김일 대표
010-2223-8024 | ik66@naver.com

쉽게 경험해 볼 수 없는 다른 분야 전문가들의 생생한 현장 스토리와 그들만의 노하우를 간접 체험할 수 있는 책이다. 사회생활을 시작하는 청년들, 새로운 삶에 도전하는 장년들, 100세 시대의 인생 2막을 준비하는 중년들 모두에게 도움이 될만한 책이라 확신한다.

딱쉬운마케팅 우주보스 김민욱 대표
010-4511-4447 | woojooboss@naver.com

이 책은 오롯이 세상을 향해 빛이 되고자 하는 소명을 띤 다양한 직업인 30인이 분야별 전문성과 자신이 가지고 있는 경험과 노하우를 공개하며 감동시켰다. 읽을수록 가슴에 와닿는 생생한 경험과 작가들의 비전을 응원하며, 이 책을 통해 읽는 이들에게 일과 삶의 의미와 가치를 찾아가는 데 충분한 참고서가 될 것이다.

인생디자인학교 인생코치 한만정 교장
010-9003-7939 | mchan403@hanmail.net

이 책은 주어진 대로 사는 것을 넘어서 스스로 자기 일을 만들어 나아간 분들의 진솔하고도 담백한 이야기들이 펼쳐진 책이다. 각자의 다른 삶의 여정 속에서 생생한 직업의 다양한 이야기가 펼쳐지기에 나만의 일을 찾고 있는 이들에게 반드시 필요한 책이다.

브랜딩포유 장이지 대표
070-4101-8253 | brandingforyou100@gmail.com

직업은 사라지기도 하고 변하기도 한다. 미디어 세대에 청소년의 관심을 끌 수 있는 직업과 좋아하는 일을 선택해서 열정적인 삶을 살아가는 작가님들이 삶! 그 삶을 통해 다양한 시각으로 직업을 바라보고 인생을 배울 수 있는 책이다. 무엇을 해야 할지 몰라 방황하는 청소년들에게 직업을 소개하고 마음을 다독여주는 따뜻한 선물과도 같은 책이다.

꿈키움고찌허게교육원 한미경 대표
010-7754-5841 | amore-jeju@naver.com

제가 읽은 책 중에 제 인생을 바꿀만큼 큰 영향을 준 책이 고등학교 때 읽었던 〈일본의 직업〉이라는 책이었어요. 그 책을 읽고 세상에는 내가 알고 있는 것보다 훨씬 더 다양한 직업이 있다는 것, 세상이 아주 넓다는 것을 알고 '우물 안 개구리'처럼 살고 있는 자신에 대해 많은 생각을 했어요. 이 책이 많은 이들에게 넓은 세상, 다양한 직업을 보여주는 길잡이가 될 것이라고 확신합니다.

생각연필 오애란 대표
010-2568-1811 | aspi919@naver.com

사회 각층의 전문인들이 하모니를 이루어 글을 쓰는 일은 매우 가치 있는 일이다. 이들의 인생이 책이 되는 순간, 1인기업협회의 초석이 되고 역사가 될 것이다. 1인 기업가에게 교과서 같은 책이 되길 바라며 기쁨으로 일을 감당하는 우경하 대표께 진심으로 존경하는 마음을 보낸다.

윈윈시대 윤숙희 대표
010-9873-2557 | mss4007@naver.com

직업과 직장을 선택하는 데 있어 다양한 업종을 먼저 만나고 간접적으로 체험하는 것은 중요한 일이다. 팬데믹 코로나19의 영향으로 많은 직업이 사라지는 시기가 앞당겨졌다. 사라짐과 동시에 새로운 직업들이 생겨난다. 앞으로 어떤 직업들이 살아남을까?
먼저 생생하게 경험하고 체험한 30명의 직업을 가진 작가들 이야기를 통해 직업 선택에 후회가 없고 N잡러의 삶을 살아가는 데 있어 도움이 되리라 확신한다.

한국십시일강예술교육협회 김형숙 대표
010-4719-7932 | suki2024@naver.com

자신이 좋아하는 일, 하고 싶은 일을 할 때 가장 행복하다고 생각합니다. 앞으로 하고자 하는 일, 현재 하고 있는 일이 방향을 잡을 수 없을 때 이 책을 꼭 읽어 보라고 권하고 싶습니다. 끊임없는 시도와 도전은 '나'를 찾아가는 방향을 제시할 겁니다.

다양한 일과 직업을 접한 30인의 피와 땀과 눈물이 담긴 이 책. 독자들의 인생 길잡이가 될 것이라 믿습니다. 1인기업협회 우경하 대표님의 추진력과 선한 영향력에 늘 감탄하며 배우고 있습니다.

그 진실성과 진정성은 이 책에 고스란히 담겨 있습니다. 독자 여러분이 선택한 일과 직업. 하늘을 높이 나를 수 있는 미래를 힘차게 응원하겠습니다. 감사합니다.

GI에듀 김규인 대표
010-7121-9030 | vnfvnf1113@naver.com

진로를 고민할 때 우리는 많은 고민을 합니다. 이 책은 먼저 걸어간 인생 선배님의 다양한 직업 이야기가 한 분 한 분 자세하게 담겨 있어 직업에 대한 사고를 확장시켜 줄 수 있을 것입니다. 어떤 진로 결정이 잘했고, 못한 것은 없습니다. 여러분이 선택한 현재의 일을 사랑하게 되길 기원하며, 고민에 도움이 되는 책이 되길 바랍니다. 기억하세요. "여러분들 모두가 각자 한 권의 소설입니다."

꿈실현연구소 서혜은 대표
shecutty@naver.com

1인 기업이 가장 거대한 기업이다

우경하

15년간의 직장 생활을 마감하고 21년 4월 1일부터 1인기업으로 사업을 시작했다. 모두의 '나'가 세상에서 가장 소중하다는 가치를 전하고자 나연구소를 설립했고 1인기업협회, 한국작가협회, 출판사 인생이변하는서점, 쇼핑몰 나사랑마트, 월천사모/월천그룹을 운영하면서 자유롭고 행복한 1인기업가의 길을 걸어가고 있다.

하고 싶은 일만 하며 살고 좋아하는 사람만 만나며 살고 싶고 될 수 있는 최고의 내가 되어 내일 죽어도 후회 없는 인생을 사는 꿈을 실천하고 있다.

_ 우경하

- 직장생활 15년, 2020년 4월 1일 1인기업 시작
- 나연구소그룹 회장
- 나연구소(소중한 나찾기) 대표
- 1인기업협회장 / 한국작가협회장
- 나사랑마트(쇼핑몰) 대표
- 인생이변하는서점(출판사) 대표
- 월천사모 월천그룹 대표

dancewoo@naver.com
https://blog.naver.com/dancewoo
010-7533-3488

1인 기업이 가장 거대한 기업이다

내가 연봉 7천의 직장을 퇴직한 이유

12년간 근무한 마지막 직장은 LED 조명 제조회사였다. 영업부에서 근무했고 퇴직전 직급은 과장이었다. 퇴직 전 연봉은 6,300만 원이었다. 중소기업이었지만 복지가 좋은 회사였고 식대, 차량유지비, 야근수당, 회식비 등을 더하면 연봉이 7,000만 원 정도 되었다. 대기업 차장, 부장 정도의 급여였다. 그런 좋은 직장을 나는 왜 그만두었을까?

고향 안동에서 출세의 꿈을 안고 서울로 올라온 후 직장 생활을 15년 정도 했다. 서울 생활의 시작은 양천구 신정동의 한

고시원이었다. 처음으로 한 일은 동대문 두산타워 7층에 있는 빵집에서 반죽과 청소 등을 하는 아르바이트였다.

그 후 국비 지원 직업전문학교 실내디자인과를 거쳐 인테리어 회사에 취직했다. 이후 캐리어 자판기 영업, 유한킴벌리 대리점 납품, 얼음 회사 영업사원을 경험하고 마지막 직장이었던 LED 조명회사에서 약 12년간 영업 관리 업무를 했다.

힘든 일이 있기는 했지만 20대 중반부터 30대 중반까지는 일이 재미가 있었고 무언가를 배우고 성장한다는 느낌이 들어서 좋았다. 월급도 계속 올랐고 생활 수준도 점점 좋아졌다. 마지막 직장인 조명회사는 일도 나와 잘 맞았고 사람들도 좋아서 12년을 안정적으로 다닐 수 있었다.

하지만 30대 후반이 되자, 상황이 달라졌다. 인생의 큰 벽을 만났고 혼란과 방황의 시기가 왔다. 살면서 보고 듣고 배운 대로 나름 열심히 살았지만 행복하지 않은 나의 모습을 만났다. 집에서 학교에서 사회에서, 남들에게 듣고 배운 대로 그대로 살았던 것 같은데 내 삶은 행복하지 않았고 나의 모습이 내가 원하는 모습이 아니었다. 내가 무엇을 잘못했는지 알 수가 없어서 답답했다.

회사에서 오래되고 직급이 올라갈수록 기대 부담감 책임감 등은 나를 무겁게 짓눌렀고 스스로 한계를 느끼게 되었다. 나를 위한 일이 아니라는 생각이 들었고 일이 재미가 없고 힘들었다. 오래 다닐 수 없을 것 같다는 예감이 들었다, 아니 오래 다니기

싫다는 감정이 내 안에서 계속 올라왔다.

이미 평생직장은 사라진 세상이었다. 직장은 언젠가는 나와야 하는 곳이라는 것을 알고 있었지만 다른 대안이 없었기에 마음이 답답했다. 무언가 새로운 다른 일을 하고 싶었지만 무엇을 해야 할지 막막했다. 직장생활만 해왔기에 창업, 사업 이런 것은 엄두가 안 났고 하더라도 무엇을 어디서부터 어떻게 준비해야 하는지 몰랐다. 그렇다고 남들처럼 큰돈을 들여 하는 치킨집, 식당, 편의점 등의 자영업을 할 수도 없었다. 폐업이 속출하고 빚만 진다는 이야기들이 너무도 많이 들려왔다.

그 당시 가장 힘들었던 것은 내가 나를 모른다는 것이었다. 내가 무엇을 잘하고 좋아하는지? 내가 어디에 가치를 두고 있는지? 내가 어떤 사람이 되어 어떤 인생을 살고 싶은지? 나는 나에 대해서 아무것도 모르고 있었다. 변하고 싶었고 달라지고 싶었다. 하고 싶은 일 좋아하는 일을 열정적으로 하면서 정말 한 번뿐인 소중한 인생을 즐겁게 재미있게 행복하게 살고 싶었다.

만나는 사람이 변하면 인생은 변한다. 나는 나와 내 인생을 바꾸고 싶었다. 나의 성장과 변화 그리고 자유와 행복을 위해 그동안 내 인생에 없던 사람들을 내 인생에 초대하기 시작했다. 기존에 내 인생에 있던 사람들은 가족 친구 직장동료가 전부였다. 그랬기에 시야도 생각도 좁을 수밖에 없었다.

내가 나의 성장과 변화를 위해 내 인생에 초대한 사람들은 젊은 사업가들이었다. 그들은 회사의 CEO, 대표, 작가, 강사, 코치들이었다. 그들은 생산자 무자본창업가 지식 콘텐츠 사업가 메신저들이었다. 그들은 내 인생에 없던 사람들이었다. 기존에 내가 봐왔던 사람들과는 달랐다. 자기 자신과 자신의 일을 사랑하고 있었다. 성장을 위해 공부하고 배우고 있었고 밝고 에너지가 넘쳤다.

그들은 처음 본 내 감정은 충격과 초라함이었다. "세상에 이런 사람들도 있구나!" 그들과 같은 인생을 사는 것이 나의 꿈이 되었고 목표가 되었다.

그들처럼 되고 싶어 그들을 만났고 그들의 생각을 배우고 행동을 따라했다. 그리고 몇 년간의 시간이 흘렀다. 그들과 함께하고 그들의 모습을 보며 점점 나도 그들에게 물들어 갔다. 4년의 시간이 흐른 뒤 어느 순간 그들과 같은 길을 걷고 있고 어깨를 나란히 하고 있는 내 모습을 만났다. 1인기업 사업가가 되었고 무자본 창업가 메신저가 되었다. 작가가 되었고 강사가 되었다. 나 자신도 이런 내 인생의 변화가 너무도 신비롭고 놀랍다.

매일 글을 쓰는 일이 나를 아는 일이고 운을 쌓는 일이라는 것을 알게 되어 블로그에 매일 글을 쓰기 시작했다. 나를 알고 싶어 내 마음을 관찰했고 수많은 질문을 하고 글로 쓰면서 나를 알아가기 시작했다. 그때부터 늘 밖으로, 남에게로 향하던 나의 관점이 안으로, 나에게로 바뀌기 시작했다. 내 안에 나라는 거대한 존재가 있음을 발견했고 내가 이 세상의 주인임을 알게 되었다. 언제나 생각과 믿음의 전환이 전부이고 나머지는 거들 뿐이다.

이런 질문 마음관찰 글쓰기를 통해 내 안의 나를 만났고 나를 알아간 경험으로 모두의 "나"가 가장 소중하다는 가치는 전하는 것이 나의 사명이라는 생각이 들어 〈나연구소〉를 설립했다.

그 과정에서 주변 사람들과 부딪침이 있었다. 특히 아내는 내가 가고자 하는 길과 나를 매우 불안하게 바라보았다. 아내는 이상한 소리를 한다면서 나를 '무언가에 홀린 사람 같다'고 했다. 그럴 만도 했다. 자신이 보기엔 매우 안정적이고 꼬박꼬박 월급도 잘 나오는 회사를 그만둔다고 하니 한편으로는 이해도 갔다. 나라도 그랬을 것 같다. 맞다. 나는 신세계에 홀린 사람이었다.

이런 일들도 하고 싶은 일만 하며 인생을 즐겁고 재미있게 살고 싶다는 강한 내 마음과 의지가 그런 모든 것들을 잘 견디게 도와주었다. 언제나 의지는 방법을 이긴다.

1인 기업의 현실과 필요한 마인드

지난 1년간 나에게 일어난 일들은 마치 롤러코스터를 타는 것 같았다. 다양한 극과 극의 감정을 경험했다. 15년간의 직장생활을 마감하고 20년 4월 1일부터 사업을 시작했고 만 1년 3개월이 되었다. 참으로 많은 일이 있었고 다양한 사람들을 만났다. 새로운 일을 도전하고 시행착오를 겪으며 여기까지 왔다.

요즘 들어 최근에 나를 알게 된 사람들이 내가 하는 일들을 신기해하고 때론 부러워하면서 나에게 많은 질문을 한다. 그 마음을 너무도 잘 안다. 내가 그랬으니까. 놀랍고 신비하고 놀라웠으니까. 하지만 그분들의 접근과 시작이 나와 그리고 우리와는 다르다는 것을 알기에 어디부터 설명해야 하나 조바심이 나고 답답함을 느낀다. 나의 시작은 내가 하고 싶은 일을 하며 인생을 즐겁고 재미있게 그리고 죽을 때 후회 없이 사는 것이었다. 반면 그분들의 질문은 "책 쓰면 얼마나 버나요?", "강의하면 돈 되나요?", "스마트스토어 하면 먹고 살 수 있나요?"라고 묻는다. '그런 방향으로 접근하면 금방 지칠 텐데' 하는 생각이 들기 때문이다.

돈의 가치와 현실을 외면하는 것이 아니라 하고 싶은 일을 하며 돈도 잘 버는 우선순위에 대한 이야기다. 내가 정말 하고 싶은 일이고 좋아서 하는 일이라면 힘든 시기도 희망을 가지고 견딜 수 있지만 단순히 돈만을 쫓다 보면 금방 지치고 포기하게 된다. 무슨 일이든 시간과 에너지와 비용이라는 인풋이들어가야 결과와 성과라는 아웃풋이 나온다. 달도 차야 기울고 기운도 응축 되어야 터진다.

주위에 보면 돈은 많지만 불행한 사람들도 많이 있다. 내가 원하는 것은 돈 시간 사람 일로부터 자유롭고 행복한 사업가가 되는 것이다. 내가 하고 싶은 일, 좋아하는 일을 즐겁고 재미있게 하면서 나의 존재가치로 인해 세상이 아름다워지고 사람들이 행복해진다면 그에 따른 보상은 자연스럽게 따라온다고 믿고 있고 실제로 경험하고 있다.

17년 5월부터 1인 기업, 무자본창업, 지식 콘텐츠 메신저 사업에 눈을 떴고 생산자의 개념을 알게 되어 블로그에 글을 쓰기 시작했다. 매일 글을 써왔고 다양한 사업가들을 만나며 배움을 얻어 왔지만 1인기업을 하며 초반에 월급만큼의 수익을 낸다는 것이 참으로 어려운 일이라는 것을 실감했다.

핑계일 수 있지만 직장을 다니면서 무언가를 준비한다는 것은 쉽지가 않았다. 안정된 수익 구조를 만들어 놓고 퇴사하는 것이 제일 좋기는 하다. 주변에서 퇴사하기 전에 어떤 식으로든 월급만큼은 아니어도 어느 정도 고정 수익을(100만 원이라도) 만들어 놓고 그만두라는 말을 많이 들었다. 잘하는 사람들은 직장 다니면서 투잡과 부업으로도 돈을 잘 번다고 하는데, 나에게는 직장을 다니는 것도 버거웠기 때문에 쉽지가 않았다.

나이 40이 넘어가고 시간이 계속 갈수록 마음이 무거워지고 불안해졌다. 이대로 망설이기만 하다가 40대 중반이 되면 정말 무언가를 새롭게 시작할 용기가 생기지 않을 것 같았다. 지금이 아니면 내가 빠진 늪에서 도저히 빠져나올 수 없을 것 같다는 불안함과 두려움에 더 이상 미루면 안 될 것 같다는 생각이 들었다. 가보지 않은 길이기에 두렵고 무서웠지만 어떻게든 되겠지, 죽기야 하겠나 하는 마음으로 나를 던졌다. 다행히 죽지는 않았다!!

무엇보다 정말 내가 하고 싶은 일, 좋아하는 일, 잘하는 일을 하면서 숨겨진 나의 잠재력과 가능성을 최대한으로 끌어내고 싶었다. 최고의 내가 되어 인생을 즐겁고 재미있게 살고 싶었다. 죽을 때 후회 없이. 지금 용기내어 도전하지 않고 예전처럼 행동으로 옮기지 못한다면 평생 동안 두고두고 후회할 것 같았다. 과감하게 용기를 내었다. 모험이었고 일탈이었다.

사업을 시작한 1년 동안 다양한 감정의 변화를 겪었다. 초반에는 직장을 퇴사했다는 홀가분한 마음과 무언가 할 수 있다는 희망이 겹쳐 자신감이 대단했다. 그동안 쉼 없이 열심히 일해왔기에 조금은 쉬어도 된다는 마음도 있었다. 12년간 다닌 전 직장의 퇴직금도 6,000만 원이 넘었기에 한 1년 정도는 이 돈으로 생활도 하고 필요한 교육 등도 받으면서 나만의 수익구조를 만들어야겠다는 생각을 했다.

하지만 나만의 브랜딩과 콘텐츠 안정적인 수익구조를 만드는 것은 생각보다 쉽지 않았다. 대단했던 자신감과 여유도 6개월, 9개월이 넘어가자 마음이 초조해지고 조급해지고 불안해지기 시작했다. 스트레스가 쌓이기 시작했고 자신감이 점점 떨어졌다. 이런 나를 아내 역시 불안한 눈으로 바라보았다. 1인기업을 먼저 시작한 주변 분들에게 이런 고민을 이야기하면 다들 공통적으로 하는 말이 "조급함을 내려놓으세요"였다. 이제 사업한 지 채 1년도 안 됐는데 처음부터 큰 돈이 벌리고 안정적인 수익구이 나오지 않는 것은 당연한 일이니 너무 조급해 하지 말라는 말이었다. 그 말에 조금은 위안이 되었지만 불안한 마음은 가시지 않았다.

2월부터 시작한 〈하루만에 책쓰기〉를 통해 매주 1권씩의 전자책을 꾸준히 쓰면서 다양한 일들을 시도해보았다. 〈나는 강사다〉라는 강의 플랫폼, 〈나도 강사다〉라는 강사 양성 프로그램, 〈나도 작가다〉라는 책쓰기 프로그램, 독서모임, 글쓰기 모임 등을 기획하고 진행했고, 스마트스토어 위탁판매 대량 등록도 배워 제품도 올리고 판매해보았다. 그리고 〈하고 싶은 일만 하며 사는 법〉, 〈하루만에 책쓰기〉등의 강의도 했다. 주변 사람들이 놀랄 정도로 많은 프로그램을 만들었고 시도해 보았다. 많은 일을 했지만 안정적으로 수익화가 되지가 않았다. 그렇게 불안한 마음으로 하루하루가 흘렀다. 6,000만 원의 퇴직금은 1년도 안 된 연말이 되어가자 거의 바닥을 보였다. 기본적인 생활비 외에 교육비에도 많은 돈을 썼기 때문이다. 주변에 잘나가는 사업가분들과 비교하며 나 자신이 초라한 감정이 들었고 조급한 마음이 점점 커져갔다.

많은 고민과 갈등이 있었고 마음이 힘들었다. 무언가 새로운 변화가 필요하다는 생각이 들었다. 내가 무엇을 잘할 수 있을까? 나만의 콘텐츠는 무엇인가? 내가 사람들에게 줄 수 있는 것은 무엇일까? 사람들이 원하는 것은 무엇일까? 등의 많은 고민을 했다. 고민 끝에 올해 초부터 전자책 출판하고 네이버 인물 등록하기 강의를 시작했다. 나에게는 작년 2월부터 시작한 〈하루만에 책쓰기〉 프로그램을 통해서 전자책을 50권이 넘게 만든 경험과 그 책들을 〈유페이퍼〉라는 출판 싸이트를 통해서 ISBN 코드를 발급받아 알라딘, 예스24, 교보문고 등에 출판을 한 경험 그리고 그를 통해 네이버에 작가로 인물 등록을 한 경험이 있었다.

바로 블로그에 공지했고 사람들을 모아 4주짜리 프로그램을 시작했다. 예상외로 반응이 좋았다. 전자책과 네이버 인물등록에 대한 사람들의 관심이 크다는 것을 알게 되었다. 1기에 7분이 모였고, 2기는 5명, 3기는 4명, 4기에도 4명이 모였다. 블로그와 오픈 채팅방 등에 홍보했다. 함께 하신 분들의 책출판과 인물등록의 결과가 잘 나왔다. 꾸준히 하다 보니 오픈 채팅방을 운영하시는 분들이 자신들의 플랫폼에서 강의와 과정을 열자는 문의가 계속 들어왔고 1:1 코칭도 별도로 꾸준히 진행하고 있다.

최근 공동 저서 종이책 출판에 대한 아이디어가 떠올랐다. 30명의 인원을 모아 직업선택에 어려움을 겪고 있는 대학생, 취준생들을 위한 책을 기획했다. 제목은 〈내 직업을 소개합니다〉이고 부제는 〈30인의 리얼 직업 스토리〉다. 공동책은 개인책에 비에 비용과 분량의 부담이 적어 책을 내고 작가가 되고 싶은 분들에게 적합하고 수요가 많다는 것을 알게 되었다. 직업에 대한 책을 시작으로 시리즈로 해서 〈우리 엄마〉, 〈1인 기업〉, 〈마음의 병〉 등 다양한 주제로 이어서 공동 저서를 출판할 계획이다.

내 프로그램의 장점은 '쉽다, 빠르다, 편하다'다. 우선 나는 나와 책에 대한 고정관념이 바뀌어 나도 책을 쓸 수 있다는 마인드를 갖게 되었고 그를 통해 전자책 55권을 만든 경험과 그것들을 쉽고 편하게 정식 ISBN 코드를 받은 책으로 출판하고 네이버에 인물등록을 한 경험이 있다. 이를 통해 우리가 가진 경험이라는 최고의 재산과 소개를 활용해서 누구나 쉽게 편하게 빠르게 작가가 되는 경험을 심어주고 있다. 나 또한 복잡하고 어려운 것은 싫어하기에 늘 쉬운 것이 진리라고 믿고 있다.

1인기업가의 수익 구조

사업은 결국 돈이 되어야 한다. 콘텐츠란 나에게 수익을 안겨주는 것이다. 아무리 좋아서 하는 일도 돈이 안되면 오래 할 수가 없다. 돈은 서비스의 결과다. 내가 하는 일을 통해 사람들에게 만족 즐거움 그리고 현실적인 도움들을 줄 때 그것들이 돈이라는 결과물로 만들어진다. 주고받는 것이다.

지금 내 수익 중 가장 큰 부분은 책 관련 사업이다. 전자책 출판과 네이버 인물등록 과정을 개인과정, 타 플랫폼과 연계과정, 1:1 코칭과정, 오프라인 원데이클래스등으로 1인당 30만원씩을 받고 있다. 추후 엔 맴버십, 강사양성, 자격증 발급까지 계획중이다. 또한 공동저서 종이책 출판을 통해서도 수익을 올리고 있다.

다음은 스마트스토어다. 작년 연말 〈소상공인 시장진흥공단〉을 통해서 온라인 셀러 위탁판매 대량 등록 교육을 받았다. 대량 등록 프로그램을 통해 도매 싸이트에 있는 제품을 스마트스토어, 지마켓, 11번가 옥션에 약 3,000개 정도의 제품을 올렸다. 몇 개월 동안 해봤는데 제품을 등록하고 확인하고 발주 넣고 가끔 있는 반송 업무 처리 등 보통 까다로운 일이 아니었다. 전업으로 하는 것이 아니었기에 더욱 힘이 들었다. 집계를 해보니 약 6개월 동안 620만 원 정도의 매출이 나왔다. 수익은 수수료 등을 제하면 채 20%가 넘지 않았다. 그러던 중 내가 운영하는 〈1인기업협회〉에서 스마트스토어 특공대 팀이 만들어졌고 〈템프업〉이라는 원적외선 기능성 제품이 소싱되었다. 곧 주얼리 제품도 소싱 예정이다. 템프업 제품이 의외로 반응이 좋았다. 5월에만 온라인과 오프라인에서 300만원 정도 매출이 나왔고 수익률이 30%이다. 이를 통해 매월 100만 원의 수익을 목표로 하고 있다.

또 개인 강의가 있다. 〈하고 싶은 일만 하며 사는 법〉, 〈네이버 인물 등록하기〉, 〈1인 기업으로 월천 벌기〉 등의 유료 강의를 통해 수입을 올리고 있다. 그리고 아직은 크지 않지만 블로그 애드포스트 수입, 블로그 서점의 전자책 판매 수입, 유페이퍼, 알라딘, 예스24 등의 전자책 판매 수입이 꾸준하게 나오고 있다. 최근에는 코칭 공부를 시작했고 자격증을 따고 나면 유료 코칭도 진행할 예정이다.

요즘 중요하게 느끼는 부분은 자동화 시스템 구축이다. 1인 기업도 내가 강의나 어떤 프로그램을 해야만 수익이 나오는 구조라면 시간 투자의 측면에서 직장인과 크게 다를 바가 없다. 그렇기에 내가 일을 하지 않아도 나 대신 돈을 벌어줄 구조는 계속 찾고 있다. 요즘은 영상 판매 채널들이 많아 강의 영상 등을 녹화해서 판매하는 시스템을 하나씩 구축해 나가고 있다.

1인 기업가를 위한 추천 책 소개

내가 1인 기업을 하게 되면서 도움받은 책들을 소개해본다.

1) 나는 1주일에 4시간 일하고 1,000만원 번다 / 신태순
   사업가가 가져야 할 마인드와 철학을 배울 수 있고 나를 위해 사업해야 한다는 것을 배웠다.
2) 해적들의 창업이야기 / 최규철, 신태순
   왜 무자본 창업이 답인지, 무자본 창업이 무엇인지, 무자본 창업은 어떻게 하는지를 배웠다.
3) 부의 추월차선 / 엠제이 드마코
   이 책을 보고 생산자의 개념에 눈을 뜨고 생산자가 되었다.
4) 백만장자 메신저 / 브렌드 버처드

내가 왜 메신저가 되어야 하는지? 왜 메신저가 될 수 있는지? 어떻게 되어야 하는지 배웠다.

5) 나는 4시간만 일한다 / 팀 페리스

삶과 일 그리고 시간에 대한 새로운 눈을 뜨게 되었다.

6) 관계우선의 법칙 / 빌 비숍

관계가 왜 중요한지를 알게 되었다.

7) 핑크팽귄 / 빌 비숍

내 서비스 가격을 정하는 법을 배웠다.

1인 기업이 가장 거대한 기업이다

물리학의 양자역학에는 하나가 정확하면 다른 하나는 부정확하다는 불확정성의 원리가 나온다. 나는 이 원리와 이론에 주목했고 1인 기업과 내 삶에 적용했다.

숫자 1~6까지 있는 주사위를 수만 번 던지면 1~6까지 정확히 확률적으로 6분의 1이 나온다. 예측과 예상이 가능하다. 반면 1번을 던지면 예측이 불가능하다. 즉 상상, 예측, 예상 못 하는 숫자가 나오는 것이다. 이런 원리로 대중, 조직, 집단의 생각과 행동은 예측이 가능하지만 1명, 개인, 1인의 생각과 행동은 예측이 불가능하다. 이것이 1인 기업가의 길을 가고 있고 가려고 하는 사람들이 꼭 알아야 할 사실이다.

1,000명이 있다면 서로가 지켜야 할 약속, 규칙, 룰 등으로 서로의 발을 묶고 있지만 1명은 자유로운 사고가 가능하다. 그래서 개인, 한 명은 서로의 생각과 몸을 묶고 있는 1,000명이 절대로 할 수 없는 일을 할 수가 있다. 서로 눈치를 보고 있는 1,000명 VS 자유로운 사고를 하는 1인. 1인은 1,000명이 절대로 할 수 없는 놀라운 일들을 할 수 있다.

우리는 이런 사람들을 양자 인간이라고 부른다. 양자 인간은 시공간의 제약을 넘고 생각의 벽을 뚫을 수 있고 초월적인 생각과 행동을 할 수 있다. 대중의 상식에서 벗어나 홀로 온전히 자유로울 수 있는 것이 1인이고 개인이고 1인 기업이다. 대중의 능력은 예측 가능하고 뻔하지만 자유로운 1인 기업가의 능력에는 한계가 없고 무한하다. 하나를 극단적으로 좁히면 다른 하나가 극단적으로 늘어난다. 이것이 1인 기업이 가진 놀라고 신비한 최고의 힘이다.

무자본이 가장 거대한 자본이라는 말이 있다. 자본이 있다면 자본으로 할 수 있는 사업은 많지가 않다. 1억으로 할 수 있는 사업은 모두가 예측이 가능하고 누구나 할 수 있고 모두가 할 수 있는 사업만 생각하게 된다. 경쟁은 치열하고 마진은 적어진다. 하지만 무자본으로 할 수 있는 사업은 무한대다. 그중에서 가장 효과적이고 보람되고 재미있는 일은 우리의 경험이라는 거대한 자본을 활용한 1인 기업이다. 1인 기업이 가장 거대한 기업이다.

나연구소그룹의 꿈과 미래

나연구소그룹은 5개의 계열사와 1개의 모임을 운영하고 있다. 각 계열사 별로 많은 활동을 하고 있다.

우선 〈나연구소〉는 책, 글, 강의 다양한 프로그램 등을 통해 나 자신이 세상에서 가장 소중하다는 가치와 나라는 존재가 무한한 가능성을 지닌 존재임을 알리고 있다. 출판사 〈인생이변하는서점〉은 '쉽다! 빠르다! 편하다!'라는 슬로건으로, 작가가 되고 싶고 전자책과 종이책 출판의 원하는 분들의 꿈을 이루도록 돕고 있다. 〈1인기업협회〉는 1인 기업가들에게 필요한 정보, 교육, 사람, 마케팅, 홍보 등 우리에게 필요한 모든 것을 줄 수 있는 단체로 커나가고 있고 〈한국작가협회〉는 대한민국의 작가와 예비 작가분들을 위한 소통 나눔 단체다. 〈나사랑마트〉는 온라인 오프라인 쇼핑몰로 1인 기업가들에게 필요한 안정적인 수익 파이프라인을 연구하고 있다. 마지막으로 〈월천사모〉는 돈, 시간, 일 사람으로부터 자유롭고 행복한 사람들의 모임이다. 나의 목표는 2025년 10월 강남의 요지에 10층짜리 나연구소그룹 빌딩을 올리는 것이다. 많은 분이 함께 하고 계시기에 그 기운을 받아 반드시 이루어지리라 믿고 있다.

1인기업가를 꿈꾸는 그대에게

인생 최고의 가치는 내가 좋아하는 사람들과 하고 싶은 일을 하며 재미있고 즐겁게 사는 것이라고 생각한다. 1인 기업을 한다고 모두가 즐거운 인생을 살고 돈을 많이 벌지 못할 수도 있다. 하지만 누군가 했다면 우리도 분명히 할 수 있고 더 잘할 수 있다는 것은 분명한 사실이다.

중요한 것은 질문과 목적이라고 생각한다. 내가 왜 1인 기업을 하려고 하는지 그것을 통해 내가 얻고자 하는 것이 무엇인지에 대한 질문을 스스로 해보고 찾아가는 것이 중요하다. 나의 경우는 오랜 직장 생활을 하며 갑갑함과 답답함을 많이 느꼈다. 내 에너지가 계속 소모되고 내 능력이 어딘가에 막혀있고 갇혀있는 것 같았다. 달라지고 싶었고 변하고 싶었다. 내 모든 가능성과 잠재력을 끌어내 될 수 있는 최고의 나, 진짜 나가 되어 내일 죽어도 후회 없는 인생을 살고 싶었다.

이런 마음이 있었기에 꾸준하게 운과 콘텐츠를 쌓으며 지금의 내가 있다고 생각한다. 덕분에 주변의 반대와 시선 그리고 경제적으로 어려운 상황도 잘 견디고 이겨낼 수 있었다. 언제나 의지는 방법을 이긴다. 하고자 하는 마음만 있다면 방법은 자연히 생기게 되어있다. 나 또한 알아서 했던 것은 아니다. 하면서 배우고 알아갔다. 알아서 하는 것이 아니라 하면 알아지는 것이다.

나만의 콘텐츠와 수익모델을 만드는 일이 때론 힘들고 길이 안 보이고 시간이 오래 걸려 지치고 포기하고 싶은 순간이 있었다. 하지만 우리에게는 경험이라는 가장 큰 재산이 있다. 내 경우 나를 몰라 힘들었던 경험과 결핍이 〈나연구소〉를 만들게 된 계기가 되었다. 우리의 경험과 인생 속에서 우리의 일과 사람과 콘텐츠가 있다. 찾고자 마음먹으면 반드시 찾아진다. 모든 것은 생각하기 나름이고 마음먹기 나름이다. 답은 언제나 우리 안에 있다. 문제가 아니라 답이고 벽이 아니라 문이다.

존재하는 모든 것은 우리를 위해 존재하기에 나를 위해 존재하는 모든 것들이 우리를 도와줄 것이고 우리는 그것들을 활용하면 된다. 언제나 누리고 즐기고 감사 감동 감탄하는 사람이 이 우주의 주인이다. 모두의 빛나는 인생을 진심을 응원합니다.

나는 대학생 진로·취업 전문 직업상담사다

한정숙

결혼 전후 기업에서 인사업무를 담당했으나 결혼과 출산, 육아로 인해 경력단절이 되고 나서 재취업 과정에서 어려움을 겪었다. 취업이 어려운 만큼 오래 할 수 있는 일을 고민하다 직업상담사의 길을 가게 되었다.

공채 1기로 입사한 기업에서 12년 동안 다양한 프로젝트를 경험했다. 고용노동부 청년인턴제(수원대학교), 경기청년뉴딜(경희대학교, 평택대학교), 경기일자리센터(이천시), 고용노동부 대체인력뱅크, 대학일자리센터(건국대학교) 등 6개 사업 모두 프로젝트 매니저로 근무했다. 이외에도 신세계, SK, 현대자동차 그룹 등 대기업 채용박람회와 공공기관 채용박람회 취업 특강과 취업 컨설팅을 진행했다.

직업상담사는 '둥지' 역할을 하는 사람이라고 생각한다. 둥지는 아직 미숙하고, 지치고, 힘든 새들이 자리하다 힘을 회복해 스스로 둥지를 박차고 날아가는 곳이다. 내 직업을 통해 구직자들이 자신의 진정한 강점과 힘을 발견하고 꿈을 향해 힘차게 날아오를 수 있도록 돕고 싶다. 이 세상에 올 때 신이 내게 주신 재능 보따리와 이 세상에 있는 동안 닦은 다양한 기술과 경험을 토대로 직업적 소명을 완수하는 삶을 살고 싶다. 이 세상 떠나는 날, 나와 인연 맺은 수많은 이들의 앞날을 축복하며 깃털처럼 가볍게 다음 세상으로 날아가고 싶다.

_ 한정숙

- 13년 경력의 직업상담사
- 인력개발전문대학원 인력개발학 석사
- ㈜ 커리어넷(취업포털 커리어) 대학사업팀 부장
- 건국대학교 대학일자리센터 선임 컨설턴트
- 한국기술교육대학교 능력개발교육원 직업상담사 초급/중급 보수교육 강사
- 직업상담사 1급, MBTI 일반 강사, 에니어그램 일반 강사, NCS 현장 전문가, NLP 코치
- 대기업. 공공기관, 금융기관 자기소개서, 면접, 필기시험 평가위원 및 시험감독
- 방송 출연: 한경 WOW TV 직업방송, 연합뉴스 TV, SBS CNBC, KTV 국민방송
- 저서 : 여성인적자원개발 실무자를 위한 가이드(숙명여대 여성인적자원개발대학원. 여성 HRD 연구센터/공저), 커리어 차별화의 기술(호이테북스/공역)

cindejsh@naver.com
https://blog.naver.com/cindejsh
010-6565-8149

나는 대학생 진로·취업 전문 직업상담사다

나는 어떻게 직업상담사라는 직업을 갖게 되었나?

딸 다섯 중 셋째로 태어난 나는 어릴 때부터 부모님으로부터 '네가 아들이었으면 얼마나 좋았겠냐'라는 말을 귀가 따갑게 들으며 자랐다. 남아선호사상이 강하던 그 시절, 아들 하나 없이 딸만 줄줄이 다섯이나 낳은 것이 부끄러우셨던 부모님은 늘 나를 아들처럼 키우셨다. 짧은 커트 머리, 바지 차림에 파란색 가방, 파란색 운동화, 파란색 우산… 그러나 아이러니하게도 나는 여중, 여고, 여대를 졸업했다.

서울에서 4년제 행정학과를 졸업하고 무역회사 인사팀에서 근무를 시작했다. 졸업 전인 4학년 2학기 말에 취업이 되어 사무

업무부터 배우다가 졸업 후 인사, 회계, 영업 등의 업무를 골고루 경험하게 되었다. 무역회사 대리 시절, 둘째 형부의 입사 동기였던 사람을 결혼 상대로 소개받았다. 그는 공대 전기과를 졸업하고, 대기업 중앙연구소 연구개발팀 소속 대리로 근무 중이었다. 소개받은 지 11개월 만에 결혼식을 올렸다. 결혼 3년 뒤 딸아이가 태어나고 더할 나위 없이 행복한 시간을 보냈다.

하지만 B형 간염 보균자였던 시어머니로부터 모태 감염된 시집 식구들은 전원 보균자였다. 결국 시어머니는 60대 초반에, 큰시숙은 40대 후반에 간암으로 세상을 떠났고, 시동생은 40대 초반에 간이식 수술을 받았다. 남편도 회사 건강검진에서 '간 경화 말기' 진단을 받게 되었다. 수소문 끝에 알아낸 자연치유방법을 통해 건강을 어느 정도 회복했다. 하지만 자연치유의 경우 보험금이 지급되지 않기 때문에 경제적인 어려움이 가속되었다. 남편은 직장생활을 계속하려고 했지만, 담당 임원과 인사팀의 압력으로 남편은 결국 사직서를 쓰기에 이르렀다.

나 역시 생계에 도움이 되기 위해 재취업을 시도했지만 아이가 어리다는 이유로 받아주는 곳이 없었다. 방과후아동지도사, 독서지도사, 전산 아르바이트 등을 해보았지만 병원비와 생활비에 보태기에는 너무나 보수가 적었다. 퇴사 후 재취업 지원 프로그램에 참여했던 남편은 컨설턴트의 상담을 받은 후, 나에게 '커리어 컨설턴트 양성과정'을 함께 수강하자는 제안을 해왔다.

민간기업에서 운영하는 커리어 컨설턴트 양성과정은 총 12개월 과정으로 주말에 8시간씩 운영되었다. 2명이 수강할 경우 연간 2,000만 원의 비교적 큰 돈이 드는 과정이어서 어려운 살림에 고민이 되었다. 하지만 그 당시 다른 기관에서는 그런 과정이 없기도 했고, 미래에 대한 투자라는 생각으로 과정 참여를 결심했다.

1년 동안의 과정을 모두 마치고 평가 결과 13명의 수료생 중 1등으로 수료했다. 하지만, 민간기관의 자격증이었고, 강의나 컨설팅 경력이 없는 상태에서 마땅히 취업할 곳이 없었다. 따라서 그 교육기관 소속으로 기본급도 없이 근무를 시작했다. 시간당 3만 원의 강사료를 주는 여성인력개발센터 강의부터 시작했다. 강의 이력이 쌓이자 차츰 강사료를 더 주는 여성능력개발센터 강의를 맡게 되었다.

어느 날, 서울에 있는 여성능력개발센터에서 주부 대상 강의를 진행했는데, 처음 보는 강사여서 안심이 되지 않아서인지 센터 관계자 한 분이 강의 내내 청강을 하셨다. 강의 종료 후 집에 가는 도중에 조금 전 강의를 지켜보셨던 실장님이라는 분이 내게 전화를 주셨다.

"오늘 강의 내용과 진행이 좋아서 관장님께 보고드렸는데, 관장님이 현재 숙명여대에서 여성인적자원개발 관련 책을 집필하고 계시거든요. 강사님 모교이고 분야도 관련이 있으니 함께 참여하면 좋겠다고 전해달래요"라고 하셨다.

책 쓰기는 처음이라 겁은 났지만 관련 분야에 대한 책이고, 공통 집필이라는 말에 참여하겠다고 말씀드렸다. 집필진 첫 미팅에 참여하고 보니, 5명의 집필진은 모두 전국의 여성인력개발센터 또는 여성능력개발센터 관장님들이었고, 나만 민간 기업 출신이었다. 숙명여대에서 집필을 보조하는 인력들도 거의 박사급이었다. 이 책은 6개월이 넘는 기간 동안 몇 차례 회의와 수정을 거쳐 [여성인적자원개발 실무자를 위한 가이드]라는 이름으로 출판되어 전국에 있는 거의 모든 여성 단체에 배부된 것으로 안다.

커리어 컨설턴트 교육을 받았던 그 회사에서 번역서를 한 권 더 공동 집필하고, 울산에 위치한 대기업 커리어 EAP센터에서 2개월 동안 근무한 후 딸 아이 교육 문제와 악화된 남편의 건강을 돌보기 위해 용인에 있는 집으로 다시 돌아왔다. 1년의 계약 기간이 지난 시점이라서 채용 공고를 찾던 중, '커리어 컨설턴트 공채 1기'를 모집중인 지금의 회사에 서류전형, 면접전형, 인적성검사, 1차 면접, 2차 면접을 거쳐 최종 합격을 하여 이직을 하게 되었다.

2009년, 내 나이 41세에 입사한 취업포털업체에서 나는 대리로 입사해서 과장, 차장, 부장으로 승진하며 현재까지 12년째 근무하고 있다. 총 6개 사업 모두 프로젝트 매니저(선임 컨설턴트)를 맡았고, 그중 4개 사업이 대학사업이었다. 대학생을 대상으로 진로 취업 교과목 운영, 진로 및 취업 특강, 집단 상담, 개인 상담 등을 진행했다. 현재는 건국대학교에서 대학일자리센터 사업을 6년째 진행 중이다.

직업상담사가 되기 위한 준비

직업상담 현장에 있다 보면 많은 분들이 직업상담사에 대해 궁금해 하고, 입직 경로에 관해 묻는다.

이해를 돕기 위해 2017년 통계청 [지역별고용조사] 자료를 인용하면, 직업상담사 및 취업알선원의 성별은 남성이 28.4%, 여성이 71.6%로 여성 비율이 압도적으로 높은 편이다. 연령대의 경우 20대가 9.1%, 30대가 25%, 40대가 48.9%, 50대가 15.9%, 60대 이상도 1.1%로 나타났다. 학력은 고졸 이하 6.8%, 전문대졸 14.8%, 대졸이 70.5%, 대학원 졸 이상이 8.0%로 나타났다. 다음은 직업상담사를 꿈꾸는 많은 사람이 자주 묻는 것들을 모아 보았다.

첫째, 어떤 전공을 해야 직업상담사가 될 수 있나요?

특정 전공이 꼭 필요한 것은 아니라고 본다. 현직에 있는 상담사들도 상담 관련 전공. 사회복지 관련 전공을 포함하여 사회과학 계열, 인문 계열, 예체능 계열, 이과 계열, 생명 계열, 공학 계열까지 다양하다. 그리고 그 다양성에서 오는 시너지가 크다고 본다. 나 역시 학부에서 행정학을 전공했고, 현 회사에 재직 중 주말과정으로 인력개발전문대학원에서 인력개발 석사학위를 받았다.

둘째, 직업상담사가 되기 위해서는 어떤 자격증을 취득해야 하나요?

기본적인 자격증은 '직업상담사 1, 2급' 이다. 예전에는 '사회복지사'나 '평생교육사' 등도 동일하게 인정해주었지만, 최근에는 '직업상담사'를 필수로 하는 경우가 많다. 처음 시작하는 분이라면 '직업상담사 2급'부터 도전해보길 권장한다.

직업상담사는 행정업무 비중도 높기 때문에 '컴퓨터 활용능력'을 포함해서 사무자동화 관련 자격증이 있으면 구직 시 유리할 수는 있다.

외국계 기업이나 해외취업을 준비하는 지원자의 경우 영문 자소서 첨삭이나 영어 면접 상담을 요청하는 경우도 종종 있어서 영어나 제2외국어 관련 자격증이 있으면 우대 대상이 될 수도 있다. 헤드헌터 입직을 희망하는 경우에도 외국어 실력이 있다면 경쟁력이 있다.

셋째, 직업상담사 자격증 시험 어떻게 준비하는 게 좋을까요?

한국산업인력공단에서 시행하는 직업상담사 자격시험은 '검정형'과 '과정평가형' 등 두 종류로 나뉜다. 검정형의 경우 1차 시험(필기시험)과 2차 시험(실기시험)을 모두 통과해야 자격증을 취득할 수 있으며, 산업인력공단이 운영하는 Q-Net 사이트에 시험 접수 후 지정한 시험 장소에서 응시하면 된다. 검정형의 경우 과정평가형보다는 교육 시간이 짧은 것이 장점이나, 실습이 없는 경우가 대부분이어서 실제 업무 경험을 할 수 없다는 단점이 있다. 과정평가형의 경우 지정된 훈련기관에서 이론과 실무를 동시에 교육 받으며, 내부평가의 경우 교육 기관에서 응시하게 된다. 실무까지 배울 수 있다는 점과 익숙한 곳에서 응시할 수 있다는 점은 장점이나 교육 시간이 다소 긴 것은 단점으로 보인다.

직업상담사 자격증 교육과정은 고용노동부 HRD-Net에서 검색을 통해 알아보거나, 한국기술교육대학교 능력개발교육원의 (과정평가형) 직업상담사 1, 2급 자격취득과정, 온라인 경력개발센터 꿈날개 (직업상담사 관련 과목) 등 다양한 기관에서 과정 개설이 되어 있으니 본인의 상황에 맞는 과정을 선택하면 된다.

넷째, 직업상담사 자격증은 있는데 실무경험이 없어요. 취업이 어려울까요?

현업에서 가장 선호되는 경력은 '직업상담 실무경력 2년 이상'이다. 하지만, 누구나 처음은 있는 법이다. 우선, 자원봉사나 시간제 일자리, 취업알선원부터 시작하라고 말하고 싶다. 무경력자로 취업이 쉽지 않을 것이므로 급여와 상관없이 '경력'에 초점을 두고 일 경험을 늘려나가길 권장한다. 나 역시 초기 단계에서는 무급에 가까운 보수로 근무를 했고, 상담 경력을 늘리기 위해 가족과 지인대상 무료 상담부터 진행했었다.

다섯째, 직업상담사가 되면 주로 어떤 일을 하게 되나요?

직업상담분야 NCS(국가직무능력표준) 능력단위를 기준으로 직업상담 전체 직무는 총 26가지로 정리된다. 이해를 돕기 위해 한국직업전망서를 참고하여 '직업상담사가 하는 일'을 정리하면 다음과 같다. 고용노동부가 운영하는 고용복지플러스센터에 근무하는 직업상담사나 취업알선원의 경우 주로 구직자를 대상으로 고용지원업무를 수행한다. 주요 업무는 취업지원, 직업소개, 직업지도, 고용보험 등의 업무이다. 지방자치단체 시군구청 취업 관련 기관이나 여성 · 청소년 · 노인 관련 단체 등에 근무하는 직업상담사의 경우 직업 및 취업 관련 정보제공, 취업알선, 채용박람회 개최, 동행면접, 구인처 발굴 등 다양한 업무를 수행한다. 대부분의 직업상담사가 수행하는 주된 업무는 직업관련 상담과 직업소개, 직업관련 검사 실시 및 해석, 직업지도 프로그램 개발과 운영, 직업상담 행정업무 등이다. 이 외에도 경우에 따라서는 노동시장에서 발생하는 직업과 관련된 법적인 사항에 대한 상담을 포함하여 창업상담, 경력개발상담, 직업적응상담, 직업전환상담, 은퇴 후 상담 등 다양한 범주의 상담을 진행한다.

여섯째, 강의나 프로그램 운영은 못 할 것 같아요.

많은 직업상담사가 겪는 애로사항이기도 하다. 하지만, 강의나 집단 상담 역량이 부족한 경우 행정업무나 상담 업무만 할 수 있는 기관에서 일해야 하고 승진이나 급여에서도 불이익을 받을 수밖에 없다. 특히, 대학에서 근무하고 싶다면 강의와 프로그램 진행 역량은 필수라고 생각한다. 강의 운영 보조 업무부터 시작해서 점차 강의 시간을 늘려나가는 방식으로 경험을 쌓기를 권한다. 강의나 프로그램에서 중요한 것은 콘텐츠라고 생각한다. 콘텐츠가 충분하면 강사의 역량이 조금 떨어져도 수강생들은 크게 불만을 제기하지 않는다. 따라서, 강의 콘텐츠부터 차근차근 준비한 다음 강의 스킬을 익혀 나가길 권장한다.

일곱째, 대학에서 근무하려면 어떤 경력이 있어야 하나요?

대학생들의 진로 설정과 취업 상담이 가능해야 하므로 대학생들을 상담해 본 경험이 있으면 좋다. 채용 박람회에서 컨설팅해 본 경험이 있거나, 청년 관련 프로그램 운영 경험, 프리랜서 마켓에서의 컨설팅 경험 등이 도움이 될 것이다. 필자의 경우도 처음 대학생 상담을 시작할 때는 많은 공부를 했다. 특히 대학 전공별 취업처와 직무에 관해 많은 공부가 필요했다. 현재 대학 관련 경력이 없다면, 유튜브나 취업포털에서 진행하는 대학생 대상 특강을 자주 청취하고, 전공별 진로 가이드(한국고용정보원) 등 대학 전공 관련 내용을 숙지하는 것이 선행되어야 할 것이다.

여덟째, 중급 상담사 이상 되면 대학원은 꼭 가야 하나요?

대학원은 필수 요소는 아니라고 본다. 경력 10년 경력 이상의 입사 동기 중에서도 대학원 진학자의 비중이 50% 정도 되기 때문에 학사 출신도 많다는 얘기다. 다만, 관련 인맥을 형성하기에는 대학원이 좋은 구심점이 되기는 한다. 내 주변에도 창업, 상담, HRD, 고용, 사회복지 등 다양한 전공 분야로 대학원에 입학한 동료가 있는데, 가장 큰 장점으로 '관련 분야 인맥'을 꼽았다.

아홉째, 직업상담사의 급여나 전망은 어떤가요?

「2016~2026 중장기 인력수급전망」(한국고용정보원, 2017)에 따르면, 직업상담사 및 취업알선원은 2016년 약 30.8천 명에서 2026년 약 37.5천 명으로 향후 10년간 6.6천 명(연평균 2.0%)정도 증가할 것으로 전망되고 있다. 급여의 경우 소속된 기관마다 차이는 있으나 중위 50% 정도가 월평균 200만 원 정도의 급여를 받는 것으로 조사되고 있다. 대학 근무자의 경우 연봉 3,000만 원 이상을 받는 상담사도 상당수 있고, 선임급의 경우 연봉 4,000만 원 선이 대부분인 것으로 안다.

대학생 진로·취업 전문 직업상담사의 업무

대학에 근무하는 직업상담사의 일상적인 일과를 이야기하는 것이 업무 파악에 도움이 될 것 같아서 전형적인 하루를 예로 들어보겠다.

09:00~09:20 : 출근 후 교내전산망과 청년 워크넷을 통한 상담 예약자 확인.
09:20~10:00 : 업무 회의 또는 개인 상담
10:00~12:00 : 프로그램 운영 또는 개인 상담
12:00~13:00 : 점심시간
13:00~14:00 : 프로그램 준비 또는 개인 상담
14:00~17:00 : 프로그램 운영 또는 개인 상담
17:00~17:30 : 교내 전산망과 청년 워크넷 사이트에 상담일지 입력. 익일 상담 예약 확인

개인 상담은 경우, 진로 상담(전과, 편입, 학습, 진로 목표 수립, 진로 계획 등)과 취업 상담(취업목표설정, 기업 분석, 직무 분석, 인적성검사, 입사지원서, 면접, 포트폴리오 작성, 대학원 입학 상담 등)이 이루어진다. 대학사업의 경우는 행정업무도 상당히 많은 편이다.

프로그램 기획, 교내 게시판 공지, 참가자 모집, 수강 안내,

출석체크 등 세심히 챙겨야 한다. 연간 다양한 프로그램이 진행되고, 채용박람회를 포함한 대규모 행사 진행도 많은 편이다. 프로그램 운영 결과보고서는 매월 작성하는데, 프로그램마다 공지문, 출석부, 사진 등을 첨부해야 해서 신경을 많이 써서 작성해야 한다.

연말에는 1년 동안의 사업에 대한 전체 실적을 양식에 맞춰 작성하고 증빙자료를 준비하여 다음 평가와 실사에 대비해야 한다.

선임 컨설턴트(컨설턴트 PM)의 경우 여기에 주간보고, 월간보고, 연간보고를 책임져야 하고, 외부 강사 섭외, 사업기획서 작성, 컨설턴트 관리, 예산 관리 등의 업무가 추가된다.

직업 상담사의 경력개발

직업상담사의 업무 범위가 어디까지이며, 입직 후 어떤 분야로 진출하는 지 궁금해 하는 경우가 많다. 현장에서 근무하면서 경험한 다양한 경력개발 사례와 자격요건 등이다.

민간기업 직업상담사

최근 한국기술교육대학교 능력개발교육원 연구 용역에서 나타난 바로는 민간고용 서비스 종사자 수는 약 6,000~7,000명 수준이고, 이 중 50% 정도가 국민취업 지원제도에 참여하고 있다고 한다. 대표적인 기업으로는 필자가 소속된 커리어넷을 포함하여 잡코리아, 사람인, 인크루트, 스텝스, 제이엠커리어, 제니엘 등이 있다.

취업 전담 교수

통상 석사학위 이상자에 해당하며, 일정 연차 이상의 경력이 요구된다. 통상 대학에 계약직 형태로 고용되는 경우가 많으며, 취업교과목 운영과 학생 상담을 병행하는 경우가 많다.

학교 상황과 고용 형태에 따라 근무방식이나 보수 수준도 다양한 것으로 보인다.

취업상담원 보수교육 강사

10년차 이상의 컨설턴트 중 직업상담원 보수교육 강사로 활동하시는 분도 상당인원 이상 된다. 현재는 박사급 이상이거나, 직업상담원 업무 경력 10년 이상자로 한정하고 있는 것으로 안다. 조건에 해당한다면 한번 도전해볼 만하다고 생각한다.

프리랜서 컨설턴트/강사

개인 사정상 종일 근무가 어려운 경우 프리랜서 컨설턴트와 강사를 병행하는 경우가 많다. 프리랜서 마켓 등에서 개인 컨설팅을 진행하고, 대학 등에서 특강 강사로 활동하는 경우이다. 이 경우 불규칙한 근무시간과 불규칙한 수입으로 힘들어하는 경우도 종종 있으니 참고하기 바란다.

기업 인사담당자

컨설턴트 경력을 토대로 기업 인사팀에 취업하여 활동하는 사람도 있다. 이 경우 심리진단 도구를 다룰 수 있고, 직원 채용 후 직무 배치 시 개인 성향과 직무와의 매칭에 강점이 있을 수도 있다. 급히 구인할 경우 기존의 컨설턴트 인맥을 활용해서 구인 홍보나 추천 채용 요청을 할 수 있는 점도 강점이며, 채용 후 고충 상담을 할 때도 상담 경력이 도움이 될 수 있다.

직업/고용 관련 기관 연구원

통상 NCS 시험이나 기타 시험 응시를 기본으로 하는 경우가 많고, 석사 이상 또는 경력직을 선호하는 경향이 있다. 이 경우에도 계약직, 무기계약직, 정규직 등 다양한 형태로 선발하는 점을 참고할 필요가 있을 것으로 보인다.

상담직 공무원

시험에 합격하여 7급, 9급 상담직 공무원으로 이직하는 경우도 있다. 고용노동부 고용지원센터의 직업상담사는 9급에서부터 시작하여 근속연수 및 내부 평가 등을 통해 승진이 이뤄진다. 시간선택제 일자리 상담직으로 이직하는 경우도 있다. 근무 시간과 계약 기간이 다소 짧은 시간선택제임기제 공무원으로 취업하는 경우도 있다.

공공기관 소속 직업상담사

민간기업 이외의 다양한 공공기관과 준 공공기관에서도 취업지원 사업을 운영하고 있다. 자체 채용인 경우도 있지만, 민간기업에 위탁 운영을 하는 경우도 있으니 사전에 확인을 할 필요가 있다.

유료 직업소개소 운영자

직업상담사 1급과 2급 자격증 보유자의 경우 일정 요건을 갖춰 유료직업상담소 설립을 할 수 있다. 유료 직업소개소의 경우 수수료, 회비 등을 받아 운영하는 직업소개소로 [국내 유료직업소개요금 등 고시]에 따라 최대금액이 제한되어 있다.

직업상담사를 꿈꾸는 이들에게 해주고 싶은 말

다음은 현직에 있으면서 느낀 부분을 적어 보았다.

자기계발 시간

직업상담사의 가장 큰 강점은 매번 채용 트렌드가 바뀌고, 새로 배울 것이 있다는 점이라고 생각한다. 그래서 일정 시간을 들여 꼭 자기계발하기를 권한다. 강의 수강도 좋고, 독서도 좋고, 현직자를 만나는 방법도 추천할 만하다.

준비 중독

나보다 역량이 뛰어나고 연차가 오래된 컨설턴트 중에도 경력개발이 더딘 경우는 대부분 준비와 완벽성에 너무 집착하는 경우이다. 준비가 완벽한 상태에서 기회가 찾아오면 좋으련만 대부분의 기회는 내가 약간 부족하고 버겁다고 느낄 때 오는 것 같다. 나에게 강의 기회나 방송 출연, 도서 출판 등의 기회는 항상 내 역량보다 한 뼘 높은 목표였다. 하지만, 막상 하기로 하면 결국은 해내게 되곤 했다.

연봉보다 경력

직업상담 분야는 생각보다 이직이 많은 분야이다. 이직을 고려할 때 급여보다는 본인의 향후 경력을 고려했으면 한다. 지금 당장은 급여가 낮더라도 관련 분야 경력을 차근히 쌓다 보면 관리자로 성장할 수도 있고, 더욱 더 좋은 조건으로 이직을 할 수도 있다.

컴퓨터 활용능력

직업상담사로 근무하는 분들의 연령대가 일반 직업군보다 높다 보니 컴퓨터 활용능력 부족으로 인한 초과근무 문제가 발생하는 경우를 많이 접했다. 사회 변화에 적응하지 못하면 결국 도태될 수밖에 없기 때문에, 부족한 역량은 꼭 보완하길 바란다.

나는 명품 피아노조율사입니다

김현용

피아노조율'수리는 인간의 감성을 다루는 전문 기술이며 'ART'입니다. 30년간 지구 30바퀴 만큼 7만여 대의 피아노를 조율수리 하면서 피아노조율사로 삶을 살아가고 있다. 한가지 일에 정진하면서 삶을 배우고 피아노조율, 수리 기술을 배웠다. 열심히만 살아가는 것이 아니라 쉼을 갖고 자신을 돌보는 것이 일도 삶도 잘 살 수있는 일임을 깨닫는다. 스스로 삶을 조율하고 만나는 사람들과의 소통을 최고의 가치로 생각하면서 '인생조율사'로 살아가고 있다. 대한민국 피아노조율수리 대한명인으로서 앞으로 이수자와 전수자를 길러 내면서 만나는 분들과 소통하고 피아노조율로 나누는 삶을 살아 가고자 한다.

_ 김현용

- 대한민국 피아노조율수리 대한명인
- 현)Genneral Trias College 피아노조율과 전임교수
- KBS아트홀 전속조율사
- 피아노의 발달과정과 피아노조율에 관한 연구(석사논문)
- 국가공인 피아노조율산업기사, 국가공인 피아노조율기능사
- 국가공인(건축)도장(칠)기능사, 국가공인(건축)목공기능사
- (사)한국피아노조율사협회 부회장, 사무국장 역임, 현)감사
- 전)국가공인 피아노조율산업기사, 기능사 실기 관리위원, 감독위원
- 전국 피아노조율 기능경기대회 관리위원, 진행위원장

piano8079@naver.com
blog.naver.com/piano8079
010-6345-6667

나는 '명품 피아노조율사'다

나에게 직업이란?

유년 시절과 청소년 시절에 나는 항상 에너지가 넘치고 밝은 성격의 아이였다. 1남 5녀로 여자 형제들 속에서 혼자 외로울 법도 했지만 늘 주변에 친구가 많았고 즐거운 일들을 찾아내서 친구들과 잘 놀 줄 아는 아이였다. 유년시절과 청소년기의 마지막인 고등학교에 들어가서 여러가지 집안 사정으로 인해 방황하던 끝에 시험 때 마다 백지를 내기 시작했다. 성적은 바닥을치기 시작했다. 고등학교 1~2학년이 지나고 대학진학을 포기해야만 하는 상황이 돼 버렸다. 대학을 못 가는 성적이 된 것이다. "이렇게 고등학교 시절을 마무리 하면 후회할 것 같다"라는 생각이 들었다. 3학년이 되면서 몇 명의 친구들과 함께 밴드를 결성해서 음악 활동을 시작했다.

시험 성적은 바닥이었지만 기타를 쳤던 내게 음악하는 것은 너무도 행복한 일이었다. 그렇게 고등학교 시절을 마무리했다. 고등학교를 졸업을 앞둔 어느 날 엄마는 나에게 "대학을 안 가면 뭐 먹고 살끼고"라고 하시며 펑펑 우시는 거다. 엄마에게 "학력 차별이 없는 직업을 선택해서 잘 살테니까 걱정하지 미세요. 한 20년 열심히 일하고 대학 가면 돼요" 하고 말했다. 엄마는 걱정스러운 눈빛으로 나를 보고 있었다. 왠지 당당했다. 잘 살 수 있을 것 같은 생각으로 꽉 차 있었다.

고등학교를 졸업하고 군대를 빨리 지원했다. 당시 1남5녀로 2대 독자인 나는 6개월로 군 생활을 마칠 수 있었다. 학창시절 나에게 직업이란? 생계의 도구로만 보였다. 가족을 부양해야 하는 가장의 삶의 도구로만 보였던 것이다. 드라마에서도 박봉에 시달리는 직장인의 모습이 자주 나왔고 직장생활의 어려움을 토로하는 영화도 나왔다. 틀에 박힌 직장생활을 하고 매월 월급을 받는 직장인이 나의 머릿속에 각인되어 있었다. 고등학교 졸업을 앞두고 방학 기간에 조금 더 자유롭고 스스로 무언가를 해서 성취감을 얻을 수 있는 직업을 선택하고 싶었다. 인테리어 디자인 학원도 잠깐 다녔고 아르바이트도 해봤고 중국집 주방에서 그릇 닦는 아르바이트도 해봤다. 차에 관심이 많아서 자동차 정비도 짧게 한두 달 정도 배웠다. 여러가지 경험을 해본 거다.

어느 날 엄마는 나에게 "용아. 내가 항상 하는 일이 밖에서 채소 묶는 일이다. 여름이면 너무 덥고 겨울이면 너무 춥다. 니는 여름엔 시원하고 겨울엔 따뜻한 직업을 꼭 선택해서 잘 살았으면 좋겠다"라는 말씀을 하셨다.

그 당시만 해도 자동차 정비는 주로 야외에서 많이 정비를 했다. 여름에 덥고 겨울에 추운 그런 직업이였다. 물론 지금은 환경이 많이 좋아졌다. 그런 이유들로 자동차 정비도 포기할 수밖에 없었다. 나에게 잘 맞는 직업은 없는걸까? 자괴감과 초조함이 몰려왔다. 엄마에게 큰소리를 쳤는데 쉽게 직장을 잡을 수가 없었다. 몇 개월의 시간이 흐르고 아침식사를 하다가 TV방송 KBS '무엇이든 물어보세요'를 보게됐다. '땅~땅~띵~똥~' 피아노 소리가 들렸다. 눈이 번쩍 뜨였다. 피아노 소리에 집중했다. TV에 유망직종 이라는 내용으로 '피아노조율사'가 소개되고 있었다. 순간 '피아노조율은 내가 평생 할 직업이야'라고 생각했다. 운명적으로 '피아노조율사'라는 직업을 만나게 됐다.

그 뒤로 군대 6개월을 갔다 오고 바로 피아노조율학원을 다녔다. 악기점에 기타 강사로 취직을 했고 거기서 번 돈으로 학원을 다닐 수 있었다. 기타를 쳐서인지 남들보다는 빠르게 배울 수 있었다. 그러나 6개월 과장인 피아노조율학원 코스는 100% 만족을 주지 못했다. '이렇게 해서 평생 피아노조율을 할 수 있을까?'라는 생각이 들어서 2개월을 더 다니고 학원을 수료할 수 있었다. 이렇게 운명적으로 자신의 직업을 만나는 경우도 있지만, 대부분의 사람은 그렇지가 못하다. 부모님의 권유로 돈을 많이 버는 직업이라서 등등 여러 가지 이유로 직업을 선택하게 된다. 물론 자신이 가장 좋아하는 일을 직업으로 선택한다면 그것만큼 좋은 일은 없다. 나 역시 음악을 좋아했고 지금도 음악을 하고 있고 그렇게 피아노조율은 나에게 운명처럼 선택됐다.

직업을 선택할 때는 자신이 잘 할 수 있는 것이나 자신이 행복하다고 생각하는 것을 찾아서 선택한다면 좋으리라 생각한다. 요즘은 책을 통해서 다른 직업들이 소개되고 직업을 선택하는데 많은 정보를 얻을 수 있다. 서점에 가서 책으로 정보를 얻길 바란다. 자신에게 잘 맞는 직업이 어떤 것인지 책을 통해서 알아보고 결정하는 것도 좋은 방법이라고 생각한다.

직업이란 기본적으로 생계를 위해서이긴 하다. 하지만, 자신의 꿈을 펼치기 위해서 누군가를 행복하게 해주기 위해서 도전하고 선택해야 하는 것이다. 그것이 직업이라고 생각한다.

국가공인 피아노조율산업기사가 되기까지

피아노조율학원을 오전 일찍 가서 피아노조율을 배우고 점심 이후부터 늦게까지 기타 레슨을 하면서 학원비와 피아노조율에 필요한 공구들을 하나씩 사기 시작했다. 조금씩 피아노조율을 알아가기 시작했다. 조율학원에 피아노 현이 끊어지면 적극적으로 갈기도 했다. 서서히 피아노라는 악기가 낯설지 않게 다가왔다. 8개월간의 피아노조율 학원을 수료하고 피아노조율, 수리를 현장에서 배울 수 있는 동양 최대의 악기점 낙원상가 매장에 취직했다.

그때 만났던 사장님은 30년이 지난 지금까지 낙원상가에서 악기점을 운영하고 있다. 사장님은 참 성실하셨다. 피아노조율사로서의 성실한 삶을 사장님에게 배울 수 있었다. 늘 많이 베푸셨고 자상하게 알려주셨고 열심히 생활하는 사장님은 나에게 귀감이 됐다. 조금씩 피아노 수리하는 방법을 경험으로 갖고 삼익악기 피아노 매장에 취직 할 수 있었다. 피아노조율사로 입문한 나는 한 단계 한 단계 계획했던 것들을 실행해 나갔다. 학원에 다녔던 이유는 국가공인 피아노조율기능사 자격증을 따기 위해서였다.

국가공인 피아노조율사 자격증은 두종류다. 일반 업라이트 피아노를 조율 수리할 수 있는 기능사와 연습용, 연주용 그랜드 피아노를 조율 수리할 수 있는 산업기사. 보통은 국가공인 피아노조율기능사 자격증을 먼저 따고 일정 기간에의경험을 통해서 국가공인 피아노조율산업기사 자격증을 취득하는 경우가 많다. 특별한 경우에는 국가공인 피아노조율산업기사 자격증을 바로 취득하는 경우도 있다. 음악 전공자나 특별히 필기시험을 면제받을 수 있는 경우도 있다. 한국산업인력공단 홈페이지를 통해서 자세히 알아볼 수 있다. 노동부 주관으로 한국산업인력공단 홈페이지를 통해서 필기시험을 접수하고 각 지역에 지정된 시험장에서 필기시험을 볼 수 있다.

필기시험 신청을하고 필기시험을 볼 수 있다. 필기 합격 후에 실기시험 접수를 하고 실기시험을 볼 수 있다. 나 또한, 필기시험 합격 후에 열심히 준비해서 실기시험을 보고 두번의 도전 끝에 합격 할 수 있었다. 삼익피아노 매장에 취직해서 아침에 피아노 조율을 하고 청소를 해 놓고 맡겨진 A/S를 처리하고 퇴근하기를 반복했다. 그렇게 하나씩 쌓여 갔던 피아노조율 기술들은 국가공인 피아노조율기능사를 취득하는 데 많은 도움을 줬다. 목표를 정하고 3개월, 6개월, 1년, 3년, 5년, 10년 계획을 하나씩 성취해나가다 보면 꿈꾸고 목표했던 것들이 어느새 이루어져 있는 경우가 많았다. 국가공인 피아노조율기능사를 취득하고 피아노 매장에서 근무하면서 학원, 일반 가정집, 음악 전공생, 초중고등학교, 교회 등에서 피아노를 열심히 조율할 수 있었다.

주변에 피아노조율사들은 지역 내에 여러 피아노 매장을 옮겨 다니면서 피아노조율사 생활을 했다. 매장을 옮겨 다닌다고 해서 지금 현재 피아노 매장보다 크게 달라질 건 없다고 생각했다. 나의 의지가 중요하다라고 생각했다. 피아노 매장에서 피아노조율사로 생활하면서 많은 현장 경험들을 쌓을 수가 있었다. 기술력은 점점 더 탄탄해질 수 있었다. 그 후로 피아노 악기 매장을 오픈 할 수 있었고 계획하고 있었던 국가공인 피아노조율 산업기사 자격증도 취득할 수 있었다. 보통 피아노조율사들은 프리랜서로 활동하기도 하고 기술이 좋은 피아노조율사에게 개인 사사를 받기도 한다. 피아노조율 학원을 다녀서 피아노조율사로 입문하는 경우가 있다. 전국에 여러 개의 피아노조율학원이 있었지만 현재는 서울 신사동과 봉천동, 두 개의 피아노조율 학원만 남아 있다.

나 또한 '대한민국 피아노조율수리 대한명인'으로 선정 된 뒤 피아노조율, 수리를 개인사사로 가르친다. 피아노조율사는 다양한 곳에서 일할 때가 많다. 보통은 가정에 있는 피아노, 초중고등학교, 대학교, 종교단체, 음악단체, 녹음실, 스튜디오, 전문 음악인, 대형교회 등에서 피아노조율사로 일한다. 피아노조율사는 학력에 차별이 없고 나이 또한 제한이 없다. 다만 피아노조율사로서 성공하기 위해서는 음악을 전공하면 더 좋을 것이고 전공을 하지 않아도 무방하다. 각 부속을 맞추고 자신의 일에 끈기를 가지고 노력할 수 있는 사람이면 누구나 도전이 가능하다. 피아노 조율, 수리를 협업해서 각 파트별로 수리하는 경우도 있다. 하지만, 대부분은 혼자서 현장에서 피아노조율, 수리하는 경우가 많다. 어떻게 보면 협업을 원하거나 여러 사람이 함께 일하고자 하는 사람이라면 혼자 조율, 수리하는 경우가 많은 피아노조율사는 단점으로 느껴질 수 있긴 하다.

집중도를 요하고 스스로 하나부터 열까지 본인 스스로 완성도 있는 피아노조율, 수리를 해 나갔을 때의 성취감은 대단히 크다. 일반적으로 피아노조율은 고객의 의뢰로 피아노가 있는 곳을 출장해서 음정이 온도나 습도, 기후에 영향을 받은 피아노를 조율하는 경우가 있다. 연주를 위해서 사전에 피아노조율 의뢰를 하는 곳에는 직접 출장가서 사전 리허설 전에 조율을 하고 피아노조율을 하고 연주 전에 재조율 후 연주를 마치는 경우가 있다.

피아노는 온습도의 영향을 받는다. 대부분의 부속이 나무로 이루어져 있다. 피아노는 음정이 여름에는 중 음부가 약간 상승하게 되고 겨울이 되면 중 음부가 내려가기도 한다. 반음을 100센트라는 진동수의 수치로 본다면 1년에 약 -10반음 정도 평균적으로 음정이 떨어지게 된다. 8,000여 개의 피아노 부속들은 기후의 영향을 받아서 각도가 틀어지거나 나사에 유격이 생겨서 흔들리는 경우가 생긴다. 여름철에 습도가 높아지면서 목재가 부풀기도 하고 겨울에 건조를 타면서 튜닝핀이 약해지거나 여러가지 피아노의 부속은 불균형해 진다. 이것을 설계된 각 미리(mm)수 대로 조정해주는 작업이 필요하다.

기본음정으로 음정을 튜닝핀을 돌려서 조율한다. 고객이 원하는 음색을 찾는다. 너무 소리가 튀거나 밝았을 때 부드럽게 해주고 음색이 너무 어둡고 차분했을 때 밝고 맑게 해주는 음색 작업인 정음작업을 수행하게 된다. 여름철에 습도가 높아지면 건반이 빽빽해 지거나 문제가 생긴 부속 교체를 하는 등의 피아노 수리를 하게 된다. 이렇게 피아노 주위의 기후에 영향을 받아서 변화된 부속을 정상적인 설계된 미리(mm)수대로 터치를 조정한다. 이렇게 짧은 시간에 조율, 수리를 하기는 쉽지는 않다. 시간이 지날수록 숙련도가 높아지고 수준이 높은 연주자나 연주홀, 학교, 대형교회, 전문 연주단체, 음악인들을 만나게 되고 피아노조율을 수행함으로써 수입도 많이 올라가게 된다. 피아노조율 자격증은 국가공인 피아노조율기능사와 산업기사 두 개 밖에 없다.

관련 자격증으로 국가공인 건축도장(외장 칠)기능사와 국가공인 건축목공기능사를 도전해서 취득하면 훨씬 경쟁력 있는 피아노조율사로서 활동하고 성장할 수 있을 것이다. 피아노조율사로 활동하고 많은 음악인들을 만나려면 자신 스스로 악기를 다루거나 음악을 전공하는 등의 노력을 한다면 더욱 더 경쟁력을 가질 수 있다. 나 또한 국가공인 피아노조율기능사, 국가공인 피아노조율산업기사, 국가공인 건축도장(외장 칠)기능사, 국가공인 건축목공기능사 자격증을 취득하고 경쟁력을 갖추고 전문 피아노조율사로 피아노조율을 하고 있다.

처음부터 전문적인 연주홀이나 대학교 등을 조율하긴 어렵지만 한 단계 한 단계 피아노조율 기술을 선택하고 노력해 나간다면 전문 피아노조율사로 성장이 가능하다. 피아노조율사로 활동하고 싶다면 자신이 가고자 하는 목표를 세워 나가자. 그것을 위해서 3개월, 6개월, 1년, 3년, 5년, 10년의 계획을 세워 나가고 그대로 목표를 이룬다면 충분히 자신이 원하는 방향대로 전문 피아노조율사로서 성장하고 활동이 가능하다. 무엇을 하든지

한 가지를 성취하고 목표를 이루었다고 거기서 멈춰 버린다면 자신의 삶은 그대로 1단계에서 멈춰지는 것이다. 2단계 3단계 4단계 5단계 10단계를 목표를 두고 한 단계 한 단계 계단을 밟듯이 끊임없이 노력한다면 자신의 최종 목표는 분명히 이루어질 것이라고 확신한다.

피아노조율은 'ART'다

지구 둘레가 4만km, 30년간 피아노조율사로 전국을 출장 다닌 거리가 120만km. 지구 둘레 30바퀴 만큼 전국을 무대로 피아노조율사로 활동하고 출장을 다녔다. 30년간 한 직업을 선택해서 한 가지에 몰두한다는 것은 상당히 매력적인 일이다.

가끔 피아노조율을 가면 같은 소리를 '땡땡땡' 계속 들으면 스트레스 받지 않느냐는 질문을 받는다. 그런데 실제로는 그렇지 않다. 하나하나 음을 맞추며 230개가 넘는 튜닝핀들의 각 음들을 맞춰 나간다. 마치 퍼즐을 맞추듯이 조율하고 부속 조정작업을 한다. 최상의 피아노 상태를 만들면서 몰입을 하다보면 최상의 피아노 상태를 만들 수 있다. 대략 40분~1시간 정도 피아노조율을 하는 동안 집중하다 보면 그 끝엔 완성된 피아노 상태가 나오게 된다. 맑고 깨끗한 음으로 조율 되었을 때 연주자가 그 피아노를 연주하는 모습을 볼 때 가장 피아노조율사로서 성취감을 느낀다.

KBS아트홀, 대학교 등에서 리허설 전 조율을 끝내고 리허설 동안 객석에 앉아서 피아노와 다른 악기들의 앙상블을 들었을 때 최상의 소리로 연주되는 모습을 보면 스스로 만족감이 들 때가 많다. 피아노조율을 끝내고 나서 방송을 통해서 조율한 피아노가 아름답게 연주되어 나올 때 그 성취감을 이루 말할 수가 없다. 그렇게 한 대의 조율을 끝내고 다시 또 한 대의 피아노를 조율, 수리하고 또 한 대의 피아노를 조율, 수리하고 이렇게 피아노를 조율, 수리할 때마다 묘미를 느낀다.

피아노조율은 8,000여 개가 넘는 각 부속들을 조율하고 전체적으로 맞추는 작업이다. 각 음을 맞추는 조율. 설계된 대로 각 부속을 맞추고 터치를 만드는 조정작업. 기후 변화에 변화된 소리를 맑고 깨끗하게 때로는 부드럽게 음색을 맞추는 정음작업. 손상된 부속을 교체하거나 정상적인 상태로 만드는 수리. 이렇게 4가지로 피아노조율 기술은 나눌 수 있다. 피아노조율은 피아노에 전체적인 부속들을 고객이 원하는대로 때로는 정상적인 상태로 더 업그레이드하고 바꿔 놓을 수 있는 하나의 'ART'라고 할 수 있다.

특히 오랜시간 동안 방치된 피아노를 다시 정상적인 상태로 작업이 끝나고 나서 맑고 깨끗하게 조율, 수리된 피아노를 연주하고 듣게 될 때가 있다. 전보다 훨씬 업그레이드 된 상태를 만났을 때 예술성은 더 극대화된다. 단순히 음만 맞추는 것을 피아노 조율로 보는 것이 아니라 각각의 부속들을 잘 맞추고 음색, 터치를 고객이 원하는대로 최대한 조율, 수리할 수 있는 기술적인 능력을 함께 갖추고 있다면 피아노조율사로서 예술적인 경지에 이르게 되는 것이다. 피아노 조율은 이렇게 단순한 기술을 넘어서 'ART'다.

한 분야에서 오랜 동안에 경험만 있다고 해서 완성도가 높아지는 것은 아니다. 최상의 기술력을 가지고 그것을 피아노조율사로서 예술의 경지로 올리려면 많은 경험을 통해서 자신을 기술적으로 끌어올릴 수 있는 끊임없는 노력과 끈기가 필요하다.

처음 피아노조율을 시작해서 학원을 6개월 과정에서 2개월 더 다니고 수료했다. 다시 현장 경험을 쌓기 위해서 그 당시 피아노조율 기술을 배울 수 있었던 낙원상가로 피아노 수리기술을 배우기 위해서 취직했다. 그 뒤에 목표로 삼았던 건 더 현장 경험을 확실하게 배울 수 있는 피아노 매장을 선택했다. 국가공인 피아노조율기능사 자격증을 취득하고 학원 부터 가정집 까지 다양한 곳에 조율을 다녔었다. 그 후에도 국가공인 피아노조율산업기사를 취득했고 내 자신과 약속했던 20년 피아노조율을 하고 나이 40살에 대학교를 진학했다.

대학교를 진학해서 열심히 4년간 대학교를 다니고 졸업 후에 바로 대학원을 진학했다. 학부 때는 실용음악을 전공했고 대학원에서는 예술경영 석사로 졸업을 했다. 그렇게 피아노조율로 석사논문을 남길 수 있었다. '피아노의 발달과정과 피아노조율에 관한 연구 -피아노 조율 테크닉을 중심으로'라는 석사 논문은 국회도서관에 남아 있다.

도전은 여기서 멈추지 않았다. 관련 자격증인 국가공인 건축도장(외장 칠)기능사와 국가공인 건축목공기능사를 취득했다. 이렇게 한 단계 한 단계 목표한 것들을 이루고 피아노조율의 기초적인 기술들과 핵심 기술들을 배워 나가면서 성장해 나갈 수 있었다.

현재 나는 피아노조율을 가르치는 교수로 '대한민국 피아노조율수리 대한명인'으로 선정되어서 피아노 조율, 수리 이수자와 전수자를 양성하고 있다. 어떤 일을 하든지 늘 최고의 단계까지 올려놓는 노력은 필요하다. 그렇게 피아노조율사로서 현실에 만족하지 않고 조금씩 노력했던 것이 지금의 나를 만들 수 있었다. 누구나 다 피아노조율사가 돼서 예술의 경지까지 끌어올릴 수는 없겠지만 끊임없이 노력하고 기술을 연마하고 자신의 목표를 이루려고 노력한다면 가능하다고 생각한다.

피아노조율사 '인생조율사'되다

나의 핵심가치는 '열정', '도전', '소통'이다. 이 세 가지의 핵심가치를 가지고 삶을 살아간다. 여러분들은 어떤 핵심가치를 가지고 삶을 살아 나가시나요? 직업을 단순히 생계로만 생각하고 열심히 직업전선에 뛰어들어서 업무를 진행해 나간다면 물론 생계는 유지할 수는 있다. 하지만, 조금 더 자신의 꿈을 키우고 목표를 설정하고 자신이 성장하는 모습에 스스로 칭찬해 주길 바란다. 뭔가를 성취 했을 때 자신에게 간단하게 여행을 가거나 평소 갖고 싶었던 선물을 해 보는것도 좋은 자기 성장의 방법이라고 생각한다.

신학기 때 대학교 조율이 끝나고 나면 휴식을 취하거나 맛있는 음식을 먹거나 쉼을 갖는다. 자기보상이다. 많은 집중력과 에너지를 발휘해서 피아노조율, 수리가 끝나고 나면 가까운 곳에 바람을 쐬러 가거나 카페에서 책을 읽는다거나 간단하더라도 보상을 꼭 한다. 매일 있는 일상은 아니지만 자신의 성취도를 높이려면 자신 스스로에게 휴식과 선물을 주는 것 이 꼭 필요하다. 쉼도 하나의 실력인 것이다.

피아노조율사 후배들과의 모임에서 이런 질문을 한다. "피아노조율을 가면 너희들은 뭐 먼저 하니?" 그럼 후배들이 대답합니다. "저는 가정집 문을 먼저 열어요", "저는 뚜껑 먼저 열어요", "공구가방을 먼저 열어요". 각자 다른 의견들로 대답을 한다. 나도 대답을 한다. "나는 사람을 먼저 조율해~."

일반 가정집이나 연주홀, 학교 등 피아노조율 하러 가는 어떤 곳에서든지 우리는 사람들을 만나게 된다. 그런 경우에 그들과 소통이 먼저라는 것이다. 그렇게 고객과 피아노조율사인 나. 서로를 먼저 소통하고 조율하는 것을 먼저 한다는 것이다. 이렇게 50대에 접어든 나는 피아노조율을 통해서 삶에서 만나는 사람들과 소통하고 서로의 삶을 조율해 나가는 '인생조율사'로 살아가고 있다. 단순히 하나의 직업으로 피아노조율을 선택하고 생계만을 위해서 일을 하는 것이 아니라 만나는 많은 사람들에게 생각했던 것 이상으로 만족감을 주는 피아노조율사로 살아가고 있다.

30년간 쌓아온 피아노조율 기술을 발휘하고 서로 인간적인 소통의 조율이 됐을 때 만나는 많은 분들은 만족을 넘어서 감동을 느끼는 경우가 많다. 처음 피아노조율사로 입문했을 때는 기본적인 피아노조율을 완성하고 현장 경험을 많이 쌓는 것에 집중했다. 국가공인 피아노조율기능사 자격증과 산업기사를 취득하고 나서는 조금 더 높은 단계의 고객들을 만나게 됐다. 그 뒤로도 더 많은 수익을 낼 수 있는 방법들을 향해서 노력을 멈추지 않았다. 열정과 도전정신, 만남, 소통을 통해서 피아노조율사로서의 안정된 입지를 다질 수 있었다.

어떤 하나를 잘 배우고 어느 단계까지 올려 놓으면 다른 것들도 목표 성취를 하기가 어렵지 않다. 피아노조율을 시작해서 가정용 일반 업라이트 피아노조율, 수리를 하기 위해서 반복되는 연습과 부속을 전체 조정하는 기술을 습득하고 음색을 다루는 정음 단계까지 부단히도 노력했다. 경험을 쌓았던 업라이트 피아노조율, 수리를 바탕으로 연습용, 연주용 그랜드피아노를 조율, 수리하는 기술들도 배워 나가고 체득할 수 있었다. 이렇게 피아노조율사라는 직업은 인생기술이 됐고 피아노조율과 전임교수로 '대한민국 피아노조율수리 대한명인'에 추대되는 성공을 이룰 수 있었다.

"여러분은 현재 어떤 일을 하고 있으신가요? 학생이나 대학생으로 아직 취업을 하지 못한 분들은 앞으로 어떤 직업을 선택하시길 원하시나요?" 30년간 지구 30바퀴 만큼 피아노조율사로서 끊임없이 도전하고 지금의 성공을 이룬 저는 여러분에게 이렇게 권해본다. '스스로 가장 잘할 수 있고 행복한 일을 선택 하라고' 그래야만 시간이 지나 가면서 스스로 포기하고 싶을 때 힘겨울때 포기하지 않고 끝까지 자신의 꿈과 목표를 향해서 더 큰 성공을 이룰 수 있기 때문이다. 피아노조율에 관심을 가지시는 분이 있다면 언제든지 문을 두드려 주면 도움을 줄 수 있다. 비록 현재 상황은 많이 디지털화되고 디지털 피아노가 성행을 하지만 교회나 학교, 연주홀, 녹음실, 초, 중, 고등학교, 음악학원, 실용음악학원, 대학교에서는 디지털이 아닌 어쿠스틱 피아노를 사용할 수밖에 없다.

현재 어플이나 전자기기 어플을 사용해서 피아노조율을 할 수 있는 방법이 있기는 하다. 하지만 나는 개인적으로 기기를 사용한 피아노조율을 하지 않는다. 각 피아노 브랜드마다 피아노 조율법이 조금씩 달라야하고 특히 작은 사이즈의 피아노일수록 달라야만 한다. 기본적인 조율을 배우고 나서 조금 더 단계를 높여서 협회 가입 후에 '사단법인 한국피아노조율사협회' 세미나를 통한 기술세미나를 통해서 기술을 습득하거나 개인 사사를 받거나 피아노조율학원을 통해서 배울 수 있다. 더 성장해서 때로는 더 높은 단계의 기술적인 테크닉을 원한다면 사단법인 한국피아노조율사협회에 문의하고 입회해서 2년마다 한 번씩 있는 'IAPBT 세계피아노조율사협회 국제총회' 기술세미나를 통해서 외국의 양질의 피아노조율 기술을 배우고 경험할 수 있다.

피아노조율사는 가정용 업라이트 피아노조율비는 10만 원, 그랜드는 15만 원 받는다. 피아노부속교체 수리비는 부분과 전체 교체수리 해을 때 1만~100만 원까지의 금액을 받는다. 음악학원은 다수의 피아노를 수리하기 때문에 대당 5만~6만 원선(보통 3~20대), 업라이트, 그랜드 부속 조정작업은 최저 10~30만 원 정도, 음색 정음작업은 기본 10만~50만 원 정도의 비용을 받는다. 피아노조율사마다 수입의 차이는 있지만 초보조율사에서 경력이 있는 피아노조율사는 한달에 150만~1,000만 원 까지 각자의 상황에 따라서 수입이 다르다. 또한, 개인 수리, 악기샵을 운영하면 수입은 더 늘어날 수 있다.

직업 선택의 어려움을 겪고 있는 여러가지 이유로 자신의 직업을 선택하지 못하는 분들에게 평생직업으로 피아노조율 기술을 배워서 피아노조율사의 삶에 도전해 보라고 권해본다. 피아노를 연주할 줄 몰라도 피아노조율은 가능하다. 물론 피아노 연주를 할 수 있으면 더 좋기는 하다. 학력 차별이 없고 피아노 조율사 자격증 취득이나 활동에도 나이 제한도 없다. 남녀노소 누구나 도전할 수 있는 '피아노조율사'에 도전해보기를 바란다. 또한, 여러분이 평생 행복한 직업을 찾기를 응원해 본다.

나는 외국인 출신 재무 컨설턴트다

조유나

2000. 중국에서 10년간 통역 가이드 생활을 하다가
2010. 추석. 한국 땅을 밟고 서울 반지하에서 시작해서
2013. M 보험회사에 입사해서 7년동안 걸어서 개척영업.
설계사에서 팀장에서 지점장자리까지
2020. 현재는 더 베스트금융서비스 조유나보험대리점 대표

아는 사람이 없이도 영업은 누구나 할수 있고 자본주의사회에서
꼭 필요한 멋진 직업이란걸 알게 되고 매력적이란걸 알려주고 싶다.

즐기면서 일하고 좋아하는 사람을 만나고 다른 사람을 도와주는 일을 하면서
시간적·경제적 자유를 느낄 수 있는 직업을 하는 것이 나의 인생 목표이다.

__ 조유나

- 중국교포 출신 재무컨설턴트
- 前) 메리츠화재 지점장
- 2017년 연도대상 수상
- 2018년 월간경제인 -월간 명인 인터뷰
- 2019년 속보인TV 인사이드-보험방송 출연
- 現) 더베스트금융 조유나보험대리점 법인 대표

jojo5999@naver.com
blog : https://m.blog.naver.com/jojo5999
010-2415-5999
instagrm : tomato5999
youtube : 조유나의톡톡

나는 외국인 출신
재무 컨설턴트다

나는 어떻게 재무컨설턴트라는 직업을 갖게 되었나?

당신은 어렸을 때 어떤 꿈을 꾸셨나요?

아나운서. 스튜어디스. 기자. 연예인. 설계사. 공무원. 변호사 등등 어떤 직업을 꿈꾸셨나요 ?

어렸을 때 꿈은 어느 순간 사라지고 그때그때 변하고 현실만 남아서 사람들은 돈이 되는 직장을 많이 찾게 된다. 그런데 생각만큼 다 잘되기란 쉽지 않다. 나 또한 마찬가지이다.

대학생.취업준비생들을 상대로 글을 쓴다고 하니 예전에 대학생 때 생각이 난다. 그때의 나는 같은 대학생 커플들을 부러워하면서 쑥스러워서 말도 못 건네고 학교.기숙사만 왔다 갔다 하는 조용한 학생이였다. 그 시절 나도 똑같이 방황했다. 대학교 졸업하면 무엇을 할지, 나는 무엇을 잘하는지, 무엇을 하고 싶은지 조차도 몰랐다.

그리고 그 후 몇년뒤 나는 길치인데 가이드가 되었고 말도 잘못하는데 안내원이 되었고 중국에서 여행사 통역. 가이드 생활을 10년 하다가 한국에 와서는 아울렛판매원. TM영업 등 여러 직업을 경험했고 보험설계사 일을 시작으로 지금의 재무설계사로 일하고 더베스트금융 조유나종합보험대리점을 오픈하게 되였다.

인생은 참 생각대로 되지 않는다.

누구나 미래를 볼 수는 없는 법이다.

하지만 하려고 마음먹으면 안 되는것 또한 없더라.

그 이상을 상상하면 더 이상을 이루게 된다

나는 교포 3세다. 중국에서 태어났고 외할머니 쪽은 고향이 강원도 홍천. 할아버지는 고향이 함경북도 북한이다. 할머니. 할아버지 때 한국이 먹고살기 힘들때 중국으로 건너와서 살게 되었단다. 그 후 엄마아빠가 선을보고 만나서 나는 시골집에서 맏이로 태어났다. 없는 살림에 태어나서 엄마가 열심히 식당일에 농사일까지 하시면서 고생 많이 하면서 키워주셨다.

중학교때 아빠가 갑자기 학교에 찾아오시더니 나보고 두가지 선택이 있다고 하셨다. 열심히 해서 대학교를 가던지 아니면

전문대를 가서 빨리 취직을 하던지 선택하라고 하셨다. 머리가 좋은것도 성적이 좋은것도 아니고 대학교 졸업한다고 더 잘될거 같지도 않았다. 그래서 아빠가 원하시는 대로 전문대에 가기로 결정하고 호텔관광과를 다니기로 했다.

그 시절 그 선택도 두렵고 고민이 많이 되었다. 하지만 다른 선택을 할 용기도 없었다. 처음 교포학교를 다니다가 중국인이 많은곳으로 다니기 시작하니 말도 안나오고 중국말도 서툴렀다. 아빠가 중국에서 살려면 중국말을 더 잘해야 한다고 하셨다. 맞는 말씀이다.

대학교에 교포는 그때 단 10명뿐 모두 중국인들 사이에서 똑같이 어울릴려고 말을 시도해봤지만 쉽지 않았다. 말 한마디 할 때마다 다 쳐다 보는것 같고 순서가 잘못된것 같기도 하고 실수도 하니 소심한 성격탓에 사람 많은곳에 가는것도 싫었다. 그렇게 소심하고 조용한 유나는 대학생활을 마치고 똑같이 취직 고민에 빠지게 되었다.

내성적인 나는 대학교 졸업할 때까지도 존재감이 별로 없었다. 너무 조용하고 말도 안해서 있는것 같지않다는 말을 많이 들었다. 대학교 수습기간에 호텔가서 한국어 통역으로 지냈다. 내성적이고 낯가림이 심한 나는 다른 사람들보다 두배는 긴장하고 두근거렸다.

그때 중국 장춘에 제일자동차 제조공장이 있었는데 외국인이 상당히 많았다. 호텔에서 주문받으면 영어로 주문받고 조금씩 서툴지만 낳아가는 외국어 실력에 재미를 붙이고 일하기 시작하면서 한국 사람들 상대로 통역 일도 하기 시작했다. 다행히도 중국에서 태어났지만 우리 한글을 배우고 한국어를 할 수 있다는 것이 너무나도 엄마아빠한테 고맙다.

대학교 졸업후 통역만 하기에는 취직하기가 너무 어려웠다. 보통 한국. 일본 무역회사에서 통역을 많이 하는데 한국어 통역은 꽤 많이 있는편이라 한국처럼 알바 구하기도 쉽지 않고 거기서 일본어까지도 잘해야 취직하기가 쉬웠다. 나한테는 두가지를 하기가 너무 어려웠다.

다른 방법을 찾아봐야 했다. 통역을 많이 찾는 곳이 어딜까 찾다가 관광지가 많은 중국의 하와이라는 하이난이 생각났다. 비행기 티켓 살 돈이랑 핸드폰 하나 달랑 들고 비행기 타고 낯선 하이난 싼야로 무작정 떠났다. 그때 내 나이 20대. 그때 안가면 나중에 30대 되서는 그리 멀리 못갈거 같다는 생각에 안되면 비행기표 값만 벌어서 와야지 하고 떠났다.

그때 중국은 무법천지라 대륙에서 안 잡히는 범인들 잡히는 곳이 하이난이라는 곳이라 할 정도로 그때는 치안도 안 좋은 때였다. 월세집에 살고 있을때 바로 문밖에서 초저녁에 목에 칼을 대면서 돈달라는 강도도 만나봤고, 오토바이 날치기도 당하고, 집안에 도둑도 들은적이 있다.

지금 생각해도 그땐 참 무서운 동네였다. 2000년도 였는데도 말이다. 그렇게 진주박물관 한국어 통역으로부터 시작해서 모두투어. 파라다이스 허니문 전문 가이드, 통역 가이드 생활을 10년이나 해왔다. 사실 말이 10년이지 한마디로 놀고먹는 직업이고 구속도 없고 프리랜서라 더 오래 했을지도 모른다. 일주일에 3박5일 호텔에서 지내고 나머지 2일 쉬고 편하게 지냈다.

모든게 첫 스타트가 어려운거다. 처음 한국 사람들 앞에서 마이크를 들고 '안녕하세요~~~ '인사만 해도 얼굴 빨개지고 신발만 쳐다보다가 횡설수설하다가 마무리 지은게 한두번이 아니다. 연습만이 답이다. 꾸준히 외우고 연습하고 거울보고 웃는 연습도 하면서 시작했다.

성격도 조금씩 고쳐나가기 시작했다. 내가 소심해서 말을 안하면 상대방은 내가 무슨 생각하는지 당연히 모른다. 내가 당연히 맞다고 생각하는 일에 상대방은 아니라고 생각할 수 있으니 본인의 생각을 말하고 표현하는데 익숙해져야 한다고 생각하고 바꾸기 시작했다.

어느날 길에서 이쁜 아가씨를 보게 되었다. 누가 봐도 이뻐서 눈길이 더 가게 되는 아가씨였다. 근데 인상을 찌푸리는게 참 보기 좋진 않았다. 나는 어떤가 하고 생각해 보았다. 나는 더 이쁘지도 않아 근데 인상도 좋지도 않고 웃지도 않으면 사람들이 나를 얼마나 싫어할까 라는 생각이 들었다. 그 후부터 나는 최대한 웃으려고 노력하고 어색해도 웃었다. 그러면서 얼굴상도 바뀌는게 느껴졌다. 조금씩 아직도 어색하고 주름도 생기지만 그래도 웃는 연습을 한다.

그렇게 통역 가이드 생활을 시작하면서 어느덧 10년이란 시간을 하이난에서 보내게 됐는데 처음 패키지 여행부터 허니문 투어. 골프투어 등 전세기를 띄울 정도로 여행객들이 많았다. 그러다 여행사가 점점 많아지고 해외여행이 중국 하이난뿐만 아니라 동남아. 하와이. 호주 등등 다른 곳으로 인기가 많아지면서 하이난이 점점 비수기를 맞이하게 되었다. 일을 안하고 있을때면 거의 마사지 받으러 다니고 놀러만 다니고 쓰는 지출이 많아지니 더 이상은 여기서 물가도 높고 안되겠다는 생각이 들었다.

외국 나가서 돈이나 벌까 하는 생각에 알아봤는데 그중 미국 가려면 비행기 타고 불법으로 미국땅 밟기까지 5천만원이 들고 일본으로 가려면 2천만원정도. 그중 한국가려면 30만원 비용에 시험보고 합격만 하면 가능했다. 중국에서 한국가면 개고생하고 일만 하면서 산다고 별로 가고 싶진 않았지만 중국 물가도 비싼데 적당히 할것도 없어서 고생할것을 생각하고 두려움 반 기대 반으로 한국행 비행기를 탔다.

처음 한국 왔을 때 강서구 등촌동 반지하에 오자마자 전셋집 잡고 계약서 쓰고 이불사러 갔던 때가 엊그제 같은데 벌써 10년이다. 핸드폰부터 있어야 될거 같아서 핸드폰 개통했는데 점 찍고 한글 타자하는것조차 사용할줄 몰라서 어려웠다.

처음 지하철 타고 지하철역 놓칠까봐 잠도 못자고, 집밖에 뭐 사러 나왔다가 똑같은 집이라 못 찾아서 주소 찍고 택시타고 다시 집 찾아들어가고, 일자리 구하려고 교차로. 벼룩시장 찾아봤더니 글은 읽는데 무슨 뜻인지 외래어 같고 무슨말인지 하나도 모르겠고 한국 생활하는데 어지간히 불편했다.

하나하나 동그라미 쳐가면서 전화해보고 면접보고 아니다 싶으면 또 다시 찾고 이렇게 시작한 첫 직장이 아무조건 없이 뽑는 TM 영업사원이었다.

스크립트대로 읽으면 되고 무상으로 핸드폰 교체해준다고 전화하고 주소받으면 되는 TM영업이었다. 그렇게 TM을 첫 시작으로 일을 하다가 외국인 아울렛매장판매직. 화장품판매 하다가 쉬는 날 친구따라 충남 당진에 놀러갔다가 우연히 낚시하러 온 남편을 만나서 결혼까지 하게 되었다.

다른 사람은 친구따라 강남 간다는데 나는 친구따라 당진간 셈이다. 그러니 친구는 꼭 잘사귀어야 한다. 어떤 인연이 다가올지 모르니깐. 그때 남편은 경기도 수원에서 낚시하러 당진왔고 난 친구따라 온 거라 둘 다 연고지가 아니었다.

결혼생활을 당진 원룸에서 시작했는데 남편 월급으로 혼자 벌어서 살림 한다는게 쉽지않았다. 아무리 아껴도 남는것도 없고 일을 해야겠다는 생각이 들어서 일거리를 찾아보기 시작했다.

그때 임신 3개월 차라 태아보험도 알아보게 되었는데 보험가입경력도 없고 전혀 모르는 용어였다. 태아보험 선택하려니 너무도 어려웠다. 똑똑한 척 인터넷 찾아보고 전화상담도 받아봤지만 도저히 생소하고 무슨말인지 하나도 몰랐다. 눈뜨고 코베인다는 말이 보험을 두고 하는 말인 듯 싶다. 끝내는 제일 친절한 상담사한테 가입했다.

어느날 교차로 TM설계사 모집한다는 광고를 보고 제발로 보험회사에 찾아갔다. 그때 임신 3개월차라 시험보고 합격만 하면 교육비 지원해준다는 말에 솔깃해서 찾아갔는데 애낳고 나면 그만둬야지 하는 생각도 있었다. 그때는 어떤 직업이 나한테 맞고 오래 할수있을 거라는 생각도 없었다. 아무생각없이 사실은 보험설계사 직업을 하게 되었고 가볍게 생각했다. 그런데 지금은 보험회사에서 애 둘을 낳고 집도 사고 건물도 사고 억대 연봉을 받고 있다.

보험설계사 그 직업에 대해서 난 솔직히 아무것도 모르고 갔다. TM 영업이라 하기에 전화 상담하는줄만 알았지 보험을 팔아야 되는건지도 몰랐다. 그런데 모르고 갔으니 하라는 대로 시키는건 잘했다. 남편만 바라보고 밤낮으로 TV만 보고 있다가 출근할 수 있는 회사가 있고 같이 일할 동료가 있고 말할 사람이 있어서 우울하지 않고 너무 출근길이 즐거웠다. 남편월급으로만 생활하던 내가 임신한 몸으로 200만원, 300만원씩 가져갈 수 있는것에 엄청기쁨도 느꼈다.

*보험*이란 보. 자도 모르는 사람이라 시작부터 회사에서 시키는대로 했다. 하루에 10통 전화 통화하고, 방문 3곳을 잡고 1건 상담을 하라는 제일 영업의 기본 10콜. 3방. 1제안을 매일하기 시작했다. 누구나 모르면 배우면 된다. 배우고 그 선배들이 가

르치고 회사가 가르치는 방향을 따라가기만 해도 반은 간다. 굳이 미리 걱정하고 흔들릴 필요는 없다. 보험영업을 시작하면서 교육 듣고 회사 방침대로 따라 하다보니 일도 재미있고 사람을 만나는 일이라 매일매일이 새로웠다. 연금. 적금. 절세혜택도 알아야 되고 이어서 법인영업까지도 진행하게 된다.

재무컨설턴트가 되기 위한 마인드와 자세

요즘 시대를 보면 많이 버는것도 소득증대도 중요하지만 버는것을 어떻게 쓰는지 늘리는것인지도 똑같이 중요하다. 누구나 재테크에 관심이 있다. 대한민국이 세금을 많이 납부하는 나라인만큼 절세에 대한 관심 또한 많이 늘고 있다.

재무컨설턴트가 되려면 우선 경제관념도 뒷받침해줘야 되지만 제일 기본 중 기본은 성실해야 된다고 본다. 남의 재산을 자기 재산을 다루듯이 신중하고 고객 입장에서 생각하고 꼼꼼히 검토하고 집중하는 기질이 있어야 한다. 투잡을 하시는분들도 꽤 많은데 제대로 된 재무컨설턴트가 되려면 본업에 집중해서 파고들면 다른 일을 같이할 엄두를 못 낼 것이다.

배울 것도 많고 할 것도 많은데 투잡으로 어떻게 집중할 수 있단 말인가.

오로지 고객 입장에서 돈 하나라도 더 받아드리고 더 아껴주고 더 신경 써서 관리해준다는 느낌이 들어야 고객님은 가입한다. 설계사. 재무컨설팅 시작은 누구나 시작할 수는 있다.

사회초년생. 밥하던 아주머니. 성별에 상관없이 시작할 수 있지만 그 많은 설계사 중 고객들이 어떤사람이 오래 버틸수 있고 어떤 사람한테 가입하고 싶어 하는지에 대해서 고민하고 고민해야 한다.

지인이 많다고 고객이 많은 것은 절 때 아니다.

처음엔 지인으로 먹고 살겠지만 그 지인들이 언제까지 주변사람들이 시작하면 한껀씩 계약해 줄꺼라고 생각하는가?

기본에 충실하고 꾸준히 실행이 답이다.

알아듣게 풀어서 설명하고 언제든지 편하게 찾아오게 하고 좋은정보를 주고 일하는 모습을 보여줘야 한다. 전화를 잘 받는 것도 그중에 기본중 기본이다. 담당설계사. 컨설턴트는 연락이 잘되는 사람이여야 한다. 일 처리도 미루지 말고 바로바로 해주는 사람. 믿음이 가는 사람. 고객님은 그런 사람을 원한다.

재무컨설턴트의 장점과 단점

재무컨설팅을 하다 보면 제일 많이 궁금해 하는게 소득이다. 소득은 영업을 하는만큼 가져가는데 회사별로 조금씩 차이는 있지만 그래도 못하면 200만원대부터 1천, 2천 모두 다양하다.

당신은 얼만큼 벌고싶은가?

영업인은 시간이 자유롭다고 생각하고 있는가?

영업인은 시간을 자유롭게 사용할 수 있지만 출.퇴근이 없는 직업이라고 생각하는 게 맞는듯싶다.

영업을 시작한 사람은

-보험이든 물건을 파는 것 보다는 본인의 브랜드를 판다고 생각한다

누구든 내 재산을 맡겨놓고 최소 10년. 20년. 30년 관리해주는 담당관리자의 흐트러진 모습을 보긴 싫을 테니깐. 내 소중한 재산을 맡기는데 본인을 소중히 다루고 고객의 재산도 소중히 아낄줄 아는 그런 영업사원한테 더 신뢰가 가지 않을까!

장점은 돈은 많이 벌 수 있다는 것이다. 그 어느 직종보다 쉽고 편하게 벌 수 있긴 하지만 후속 관리를 꾸준히 하지 않으면 오래 롱런할 수가 없다. 무엇이든 똑같지만 또한 다르다.

1만원 계약이라도 소중히 여기고 고객님을 가족처럼 생각하고 일을 하면 개척에서 소개로 이어지면서 저절로 소득이 오른다. 처음 보험회사를 다니면서 300만원에서 3천만원 월급을 받아보았지만 사실 더 많이 받는분들도 많다.

고소득에 지점장, 본부장 명찰에 좋은 차 끌고 다니시는 분들 엄청 많다. 승진 또한 빠르다, 회사별 차이가 있겠지만 팀장에서 지점장 가는 길이 빠르면 6개월도 가능하고 본부장도 6개월이면 가능하다. 보험회사 영업의 세계 말고 어디서 그리 빨리 승진하는 걸 볼 수 있을까?

이번에 재무설계사 직종을 소개하면서 제가 알려주고 싶은 건 사실 별거 아니다. 누구보다 똑똑하지도 않은 나도 할수 있는데 지금 직장을 고민하고 있으면 영업에 뛰어들어 보고 이런 재무컨설턴트 직종도 나쁘지 않다고 알리고 싶다.

영업이 두렵고 무서운가? 근데 자본주의사회에 살면서 영업 아닌게 어디 있겠는가? 나를 내놓는 것도 영업이고 물건을 파는 것도 영업이고 장사를 해도 영업이다.

무엇을 팔 것인가?

무자본이 제일 중요한 자본이듯이 보이지 않는 물건을 파는것이 고수다.

단점이란 - 꾸준한 고객발굴이 중요하다.

화장품은 한달에 한번 살 수 있지만 보험은 그렇지 않다.

물론 무엇이든 장점 단점이 있기 마련이다.

새 핸드폰이 아무리 좋아도 적응이 안되면 원래것만 못한 것이랑 똑같다.

단점이라 하면

최근에 제일 이슈인 금융소비자법 강화로 설계사가 고객이 이해 못 하게 설명했다거나 중요부분에 대한 설명 불충분 또는 알아듣게 설명을 못했다고 고객이 민원을 걸거나 개인정보법 강화로 개인정보 동의 불법으로 신고하게 되면 과태료 3,000만원에서 7,000만원까지 내야된다. 그리고 고객님 보험료 반환하고 설계사는 벌금에 정지까지 먹고 위험부담이 엄청 크다. 그래서 항상 고객님이 알아듣게 설명하고 기본에 충실하며 증권 교부하고 다시 설명해드리고 비교설명을 정확히 해주어야 한다.

자신의 이익만을 추구하는 설계사는 고객눈에도 보인다.

장점이자 단점 - 고객관리를 꾸준히 해야 하는 것이다.

계약은 고객에서 나오고 소개도 고객한테서 나오고 민원 또한 고객한테서 나온다.

그러니 이 배를 타면서 물을 어떻게 이용하고 내 편으로 만들고 서로 윈윈하는 존재가 되기 위해서는 꾸준한 관리와 신뢰가 필요하다.

컨설턴트는 무조건 부지런해야 한다.

언제든 고객이 원하는 곳에 있어야 하고 도움을 줄 수 있는 사람이어야 한다.

멘탈관리를 해야 한다.

사람을 만나는 직업이다 보니 체력관리도 해야지만 멘탈관리가 상당히 중요하다. 계약 받았을 때 그 짜릿함도 좋지만 실패함 또한 맛보지 않을 수가 없다. 가족, 지인, 친한 친구 등등 사실 가까운 사람한테서 더 상처받는다. 당연히 나한테 해줘야 한다는 생각을 버려야 한다.

관점을 바꾸고 상대 입장에서 생각하고 자세를 바꿔야 한다.

나한테 맞다고 상대방한테도 맞다고 생각하면 안된다.

재무컨설턴트의 미래비전

인터넷에 요즘엔 다이렉트 자동차보험부터 암보험. 치매 등등 모두 설계 가능하다. 하지만 인공지능이 아무리 똑똑한들 보험료를 줄이고 늘리고 보장혜택을 설명해주면서 좋고 나쁘고 따져가면서 알아듣게 설명해야 할일은 반드시 설계사가 있어야 된다고 본다.

인터넷에 혼자 가입하고 진행할 수 있는것도 있어도 상품을 알아듣게 설명하고 절세관련, 세무, 혜택을 따져가면서 가입하고 어떤게 좋은지 장단점을 체크해주는것 또한 설계사 및 재무설계사가 할 일이다. 많은 재무컨설턴트가 없어지겠지만 남아 있는 건 모두 잘하는 사람일 것이다. 자동차보험부터 암보험까지 상품도 다양하고 누구나 알고 가입하고 혜택을 받을것을 원한다.

재무컨설턴트는 그 고객님의 가려움증을 긁어주는 역할을 하면된다.

꼭 필요한 사람, 당신 곁에 있어야 될 사람, 없으면 안되는 존재.

그런 컨설턴트가 미래 꼭 필요한 사람이다.

당신이라면 어떤 컨설턴트를 원하는가? 당신이 받고 싶은 대우를 고객님도 똑같이 원한다.

재무컨설턴트를 꿈꾸는 이들에게

사회생활을 시작으로 모든 것이 두렵고 낯설 것이다. 하지만 이미 걸어온 사람들이 있고 그 경험을 바탕으로 고소득을 받아 가고 젊은 나이에 승승장구하고 있는데 당신은 뭐가 부족하다고 생각하는가? 설계사자격증을 취득하는것부터 준비하고 시작하라!

시도해보아라!

꿈꾸어보아라!

밑져야 본전이다!

어차피 살면서 보험도 가입해야 되고 재무 컨설팅은 본인 가족에도 해당되는 일이니 남의 일이라 생각하지 말고 본인가정의 재무를 보듯이 똑같이 가족같은 마음으로 다가가서 시작하면 분명히 될 것이다.

시간의 자유. 경제적 자유. 생활의 자유.

그 모든 걸 누리기 전에 작은 것부터 시작해보아라.

내 보험부터 알아보고 가입해보고 수당도 받아보고 그 후에 결정해도 늦지 않다.

어차피 이번생에 보험은 있어야 하지 않는가?

보험은

보. 호해줄게.

험. 란한세상

재무는 재. 정비해서

무. 를 유로 바꾸는 과정이다

글을 마치며

지금 방황하고 있는 당신. 여기 가슴이 뛰는 직업이 있으면 도전해보시기 바란다. 나도 소심하고 부끄러운 소녀로 시작해서 법인영업 컨설팅까지 하게되고 더 잘될것이다.

어차피 살면서 혜택 받을거 빨리 시작하고 경험을 쌓고 안되면 재정비하고 또 다시 시작해야 하니 준비해서 출발하시기 바란다.

하루빨리 가슴뛰는 직업을 찾길 바라면서 여러분들의 행운을 바랍니다.

나는 다시 태어나도 아이들과 함께하고픈 30년 교육 전문인이다

김정은

너무나 아이들을 좋아했던 나는 우연한 기회로 30여 년 강남에서 보람있게 교육 사업을 끝마치고, 현재는 연중 반 정도는 트레킹과 여행으로 전국을 구석구석, 기회 있을 때는 해외로 인생 3막을 감사와 행복으로 걷고 또 걷고 있는 교육 전문인이며 여행가다.

_ 김정은

- 30년 교육 전문가
- 유아교육 학사 / 사회복지행정 석사
- 교육 사업가
- 트래킹 전문 여행가

sejong2972@hanmail.net

나는 다시 태어나도 아이들과 함께 하고픈 30년 교육 전문인이다

교육 전문인의 1막·2막·3막

인생 1막 성장의 시간 35년

내가 어릴 적 배우며 경험한 것이 미래에 교육 사업을 성장시키는 데 큰 밑거름이 되었다.

남아선호사상이 강했던 5남매를 두신 부모님은 남대문시장에서 가게를 하셨다. 오빠 그리고 딸 셋중 맏딸. 막내 남동생, 나는 막냇동생을 보살피는 큰 누나로서 때로는 엄마 역할까지 해야 했다. 내가 6학년 끝 무렵 갑자기 부모님께서 야간 중학교에 가라고 하셨다. 그 당시에 유치원 보내는 것은 부유한 집에서나 가능했었는데 교육열이 대단하셨던 엄마는 평범한 우리 집에서 막내인 남동생이라도 유치원에 보내고 싶어서 궁리 끝에 큰 누나인 내가 데리고 다니는 것으로 결론을 내리셨나 보다. 공립에서 최고 명문 덕수초등학교 먼 거리까지도 데리고 다녀야만 했다. 아무것도 모르는 꼬마 6학년 나는 창피하기도 했지만, 독립심 자립심이 강해지는 계기가 된 것 같다. 오빠는 가정교사까지 옆에 두었고 딸들도 기회가 되면 과외를 시키셨다.

고3 11월 한창 입시 철일 때 엄마가 화물 트럭에 교통사고로 다리에 큰 상처를 입어서 1여 년을 병원에 계시면서 외할머니와 함께 보호자 역할을 해야 되어 대학도 남들보다 늦게 가게 되었다. 큰딸로 자라면서 여러 가지 상황으로 내 일은 내가 알아서 하는 아이로 성장한 편이었다.

결혼해서 아들, 딸 둘을 키우면서 내가 아이를 광적으로 좋아하는 것을 알게 되었다. 큰아이가 너무나 활동력이 커서 주위에서는 번개라고 불렀지만 한 번도 애들 키우느라고 힘들다는 생각을 해본 적이 없었다. 큰애가 4살 되던 해에 거실에서 뛰어놀다가 '와장창' 창문이 깨지면서 베란다 창문 밖으로 튕겨 나간 적도 있었다. 다행히도 아이는 다친 곳이 없는데 깨진 유리창에 내 발등에서 피가 주루룩…. 아픈 것도 모르고 뒷정리를 한 기억이 있다.

어릴 적 꿈은 선생님, 결혼해서는 현모양처, 아내로서 엄마로서 최선을 다했다. 신혼 때는 과실주도 13가지를 담그고, 뜨개질로 시댁 어른들, 남편, 애들 다 떠 입히고, 요리도 기회가 되면 배우러 다니며, 주말이면 남편 쉬라고 아이를 데리고 골목 어귀로 데리고 나가기도, 맛있는 특식도 만들어 가정의 화목과 편안함을 위해 노력하였다.

그 당시는 한창 중동 붐으로 건설 회사에 근무하던 남편이 신혼 석 달 만에 사우디아라비아로 가면서 재수하던 시동생을 맡게 되어 3수, 4수까지 뒷바라지하면서 시댁에서는 큰아들 몫까지 하게 되었다. 어느 사이 아이들이 고학년으로 성장하면서 너무나 아기가 키우고 싶어졌다. 하지만 우리는 수년 전에 남편이 수술을 해서 다시 우리 아이 꿈은 멀어졌다. 남편에게 우리 입양할까? 아니면 "반쪽이라도 내 아이가 좋지 않을까?" 농담도 했다.

인생 2막 열심히 달리고 달린 시간 30년

꿈이 현실로 운명으로 우연히 찾아왔다. 어느 날 여동생이 "언니 상가 분양받는 곳에 같이 가자."고 말했다. "그래 같이 가자. LH에서 '영구 임대 상가 분양' 보증금도 적게 들어가고 좋은데? 나도 넣어 볼까?"했는데, 약 110평 상가가 덜컥 당첨되었다.

'난 현모양처가 꿈인데, 계획도 없이 이를 어쩌나?'

임대 상가는 재임대도 놓을 수 없어서 본인이 뭐든지 해야 한다. 반납하기는 아까웠다. 가장 걸림돌은 내 아이들 돌봄과 교육 문제였다. '어떻게 해야 할까?' 그동안 아이들에게 철두철미하게 집을 지키는 엄마였고 기둥이었는데….

"안녕~ 학교 잘 갔다 와!, 잘 갔다 왔니? 배고프지? 맛있는 음식 해 놨어. 좀 쉬고 숙제하자!"

모든 일과를 같이했었다. 내 아이들에게 피해도 적고, 내가 좋아하는 일이 무엇이 있을까? '그래! 내가 광적으로 좋아하는 아이들을 매일 볼 수 있는 유치원 프로그램으로 시작해 보자.' 집을 한 번도 비우지 않고, 학교에서 귀가 할때면 집을 한번도 비우지 않고 매일 간식을 손수 만들어 주던 엄마의 빈 자리에 큰 아이는 난리가 났다. "왜 엄마가 나가야 해? 다 불태워 버릴 거야!" 고민 고민 끝에 미술 전공한 시누이를 불러들이고 난 좀 일찍 귀가하기로 했다.

인테리어를 마치고 선생님들을 채용하고 홍보도 하고 년중 계획안, 월 계획안, 주간 계획안…. 한 명 한 명씩 부모님 손을 잡고 예쁘고 멋진 아이들이 모여들었다. 순진무구한 코흘리개도 울보도 너무너무 예쁘고 천사같이 보여 하루하루가 행복하고 감사했다. 아이들을 위한 행사도 많이 했다. 소극장을 대여해서 발표회, 학교 운동장에서 대운동회, 거리 미술 전시회. 주말농장으로 사철 채소를 아이들과 키워서 고사리손으로 함께 김장도. 추석이면 송편도 만들고. 생일엔 부모님 모시고 감사의 절도 하고…. 어릴 적 추억이 없어지는 것이 아까워서 비디오 편집을 배워서, 이 모든 것을 직접 비디오로 촬영해서 밤새도록 영상 편집을 하여 어릴 적 추억을 집으로 보내드리고, 앨범도 모든 사진 하나하나에 아이가 주인공으로 예쁜 설명을 다 적었다.

진심은 통했다. 한 명 한 명 너무나 귀하고 예쁜 아이들에게 정성을 다했더니 원에 다니는 부모님들께서 입소문으로 옆집 아이, 동생들, 7세(기린반) 4반, 6세(사슴반) 2반, 5세(병아리반) 1반 그리고 초등학교 저학년생들까지 방과후에 맡겼다. 최대의 홍보 효과는 학부모님들의 입소문이다.

어느 사이 개원 15년째 교통정리를 해야 하는 시기가 왔다. 처음 원에 등록한 아이들이 계속 다니다 보니 초등 중등생들이 늘고, 상가 건물도 노후화되어 예쁜 유치원 건물은 아닌 것 같아 인테리어를 새로 하고 초·중·고 대상 학원으로 전환했다.

학부모님들은 무척 아쉬워했지만 두 마리 토끼를 한 원에서 잡는 일은 내 소신으로는 허락지를 않았다. 누구는 2개 3개…. 원도 운영하지만, 보물 같은 소중한 아이들을 나에게 맡기는데 수금하는 원장이 되고 싶지가 않고, 내 눈에 아이들의 일거수일투족이 보여야 안심이 되어 아플 때도 원 한구석에서 링거를 맞으며 누워서 모니터로 관리를 했다.

초·중·고등부 대상 강사들도 모집하고 홍보도 여러 가지로 했다. 이미 우리 지역에 입소문으로 자리 잡고 있어서 학생들 모집은 그리 힘들지는 않았다. 다른 대형학원 입시기관 등 입시 설명회도 부지런히 뛰어다니며 철저히 준비한 자료로 우리 원에 맞는 프로그램과 계획안도 만들어 가정통신문도 주기적으로 발송하고, 각 과목 강사들에게 학생들의 소중한 장래를 맡은 조력자 역할을 항상 주지시켰다.

초·중·고 학생들 특히 중등부, 고등부 학생들이 학원비를 내는 이유는 두 가지다. 성적관리와 적응을 잘해서 결석하지 않고 수업에 열심히 참여할 수 있도록 해달라는 것이다. 그것은 각 과목 강사들의 능력과 열정이다. 그리고 원장은 각 과목 강사들이 학생들에게 소홀하지 않도록 강사 관리와 미처 강사들이 신경 못 쓰는 학생들의 인성과 개개인 학부모 상담까지를 해야 한다. 학생들을 가르치지는 않지만 모든 학생의 출결석 상황, 학교 성적, 학원에서 수시로 보는 테스트 결과물…. 어느 때라도 학부모님이 오셔서 "원장님 우리 아이 요즘 어때요?" 하면 많을 때는 몇백 명도 되었지만 다른 기억은 없어도 모든 학생을 언제라도 상담할 수 있을 정도로 대부분을 파악했었다. 내 나름 강사들이 출퇴근 시에 제출하는 출석부에 모든 것을 기록하도록 관리를 꼼꼼히 점검했다. 날짜가 누적되다 보면 모든 학생의 성적은 물론이거니와 성실성, 향상되어 가는지, 제 자리인지, 여러 가지가 보였다. 성적이 오르면 장학제도를 만들어 아낌없는 포상도 하고, 때로는 별도로 불러서 부모 이상의 관심을 가졌다.

열심히 달려온 만큼 학생 수도 늘고, 돌아보니 어느 사이 경제적인 여유도 따라와 주었다. 물론 여자로서 가정과 양립하다 보니 어려운 점도 있었고, 강사들의 몇십 년 살아온 안 좋은 습관과 인성으로 피해를 본 적도 있었다. 하지만 나름 그때그때 지혜롭게 해결해 가면서 슬기롭게 보람으로 후회 없이 30여 년 '어릴 적 꿈 선생님'으로 감사히 일을 마칠 수 있었다.

"꿈은 이루어집니다."

"잘할 수 있는 일, 하고 싶은 일, 좋아하는 일이라고 생각되면 시작하세요."

인생 3막 나를 위한 시간

인생에서 마침표와 쉼표를 찍어야 할 선택의 기로다. "이제 어머니 그만하시고 쉬세요." "엄마 좋아하는 트레킹도 하고 여행도 다니고 정리하세요." 아이들이 몇 번을 권했지만, 내 나름 정리할 시기를 이것저것 준비한 뒤 결정을 내렸다. 아들딸도 10여 년 전에 예쁜 며느리, 멋진 사위를 만나서 오손도손 손주 다섯 명을 안겨주고 행복하고 건강하게 잘 살아줘서 정말 감사하다.

아이들이 깜짝 이벤트를 마련했다. "엄마! 어머니! 지금 타시는 자동차 10년 되고, 색깔도 전에 자동차부터 회색이어서 지겨울 텐데 바꿀 생각 없어요?" "아니 왜 바꿔? 7만 킬로 밖에 안 타고 사고도 없어서 멀쩡한데 엄마는 이 차 70세 80세 되어도 탈 거야."

어느 날, "우리 함께 식사하러 가요." 미국에 사는 딸이 나오면 으레 뭉치기에 "그래 언제가 좋을까?" 워커힐호텔 한강이 바라보이는 뷰가 최고인 룸, 들어서자 벽에 '고맙습니다. 은혜에 보답하겠습니다.' 현수막이, "뭐야 무슨 일을 꾸미는 거야! 고마워~" 그리고 '위대한 어머니상' 감사패 증정, 행복하고 감사한 마음으로 식사를 마치고 1층 로비로 나가니 입구에 빨간 큰 리본을 단 회색 벤츠가 보여서 누가 신혼여행을 떠난다고 잠시 생각할 때 "어머니, 엄마 타셔요." 내가 열심히 달려온 긴 시간이 헛되지 않았다는 것에 벅차오르는 감동과 보람이었다.

"여러분들의 취미는 뭔가요?"

교육사업을 하면서도 틈틈이 동적인 것, 정적인 것 여러 가지 취미를 접해 보았지만 걷는 것과 스포츠댄스가 가장 좋았고 잘할 수 있는 취미로 남았다. 내 상황에 맞추어 집 앞 학교 운동장이라도 5바퀴~10바퀴 돌고, 주말에는 공원도 걷고, 출근하면서 기관에 들러서 음악에 맞추어 루틴에 따라 스포츠댄스도 바쁜 일에 활력소가 되었다.

원을 운영하면서 노후에 청소년 복지관을 운영하고자 석사과정 사회복지 행정도 공부하였다. 하지만 30여 년 긴 시간 교육 사업으로 사회복지사 1급은 장롱 자격증으로, 가끔 구청 복지기관 검수 때나 봉사 때 달려가기도, 청소년 협의회 회장으로 지역 봉사를 하였다.

그리고 학교 총학생회. 총동문회 살림과 조직관리를 오랜 기간 맡아 하면서 너무나 동분서주하는 바쁜 일정에 10여 년 전에 정리하고 좋아하는 트레킹으로 좀 더 시간을 할애했다. 한 달에 몇 번 가는 트레킹도 더 걷고 싶고, 세계 트레킹도 하고 싶고, 인생의 가장 큰 숙제인 아이들도 고맙게 자리 잡고 잘 살고, 욕심 없이 나 먹고살 정도의 노후 준비도 마쳤다.

교육 사업을 정리하면서, 플라톤의 '행복론'을 되새겼다. '과

유불급(過猶不及), 지나침은 부족함과 마찬가지, 아쉬워 말고 정리를 해야겠다.' '30여 년 일만 하며 달려왔으니, 이제 오롯이 나를 위한 삶의 시간을 가져보자!' 좋아하는 트레킹, 여행은 내 삶의 활력이자 건강을 지켜주는 일상이 되었다.

교육 전문인으로 가기 위해서

갖추어야 할 자세와 자격증

이론과 학력이 뛰어난 강사보다는 좀 부족한 학력이라도 아이들의 인생과 장래를 위해 사명감과 진정성 있는 책임감으로 다가갈 수 있는 밝고 긍정적인 사고를 지닌 분이면 굿이다.

유치원, 어린이집 선생님은 2년제 4년제 정교사 자격증도 중요하지만, 많은 선생님을 경험한 바, 아이들에게 사랑을 듬뿍 주는 평생 교육원에서 1년 과정을 이수한 선생님도 아주 훌륭한 교육자로 오랜 기간 함께 하며, 나중에 경력을 인정받아 어린이집 원장이 된 적도 있다.

모든 것은 음지와 양지가 있듯이 때로는 힘들 때도 있다. 실수한 응가도 치워야 하고 다툼과 생떼도 사랑으로 어루만져 주어야 한다. 아이들의 실수는 자라나는 과정이기에 인내하며 천사로 보여야 하며, 마음속 깊은 곳에서 우러나는 진심으로 보듬어 줄 수 있는 부모 이상으로 접근할 수 있는 자세가 중요하다. 어느 날 7세 아이가 옷에 응가를, 하늘 같은 엄마가 없는 집 밖에서 얼마나 아이는 당황했을까. 곧바로 "멋진 OO야! 괜찮아 원장님은 초등학생 때도 실수한 적 있어, 너는 아직 유치원생인데 그럴 수 있어 급했구나! 다음에는 좀 더 일찍 '선생님! 화장실 다녀오겠습니다' 하자!" 아무렇지도 않은 척 하하 호호~

부모님들의 지나치다 싶은 마음까지도 다 이해해 드려야 한다. 부모님의 입장에 서면 그럴 수도 있다. 라고 생각하면 매끄러운 관계가 형성된다. 여러 가지 행사도 많다. 신입생 간담회, 매주 매월 현장 체험 학습, 계절에 맞추어 환경 꾸미기, 가을 운동회, 연말 발표회 등, 유아교육을 하는 선생님은 만능 엔터테이너가 되어야 한다. 일은 많지만, 아이들과 함께하는 하루하루가 행복하고 적성에 맞아야 한다.

가끔 딸이 "엄마는 다시 태어나면 무엇을 하고 싶어요?" 물어본다. "엄마는 단독 건물 예쁜 유치원에서 예쁘고 멋진 아이들과 함께하고 싶어." LH에서 분양받은 상가 건물은 여러 가지 업종이 함께 있어서 환경이 맘에 안 들었지만, 나만의 프로그램과 아낌없는 사랑과 진정성 있는 칭찬으로 성장한 원이 되었다. 아이들한테는 칭찬만큼 훌륭한 지도 방법은 없다. '칭찬은 고래도 춤춘다'라고 하듯이, 물론 문제점은 정확히 짚어주면서 칭찬거리를 찾아서라도 자신감을 북돋아 주어야 한다. '세 살 버릇이 여든 간다'라는 말이 있다. 어릴 때부터 습관 교육이 가장 중요하다. 유아교육은 첫째도 사랑. 둘째도 사랑. 셋째도 넷째도….
사랑 사랑이다.

청소년 대상의 초·중·고 학원으로 전환하면서 강사들의 기준도 다르기에 구직 광고를 내고 면접을 보게 된다. 2년~4년제 대학 졸업자이면 근무 지역교육청에 등록 한 뒤 취업은 가능하다. 한 선생님을 채용하기 위해서는 몇십 장 들어 온 이력서에서 열 장 정도 추려서 전화 인터뷰를 하며, 목소리와 억양 말씨 마음가짐 등으로 몇 명을 선택한 뒤 "내원해주세요." 그리고 원장실에 들어올 때 단정한 옷차림과 표정 자세로 어느 정도 가늠하고, 2차 3차 4차 맡은 과목 실력 테스트, 시강까지 시켜본다.

특히 중·고등부 선생님은 학생들의 장래를 좌우할 수 있는 중요한 시기에 맡으므로 실력이 있어야 하고 사명감·책임감 있는 자세로 학생들을 관리해야 한다. 중등부 강사는 실력은 좀 부족해도 어디로 튈지 모르는 사춘기 학생들을 공부하게끔, 성실하게 등원할 수 있게끔 교실에서 CEO의 역할로 리딩 능력을 갖춘 선생님이 최고의 능력자다.

가끔 보면 학력은 짧지만 뛰어난 능력으로 천직인 선생님들도 있다. 한 예로 타 학원 1년 유경험인 수학 선생님, 여상 나와서 전문대 출신이지만 학창 시절 수학을 잘하고 좋아했다고. 면접할 때 밝아 보이고 부족한 것은 공부하면서 중3까지 지도할 수 있다는 적극성에 채용, 최고학부 나온 선생님들보다 훨씬 더 학생들에게 인기 있고 공부 할 수 있게끔 관리를 잘해서 학생들 인원수도 제일 많이 지도하는 인기 최고인 선생님도 있었다.

반면 고등학교 시절 전교권에 들었고 한국 최고 명문 대학 이과 출신, 이력서에 다른 여러 곳을 거친 경력도 있는 40대 고등부 남선생님인데, 측은지심이 들 정도로 학생들에게 휘둘리며 관리를 못 하는 강사도 있었다. 스스로 알아서 관리하는 것이 정말 없었다. 학생들 지도 스킬까지도 하나하나 다 가르쳐 줘야 하는 답답한 강사로 가정의 가장 역할은 제대로 할지 의문이 가는 강사였다. 학력만으로 여기저기 옮겨 다니며 경력만 채운 명문대 출신은 NO다. 고등부 이과 담당이어서 채용할 때 실력 위주로 채용한 것이 실수였다.

중등부까지는 각 과목 꼭 전공이 아니어도 학생들을 지도할 수 있는 정도의 실력에 사춘기 아이들과의 친화력과 통솔력이 우선이다. 고등부 강사는 특별한 경우를 제외하고는 난이도와 입시라는 관문이 있으므로 각 과목 전공자를 필요로 하며 입시 상담까지도 가능한 강사를 채용한다.

원의 연출자이자 총감독인 원장은 강사들 학생들 일거수일투족 관리와 년중 월중 계획안과 수시로 회의 진행을 위한 메모를 하며 느슨해지지 않도록 모범적인 수장 역할을 해야 한다. 때로는 강사들의 몇십 년 살아온 인성까지도 인생의 선배로 이끌어 주기도 해야 하며, 선생님들이 바빠서 손이 못 미치는 아이들까지도 원장실에 불러 '나도 할 수 있다'는 의지와 자신감을 갖도록 바르게 이끌어 주는 보조 역할도 필요로 한다.

가끔 선생님들이 "원장님! 제가 여러 원을 다녀 봤지만, 원장님처럼 자리를 지키는 분은 처음이에요. 존경스러워요." 부모님들께서 보물보다 귀한 자녀를 보내주셨는데 어찌 소홀할 수가 있겠는가?

내 자녀보다 귀한 원생들

내 것이 중요하면 남의 것도 소중하듯이, 내 자녀가 귀하면 남의 자녀는 더 귀함으로, 믿고 맡겨주심에 감사하며 성장시켜 드려야 된다는 사명감으로 접근해야 한다.

아이들과 함께하는 일은 내가 잘할 수 있는 것. 내가 좋아하는 직업이어서 즐겁고 감사함으로 원과 가정에 최선을 다했지만, 양립하다 보니 내 아이들에게 놓친 부분도 있었다. 원을 비울 수가 없으니 한창 엄마의 정성과 뒷바라지가 필요한 사춘기 중·고등학생 때 미처 신경 못 쓴 부분, 딸 아이가 5학년 때 원어민 선생님께 영어를 배운 적이 있는데 감각이 뛰어나고 잘 받아들인다고 외국인 학교로 보내서 미국 명문 중·고등 대학교까지 설계를 해주었다. 가족은 함께 있어야 한다는 나 중심적 생각에 "아니에요. 고맙지만 그냥 한국에서 가족들과…." 그 뒤 중학교에 입학하더니 "엄마 영어 선생님 발음이 다 꼬졌어, 나 유학 갈거야." 설득 끝에 "외고를 가면 원어민 선생님과 영어 수업할 수 있으니 열심히 해 보자."

대원외고 시험, 결과는 동점으로 불합격! 일명 수재들이 모이는 학원에 보내면서 원을 비울 수가 없어서, 학교가 마치면 엄마가 없는 빈집에 귀가해서 직접 밥을 해 먹고 간식도 챙겨서 자습까지, 집에 오면 밤 한 시 두시, 가장 마음이 아픈 기억이다. 내가 좀 더 뒷바라지해서 한 개만 더 맞아도 원하는 학교에 갔을 텐데…. 결국은 고1 때 전교 1등으로 입학한 여고를 마다하고, 직접 영어 번역을 해서 스스로 수속을 마치고 부모의 품을 떠나 미국 유학길에 올랐다. 딸을 보내놓고 목 놓아 참으로 많이 울었다. 가족은 함께 부대끼며 살아야 한다는 생각이었다. 지금은 미국에서 누구보다 행복하게 잘살고 있는 딸이 자랑스럽다. 아들도 고등학생 때 엄마가 좀 더 그늘이 되어주었으면 결과가 더 좋지 않았을까 아쉬움이 있었지만, 스스로 해낼 수 있는 자립심 독립심이 강한 사회인으로 성장해서 감사하다.

두 마리 토끼는 잡을 수 없는 법, 최선을 다하는 자세가 중요하다. 여강사들 면접할 때나 회의에서 항상 강조하는 말, "선생님! 가정에 자녀에 소홀하면 우리 원에서는 근무할 수가 없어요." "고루한 생각인지는 모르지만, 결혼하면 여자는 사회인이기 전에 주부예요." "나 역시 사람 한번 안 쓰고 1인 몇 역을 해 왔고, 할 수 있어요."

원장을 믿고 맡겨주신 학부모님들의 귀한 아이들에게도 대충 지도는 통하지 않는다. 선생님들은 학생들을 성인으로 성장시키는데 일조하는 직업이다. 사람의 관계는 정성을 다하면 반드시 훌륭한 결과가 나온다는 지론이다. 교육 사업은 진정성있는 사랑과 자부심으로 최선을 다하면 성과는 나온다. 열정과 수입은 비례한다.

교육 사업의 빛과 그림자

"교육 사업의 성공 향방은 강사들의 자질에 90% 이상 좌우한다." 해도 과언이 아니다. 개원했다 얼마 안 되어 폐원하는 학원들 대부분은 학생이 없어서 이유보다, 잘못 채용한 강사들로 인해 피해가 커져서 문을 닫게 되는 경우가 대부분이다. 다른 직업보다 구직이 쉽다 보니 책임감 없이 가볍게 취업하기도, 몇십 년 살아온 그릇된 인성과 습관으로 인해서, 학생들 지도 능력이 부족해서, 편 가르기로 정치하는 강사도 있다. 이직률도 가장 많은 직업이다. 오늘 그만두고 바로 취업해서 내일부터 근무할 수 있기도 하다. 학생들은 등원했는데 강사가 펑크내면 급구 구인 광고 내는 경우도 여러 원이 있어서 가끔은 보따리 강사를 만날 때도 있다. 물론 대부분이 책임감과 사명감이 있지만 미꾸라지 한 마리가 흑탕 물을 만들기도 한다. '한 예로 30여 년 원을 운영하면서 급하게 채용한 최악의 40대 초반 강사가 있었다.' 통솔력은 사이비 종교의 교주 이상으로 입에서 나오는 말은 대부분 거짓말로 포섭? 을 잘해서 학생들 모집 수는 최고였다. 고등부 강사는 대부분이 학생 인원수에 따라 급료가 책정된다.

어느 날 학생들을 몽땅 다 데리고 나갔다. 물론 아이들이 따라온 거라며 그럴듯한 거짓말로 합리화하며, 다른 강사들까지 함께 데리고 나가려다 강사들 포섭은 실패했다. 문제 강사의 부모님을 만나보니 집안에서 사고뭉치로, 성장 과정 그리고 사회에서 문제가 많은 사람이었다.

열심히 성실하게 강사로 근무하다가 개원해서 운영을 성공적으로 크게 하는 강사들도 있다. 한 예로 가장 가까운 아들은 5년 다른 원에서 경력을 쌓고 우리 원에서 5년 부원장으로 착실하게 근무하면서 많은 노하우와 학생들 학부모님들 강사들을 대하는 마음가짐을 전수받아 7년 전 강남에 개원을 해서, 소위 말하는 '사'자 붙는 직업 못지않게 원장의 길을 잘 가고 있다. 초중고 학생 때 12년 개근, 지각 결석을 한 번도 안 했던 성실함이 근본이지 않나 싶다. 가끔은 아들 학원에 대표원장으로 나가보면 나의 노하우에 업 그레이드 해서 잘하고 있다.

교육사업의 수익구조와 대우는?

누구한테나 직업을 선택할 때는 내가 잘하는 것, 좋아하는 것, 하고 싶은 것을 하라고 권한다. 특히 교육사업은 사랑과 성실이다. 성장의 기로에 있는 아이들에게 용기와 자신감도 주고 인정을 해주어 '할 수 있다'는 동기부여를, 그리고 사람 관계여서 힘들 때도 많으므로 롱런하려면 인내가 필요한 직업이다. 강사는 대상에 맞추어 수업 준비를 확실히 하고 신입생 퇴원생 관리를 철저히 해서 재수강 재등록하도록 관리를 해야 한다.

급료는 대부분 능력에 비례하지만 유치원 어린이집 초.중 선생님은 200~ 300만 원 내외, 고등부는 400~500만 원 내외이지만 능력제로 1타 강사는 아주 많은 수입을 창출하기도 한다.

원장은 사명감과 책임감을 갖고 작은 것이라도 놓치지 말고 항상 메모하는 습관과 부모님들이 자녀를 편하게 믿고 맡길 수 있는 교육기관으로 아이들에게 사랑의 울타리가 되어 주어야 하며, 종일 함께하는 강사들에게는 사회 선배로써 배려와 소통과 공감으로 가족같은 마음으로 이끌어주어야한다.

수입은 천차만별이다. 때로는 여러 가지로 힘들어 개원 1~2년도 안 되어 문 닫는 곳도 있고, 명성이 자자한 대형학원도 있다. 우리 원은 중간 정도 규모로 30여 년 근속한 원장으로 주위에서 나보다 더 오래 한 자리에서 한 사람은 못 보았다. 나에게 교육 사업은 존경 받고 인정 받으며 가치 있는 직업이었고 보람이었다. 열심히 달려와서 돌아보니 성과도 좋아서 자녀 유학도 시키고 노후 준비도 되었다.

아이들을 좋아하고 성실한 사람이면 자신이 하는 일에 자부심과 만족할 수 있는 직업으로 권하고 싶다. 당장 눈앞에 이익보다는 멀리 보면 충분히 승산이 있는 보람된 직업이다.

노매드 변호사 안귀옥의 행복 이야기

안귀옥

안귀옥변호사는 국립인천대학교 최초의 사법고시 합격생으로, 1997년 2월에 인천광역시 최초의 여성 변호사로 터를 잡았다. 변호사가 된 이후에는 여성·아동·노인·중소기업 등 사회취약계층의 변호를 도맡아서 해왔다. 그 후 IMF로 기업이 무너지고 가정이 해체되어가는 것을 안타까워하던 중인 2003년에는, 사단법인 임마엘의 전신인 SOS한국행복가족상담소를 개소하고 위기 부부들을 돕는 일을 시작하였다. 2008년에는 지역의 지식인 80인과 행복문화포럼을 설립하고 가정의 해체를 막기 위해서 초·중·고등학교의 학부모를 대상으로 한 교육을 실시했다. 그 후 2013년에는 청소년들을 위한 모의법정을 열고 청소년들의 진로체험과 인성교육을 하였다. 2020년 1월에는 유튜브에 '여성을 위한 여성 TV'라는 이름의 채널을 개설하고 국민들에게 법원의 판례를 통해서 법의식을 일깨워주고 있다. 안귀옥 변호사는 의뢰인의 마음을 알아주고 맡은 일에는 최선을 하는 변호사로서 명성이 높지만 이외에도 현재에 안주하지 않고 변화하는 시대의 흐름에 맞게 국민들의 인권을 보호하기 위한 변화무쌍한 노매드 변호사로서의 역할을 다하고 있다.

_ 안귀옥

- 안귀옥법률사무소(1997.2. 개소)
- 사단법인 임마엘 이사장
- 국방부 군인권자문위원
- 보건복지부 장기요양심판위원
- 한국여성심리학회 대외이사
- 인천광역시 환경분쟁조정위원
- 중증장애시설 브솔시내 인권지킴이 단장
- 인천구치소 초대 교육분과위원장

www.lawho.net
카카오플러스 친구 : http://pf.kakao.com/_Msapxl
https://m.blog.naver.com/lawyeran21
유튜브 : 안귀옥변호사
032-861-3300

노매드 변호사 안귀옥의 행복 이야기

나는 취업을 할 수 없어서 사법고시를 준비했다[1]

취직할 나이가 지나서 사법고시를 선택하다

판사나 검사 또는 변호사 같은 법조인이 된 사람들의 수기를 읽어보면, 대부분이 사회정의를 세우기 위해서 또는 공부를 잘해서 법대를 진학할 수 있는 정도의 성적이 되었을 때 부모님이나 선생님의 조언으로 법조인이 되는 경우가 많은 것을 볼 수 있다. 그러나 내가 법대를 지원하고 변호사가 된 것은 두 조건이 모두 아니다. 나는 단지 초등학교를 중퇴하고 공장 생활을 하면서 소

1 여기서는 초등학교 중퇴자가 사법고시에 합격하는 과정을 리얼하게 작성할 여백이 부족해서 팩트 위주로 작성했다. 혹시 구체적인 과정이 궁금하신 독자는 자서전 '나의 인생에 포기는 없다'를 보시거나, 유튜브에 '안귀옥 변호사'를 치면 10분짜리 동영상에 상세한 내용이 나온다.

외 소녀 가장 역할을 하다가 23살의 나이에 검정고시 공부를 시작했다. 1년 6개월 만에 초·중·고등학교 졸업 자격을 얻고, 25살의 나이에 대학 입시 준비를 했는데, 1983년경 대한민국 기업에서 여성 사원의 취업 조건은 '만 24세 미만의 미혼 여성'이었다.

그러나 나는 대학을 들어가는 나이가 이미 26살이니, 30살에 대학을 졸업하고 나면 일반 직장에 들어가는 것은 원시적으로 불능인 나이였다. 나는 나이나 성별로 인한 차별을 받지 않는 직업을 가지려면 전문가가 되는 방법밖에 없다는 것을 알게 되었다. 당시에 내가 생각할 수 있는 전문직이라고는 교사, 약사, 의사, 법조인 정도였다. 그중에서 교사나 약사 그리고 의사라는 직업을 가진 사람들은 내가 만나본 직업군들이었지만 법조인은 한 번도 만나본 일이 없었다. 전혀 모르는 세계에 대한 호기심은 도전을 할 용기를 주었다. 법조인이 되기 위해서는 사법고시에 합격해야 한다는 것 이외에는 아는 것이 아무것도 없었다. 주변에 법조인은커녕 사법고시를 공부하는 사람도 본 일이 없었기 때문에 정말 사법고시에 대한 정보라고는 전혀 없는 상태에서 아무런 망설임도 없이 법대에 지원을 했다.

원서 접수번호 8번으로 법학과 지원하다

전기 대학에 입학원서를 넣었지만 떨어지고, 후기 대학에는 서울에서 가장 가까운 곳에 법학과가 있는 곳이 인천대학교였다. 사법고시 공부를 하기 위해서 법대를 지망한 것이다 보니, 눈치

보기를 할 필요도 없이 입학원서 접수 첫날 접수를 마쳤고, 원서 접수 번호 8번이었다. 당시에 입학을 위한 에피소드는 입학원서에 1지망부터 3지망까지 원하는 학과를 적어낼 수가 있었는데, 나는 법대를 가기로 결심을 했기 때문에 1지망, 2지망, 3지망에 모두 법학과를 적었다. 입학지원자 면접을 보던 법대 학과장님은 나에게 '최선을 해야지 어떻게 모든 지망을 법학과로 기재하느냐'고 물었을 때도, 나는 당당하게 '저는 사법고시를 치르기 위해서 법대를 지원하는 것이어서 다른 과에는 관심이 없습니다'라고 단호히 대답했다. 다행히 인천대 법학과에 합격을 하기는 했는데, 1983년에 인천대 법학과는 생긴 지가 3년 차인 학과로, 사법고시 합격은커녕 법학과 졸업생도 아직 배출하지 않은 학교였다. 나는 사법고시에 합격하기 위해서는 무슨 공부를 얼마만큼 공부해야 하는 것인지, 고시에 합격하려면 어떠한 것을 공부해야 하는지에 대한 정보를 얻을 곳이 없었다. 기껏해야 사법고시 합격생들의 공부 방법이 수록되어 있는 고시 잡지를 보는 것이 전부였다. 더욱이 대학을 다닐 때도 나는 3명의 동생들의 학비를 벌어야 하였기에, 학과 공부를 쫓아가기도 벅찬 상황이라 고시 공부를 할 여력이 전혀 없었다.

인천대를 졸업하고 학교 고시반에서 끝장을 보다

그렇게 4년의 대학 공부를 마치고, 1987년 2월에 대학을 졸업했다. 그 해 7월에 이미 대학을 졸업해서 취업을 한 두 동생들에게,

막내의 학비를 부탁하고 고시반으로 들어갔다. 사법고시는 1차부터 3차까지의 시험을 치러야 하는데, 1차는 5지선다의 객관식 문제, 2차는 소위 주관식 질문 2개 내지 3개를 20쪽짜리 빈 공간에 2시간 안에 써넣는 것이다. 3차는 면접시험이었는데 당시만 해도 데모 경력이 있는 수험생 중에서 반공법에 걸려서 떨어지는 사람도 있었다. 고시반에 들어가서는 하루 18시간씩 공부했다. 당시 고시반은 학생회관 건물 꼭대기 층에 있었는데 아침 9시면 학교 동아리 팀 학생들이 학생회관 앞에 모여서 사물놀이를 하면서 꽹과리와 북, 장구 등을 치느라 요란했다. 나는 그 시끄러운 소리를 피해서 주로 밤샘 공부를 하고 아침 8시부터 12시까지 4시간을 자고 일어나면 공부에 집중했다. 지금 같으면 하룻밤만 새워도 일주일을 몽롱한 상태에서 지내야 해서 밤샘을 한다는 것이 가당하지 않지만 그때만 해도 2~3일을 날밤을 새우고 일을 해도 지치지 않는 열정이 있을 때였다. 그렇게 공부를 하였더니 그다음 해에 1차 시험에 합격을 했다.

학교에서는 경사라도 난 듯이 여기저기 현수막이 붙고 1년간 공부할 수 있는 장학금도 주고, 고시반에 여학생 방도 만들어 주어서 잠잘 곳이 생겼다. 그 기쁨도 잠시 1차 시험에 합격을 하면 2차 시험은 그 해와 다음 해까지 두 번을 칠 수 있는 기회가 주어졌는데, 2차 시험을 번번이 낙방을 하는 바람에, 1차를 2번 더 합격하고 2차를 5번을 더 떨어지고 5번째에야 합격할 수 있었다. 중간에 한 번은 1차 시험마저 떨어진 때가 있었는데 그때는 사법고시를 포기할까 하는 생각도 했더랬다. 아무려나 내가 사법고시를 친 것은 단순히 취직을 할 나이가 지났기 때문에 전문직을 갖자는 것이 전부였다. 그러나 사법고시를 합격하고 사법연수원에 들어가서는 달랐다. 사법연수원 2년 과정을 마치고 나면, 판사나 검사 또는 변호사로 진로를 정해야 하였기에, 판사 시보나 검사 시보는 물론이고 변호사 시보까지 정말 재미있게 열심히 공부했다. 이들 각 영역의 특장점을 잘 알고 내 적성에 맞는 곳으로 가서 재미있고 의미 있는 일을 하고 싶었기 때문이다. 법조인은 사회적인 질병이 발생했을 때 그 질병을 진단하고 치유해야 하는 직업인데, 판사는 그 일에 대해서 최종적인 판단을 해야 한다는 막중한 책임을 갖는다. 검사는 사회질서를 교란시키는 범법자들과 씨름을 해야 하는 직업이다 보니 늘 긴장의 연속이다. 변호사는 의뢰인들이 힘들고 어려운 일을 당했을 때, 상담하고 처리해 주어야 하는 직업이어서 사람을 만날 기회도 많고, 더욱이 내가 수임하고 싶은 일만 수임해도 된다는 선택의 자유로움이 매력적이었다. 나는 사법연수원을 수료하고 곧바로 변호사 사무실을 열었다. 그로부터 25년간 정말 신나게 의미 있게 노매드 변호사로서 지금까지 지치지 않고 일하고 있다.

사법고시 응시 자격에는 학력이나 나이 같은 조건들이 전혀 없다. 극단적으로는 무학자도 사법고시는 볼 수 있었다. 그래서 경제적으로 열악한 가정의 청년들에게 '희망의 사다리'라는 호칭이 붙기도 했다. 그러나 2017년에 사법고시 제도가 폐지되었으므로, 현재는 변호사가 되기 위해서는 반드시 법학전문대학원 즉 '로스쿨'을 나와야 한다. 로스쿨은 일반 4년제 대학교를 졸업하거나 졸업예정자여야 입학 자격이 주어진다. 다만 4년제 대학이면 꼭 법학과가 아니어도 된다.

변호사가 되기 위해 준비해야 할 것들[2]

판사·검사·변호사 등 법조인이 되기 위해서는 4년제 대학교를 나온 자로서, 로스쿨에 진학해서 3년간의 법학과목을 이수하고 변호사 시험에 합격해야 한다.

로스쿨 입학 준비

로스쿨의 설립 목적은 국민의 다양한 기대와 요청에 부응하는 양질의 법률 서비스를 제공하기 위하여 풍부한 교양, 인간 및 사회에 대한 깊은 이해, 자유·평등·정의를 지향하는 가치관을 바탕으로 건전한 직업 윤리관과 복잡다기한 법적 분쟁을 전문적·

2 법조인이 되기 위해서 준비해야 할 것들이 내가 공부하던 때와 지금은 너무 많이 달라졌다. 사법고시는 2017년에 이미 폐지되었고, 현재는 로스쿨 제도만 남아 있기 때문이다. 따라서 현재 변호사가 되기 위해서 준비해야 할 것들은 최근에 로스쿨을 졸업하고, 2021년 제 10회 변호사 시험에 합격한 김민주 변호사가 로스쿨 준비와 변호사 시험에 대한 내용을 정리해 주었다.

효율적으로 해결할 수 있는 지식 및 능력을 갖춘 법조인을 양성하는 것이다. 따라서 학부 전공과 상관없이 대학 졸업자나 졸업예정자는 누구든 로스쿨에 지원을 할 수 있다. 그러나 법학에 대한 적성을 보여주기 위해 법학과목 또는 유사 법학과목을 수강하여 좋은 학점을 받아 자기소개서에 기재하는 것이 최근의 경향이다.

로스쿨 설치인가를 신청한 41개 대학 중 법학교육위원회에서 선정한 25개 대학이 최종인가 대학으로 확정되었고, 매년 2,000명을 선발하고 있다. 25개의 대학 중 중 서울 소재의 정원 100명 이상 학교들은 수험생이나 재학생들 사이에서 '인 서울 대형'으로 불리고, 서울 소재의 100명 미만의 학교는 '인 서울 미니'로 불린다. 또 '지 사립'이라는 표현은 지방 소재 사립 학교들을 의미한다. 로스쿨에 입학을 하기 위해서는 마치 대학 입시를 치르는 것과 같이 수능과 같은 법학적성시험을 치르게 된다. 법학적성시험(LEET)은 로스쿨 교육을 이수하는 데 필요한 수학능력과 법조인으로서 지녀야 할 기본적 소양 및 잠재적인 적성을 가지고 있는지를 측정하는 시험으로, 언어이해 영역, 추리논증 영역, 논술 영역으로 구성되어 있다. LEET 성적에 따라서 가, 나군을 두 군데 입시 원서를 넣을 수 있고, 각 대학별로 1차 전형에서는 LEET, 학부 성적, 영어능력시험 점수와 자기소개서/학업계획서로 4~5배수 정도를 선발한 후 2차 전형에서는 면접을 치르게 된다.

변호사 시험 준비

로스쿨의 교육을 통한 법조인 양성이라는 목표에서, 변호사 시험의 기본적인 난이도는 사법연수원 1학년 과정 이상을 수료한 자를 기준으로 하여, 법조인으로서 기본적인 학업 능력을 갖춘 것인지 판단할 수 있도록 출제하는 것이 기본 방침이라고 한다. 매년 1회 실시되며, 시험과목은 민법, 민사소송법, 상법, 형법, 형사소송법, 헌법, 행정법으로 구성되며 여기에 선택법이 추가되는데 국제법, 국제거래법, 노동법, 조세법, 지적재산권법, 경제법, 환경법이라는 7개 법률 선택과목 중 하나를 택해야 한다. 그리고 선택법을 제외한 기본 7법을 선택형, 사례형, 기록형으로 나누어 시험을 본다. 시험 일정은 다음 표와 같이 5일 동안 치러지며 중간에 휴식일이 있다.

<table>
<tr><th rowspan="3">시험 일자</th><th colspan="5">시험시간 및 시험과목</th></tr>
<tr><th rowspan="2">시험과목</th><th colspan="2">오전</th><th colspan="2">오후</th></tr>
<tr><th>시간</th><th>문형(배점)</th><th>시간</th><th>문형(배점)</th></tr>
<tr><td rowspan="2">1일</td><td rowspan="2">공법</td><td rowspan="2">10:00~11:40</td><td rowspan="2">선택형(100점)</td><td>13:30~15:30</td><td>사례형(200점)</td></tr>
<tr><td>17:00~19:00</td><td>기록형(100점)</td></tr>
<tr><td rowspan="2">2일</td><td rowspan="2">형사법</td><td rowspan="2">10:00~11:10</td><td rowspan="2">선택형(100점)</td><td>13:30~15:30</td><td>사례형(200점)</td></tr>
<tr><td>17:00~19:00</td><td>기록형(100점)</td></tr>
<tr><td colspan="6">휴식일</td></tr>
<tr><td>3일</td><td>민사법</td><td>10:00~12:00</td><td>선택형(175점)</td><td>14:30~17:30</td><td>기록형(175점)</td></tr>
<tr><td rowspan="2">4일</td><td>민사법</td><td rowspan="2">10:00~13:30</td><td>민사법</td><td rowspan="2">16:00~18:00</td><td>전문적법률분야에 관한 과목(택1)</td></tr>
<tr><td>전문적법률분야에 관한 과목(택1)</td><td>사례형(350점)</td><td>사례형(160점)</td></tr>
</table>

변호사 시험 준비를 위해 각 로스쿨에서는 3학년 때에 변호사 시험에 대비할 수 있도록 답안지를 작성하는 강의를 개설하고, 방학에는 재학생들의 수요에 따라 특강을 열기도 한다. 법학전문대학원 협의회에서는 변호사 시험 모의시험을 매년 6, 8, 10월에 개최하며, 모의시험은 변호사 시험 일정과 동일하되 쉬는 시간만 축소된 채로 운영하고 있다. 시험의 합격은 선택형 필기시험과 논술형 필기시험의 점수를 일정한 비율로 환산하여 합산한 총 득점으로 결정되는데, 총점 1,660점(공법 400점, 형사법 400점, 민사법 700점, 선택과목 160점)으로 해마다 다르지만 900점 정도에서 합격의 당락이 결정된다.

실무수습

변호사 시험에 합격하면 일단은 변호사 자격은 취득한다. 그러나 6개월간의 변호사협회에서 인정하는 실무수습을 거치지 않으면 변호사로서 법정에 출정할 수가 없다. 실무수습은 법무부에 등록된 실무지도관에게 받는 경우도 있고, 대한변호사협회에서 시행하는 수습을 받을 수도 있다. 실무지도관에게 수습을 받는 경우에는 기록 쓰는 법을 배우면서 기록검토나 서면 작성의 일을 하기도 하므로 약간의 수고비를 받기도 한다. 이때 받는 수고비는 변호사수습을 마친 변호사들의 초임의 약 50% 정도이다. 실무수습을 마치고 나면 이제 정식 변호사가 되어서 일을 할 지역의 변호사회에 등록하고 일을 시작한다. 변호사가 하는 일은 재판에 참여하는 것은 기본이지만 조정 절차, 감정 절차, 검증 절차, 구속피의자나 피고인의 구치소 접견 등 다양하게 할 일들이 많다. 이것을 수습기간 동안에 지도관의 도움으로 미리 경험을 하면 변호사로서 처음 행하는 일들에 당황하지 않고 할 수 있다.

변호사라는 직업의 장점과 단점

다양한 삶의 깊이를 체득하는 기회를 갖는다

변호사는 다양한 사람들의 삶의 방식과 직무 세계를 간접적으로 경험하게 된다. 변호사는 학생, 의사, 목사, 교사, 기업인 등 다양한 사람들을 의뢰인으로 만나고 그 과정에서 새로운 분야에 대해서 알게 되며 풍부한 삶의 경험을 할 수 있다. 호기심이 많은 사람들은 이러한 과정을 통해서 다양한 공부를 할 수 있는 것에 엄청 매력을 느낀다. 변호사의 본연의 목적은 의뢰인을 위해서 최선을 다해 싸워주는 것이다. 변론을 통해 한 사람의 굴곡진 삶의 문제를 해결해 준다는 데서 성취감이 큰 직업이다. 형사사건은 한 사람의 생명(사형)과 신체(징역형) 또는 돈(벌금형)을 담보로 일을 해결을 해야 하는 일이다. 억울하게 기소를 당하거나 과도한 형량을 받게 되는 사람의 무죄를 밝혀서 억울함을 풀어

주거나, 실형이 선고될 사건에서 양형에 관한 항변을 제대로 함으로서 집행 유예나 벌금형의 처벌을 받아냈을 때는 성취감이 높아진다. 민사사건은 대부분 경제에 관한 것으로, 양 당사자가 각기 자기의 입장에서만 보면 정말 할 말이 많은 일이다. 민사사건은 주장 정리는 물론이고 그 주장을 뒷받침할 수 있는 증거를 잘 찾아내서 재판부를 설득하는 것이 중요하다. 가사사건은 사람의 신분에 관한 사건으로 한 사람의 인생이 통째로 다가온다. 상속재산 관련 분쟁, 부부간의 갈등에 관한 문제, 자식에 대한 친권과 양육권에 관한 분쟁 등 사람과 사람 사이의 갈등을 해결해야 하므로, 법률적인 지식을 넘어서 그 의뢰인의 마음을 읽어주는 스킬과 노력이 필요하다. 행정사건은 국가나 지방자치단체가 행한 처분의 당부를 다투는 것이다. 이러한 다양한 일을 처리하다 보면 다른 어떤 직업보다도 세상을 보는 안목이 깊고 넓어진다는 것이 큰 장점이다.

정년 없이 일할 수 있고, 재판 이외에도 다양한 일을 할 기회가 온다

변호사는 물리적으로 정년이 정해져 있지 않다. 즉, 정신적, 신체적 건강만 따라준다면 죽을 때까지 일을 할 수 있다는 것이다. 100세 시대에 원하는 나이까지 자신이 좋아하는 일을 할 수 있다는 것은 참 축복받은 일이다. 변호사의 업무는 일반 회사처럼 사내 업무 툴을 교육받고 해당 업무를 자율성 없이 처리하는 방식이 아니다. 의뢰받은 사건을 승소로 이끌기 위해서는 우선 사실관계를 정확하게 파악해서 재판부로 하여금 그 사실을 3D 영상으로 보는 것처럼 입체적으로 느낄 수 있게 글로 표현해 내야 한다. 의뢰인에게 유리한 앞선 판례가 있는지를 검토하는 것은 기본이고, 합당한 판례가 없다면 보다 새로운 논리를 개발해야 내야 한다. 의뢰인에게 유리한 증거자료를 찾아내기 위해서 법원을 통해서 금융조회를 하거나 감정이나 검증은 물론이고 증인들을 소환해서 진실을 추궁한다. 이러한 과정을 거치면서 찾아내는 증거로 싸움을 하다 보면 준 탐정이 된 스릴을 느낀다. 또한 법조인은 재판에만 필요한 것이 아니기 때문에, 변호사를 하면서도 국가기관 산하의 단체나 각 지자체에 소속된 위원회 등에서 일할 기회를 갖는다. 대부분의 행정에는 법률해석을 필요로 하는 일들이 많기 때문에 법조인들은 이러한 일에 많이 소환된다. 변호사는 업무공간이 한정적이지 않다. 사무실에 하루 종일 있는 것이 아니라 재판이나 상담으로 외근을 하면서 사무실 밖에서 활동하는 시간이 많다. 근무시간 동안 한 장소에서 머무는 것이 아니라 이곳저곳 이동을 하기 때문에 다양한 근무환경에서 일을 할 수 있다. 지방 재판이라도 가는 때에는 오가는 길에 지역 관광지를 구경하거나 지역 맛집도 가볼 수 있는 소소한 재미도 있다.

변호사의 머릿속에는 늘 사건이 따라다닌다

변호사에게는 실질적으로 퇴근이 없다. 물리적으로 사무실을 벗어나더라도 의뢰인의 사건을 해결하기 위해서, 밥을 먹다가도, 운동을 하다가도, 텔레비전을 보다가도, 잠을 자다가도 사건 해결에 대한 생각을 하게 되고 순간적으로 아이디어를 얻을 때가 많다. 의뢰인들은 인생의 굴곡 한가운데 서 있는 분들이기에 그들의 힘든 감정이 사건을 수임한 변호사에게 고스란히 다가온다. 누군가의 삶에서 변호사를 찾아가야 하는 일이 발생한다면 이는 즐겁고 기쁜 일이라기보다는 괴롭고 막막한 순간일 것이다. 의사는 평생 환자를 만나고, 경찰은 평생 범죄자를 만나는 것처럼 변호사도 송사 관계에 놓여있는 복잡한 사람을 만난다. 소송이라는 것이 사회적, 경제적으로 개인의 인생에 큰 영향을 주기 때문에 대체로 의뢰인들은 불안에 떨고 있거나 분에 차 있는 상태이다. 상담을 하게 되면 의뢰인의 복잡하고 억울한 이야기들을 듣는 와중에도 법적 쟁점을 뽑아내야 하고 의뢰인의 마음도 헤아려 주어야 한다.

변호사도 쉽게 돈을 버는 직업은 아니다

사람들이 보기에는 변호사만 되면 쉽게 돈을 벌 수 있다고 생각할 수 있다. 그러나 현재 변호사 수는 3만 명을 넘었고 매년 1,000명 이상씩 배출된다. 수임 경쟁이 치열하다는 이야기이다. 종전에 사법고시로 법조인이 되었을 때는, 원하는 바에 따라 성적이 따라주면 사법연수원을 수료한 이후에 곧바로 판사나 검사를 지원할 수가 있었다. 그러나 로스쿨 제도를 실시하고 있는 현재는 변호사 시험에 합격해도 일정 기간 변호사로 법조 경력을 쌓아야만 검사나 판사 채용에 지원할 수 있다. 변호사를 시작하는 것도 여러 길이 있다. 우선 생각할 수 있는 것은 법무법인이나 개인 법률사무소에 페이 변호사로 취직을 하는 것이다. 그 외에 기업체에 사내 변호사로 취업을 하기도 하고, 최근에는 국가기관이나 지방자치단체에서도 변호사를 채용하는 경우가 늘어나고 있다. 개인 변호사 사무실을 열기도 한다. 그러나 개인사무실을 여는 것은 별다른 변호사로서의 경력이 없기 때문에 사건수임 등에 어려움을 겪을 수 있다. 그러나 본인의 적성이 사람 만나는 것을 좋아하고 영업력에 자신이 있으면 바로 개인 법률사무소를 열고 일을 배우면서 서서히 성장시킬 수도 있다. 또 법정에 서는 것보다는 사내에서 서류를 검토하고 작성하는 것이 맞는다고 생각하는 경우에는 사내 변호사로 취직을 하는 것도 방법이다. 변호사의 급여는 회사마다 다르기는 한데 현재 초임변호사의 급여는 400만 원~550만 원 정도가 일반적이다. 개인 법률사무소를 바로 개업하는 경우에는 각자가 가진 영업능력에 따라 소득이 달라진다. 변호사 시험을 막 합격한 변호사의 경우에는 수백만 원 수천만 원씩 하는 사건을 수임하겠다는 욕심보다는 소송물 가액이 적은 사건들을 저렴한 가액에 수임해서 일을 배우는 것도 방법이다. 2020년 변호사의 평균 사건 수임이 월 1.65명이라는 것이 통계인데 월평균 사건수임이 1명이 안된다면 차라리 페이 변호사로 취업해서 인맥을 넓힌 후에 개업을 하는 것도 방법이다. 사건의 발생은 예정되어 있지 않은 불특정 다수인에게서 우연히 발생하는 것이 대부분이다. 그러다 보니 우연히 발생한 사건의 의뢰인이 3만 명의 변호사 중에서 어떤 한 변호사를 선택한다는 것은 어쩌면 기적이다. 이렇게 찾아온 의뢰인의 승소를 위해서 정말 최선을 다해서 일할 각오를 해야 한다. 과거에는 변호사 사무실을 열면 수천만 원씩 가구를 들이고, 변호사를 도와주는 사무직원이 최소한 2~3명이 있었던 것이 기본이다. 그러나 최근에 개업하는 젊은 변호사들은 사무직원이 없이 혼자서 일하는 소호 변호사들도 많이 늘어났다. 변호사가 늘어나는 데 비례해서 사건이 느는 것이 아니다 보니, 처음 개업하는 변호사들이 수임하는 사건이 많지 않다. 그래서 매월 직원들의 인건비를 감당하기가 여의치 않기 때문이다.

변호사는 해볼 만한 직업이다

변호사는 세상사에서 발생하는 온갖 일들에 대한 분쟁에 개입해야 한다. 사회가 변화하고 발전할수록 사람들이 사이에 분쟁은 더 많이 발생하고, 과거에는 당연하였던 사건도 이제는 권리의 문제로 들여다보는 것이 많다. 국민들이 미처 생각하지 못했던 권리를 찾아주고, 잃어버린 권리에 따른 해결책을 제시해 주는 것도 변호사가 해야 할 일이다. 변호사의 영역이 단순히 분쟁 해결을 넘어서, 분쟁이 발생하기 전에 사전에 예방할 수 있는 방법을 찾아서 제시해 주는 일도 중요하다. 최근에는 기업체나 국가기관에서 변호사를 상근직 직원으로 영입하는 케이스가 늘고 있는 것도 그러한 이유이다. 변호사라고 하면 대개는 변호사 사무실을 열고 법률분쟁이 생긴 의뢰인들의 문제를 상담하고 그 문제를 해결해 주는 일을 한다고 생각한다. 물론 그러한 것이 고전적인 변호사의 고유의 업무이었던 것이 맞다. 그러나 최근에는 언제 발생할지도 모를 법률적인 분쟁을 사전에 막기 위해서 관공서에서는 변호사를 직원으로 채용하거나, 상근직 직원으로 채용하기가 부담스러운 경우에는 외부 자문 변호사 또는 고문 변호사라는 이름으로 계약을 체결하고 계약서 작성이나 법률 자문 업무를 맡긴다. 일반 기업체에서도 사외이사로 변호사를 채용하는 경우도 많다. 기업에서 경영상 발생할 수 있는 여러 가지 법률적 위험을 사전에 방지하기 위한 이유이다. 그뿐만 아니라 법원에서도 변호사 중에서 상근직 조정위원을 채용해서 조정을 전담으로 맡기기도 한다. 법조인 배출이 로스쿨제 도로 바뀌면서 매년 1,000명이 훨씬 넘는 수의 변호사가 쏟아져 나오므로 변호사 간의 경쟁도 점점 심화된다는 것이다. 변호사가 스스로 경쟁력을 갖추고 전문분야를 탐색하는데 끊임없이 노력을 하지 않으면 도태될 수 있다. 최근에는 변호사 중에서 정치에 입문하는 이들도 많이 늘어나고 있다. 그만큼 사회의 각 분야에서 법률전문가의 필요성이 늘어나고 있기 때문이다. 변호사가 해야 할 일들을 단순히 재판에 참여 정도로 좁게 보지 않고, 세상에 직업의 종류가 많아지는 만큼 분쟁 거리도 비례해서 늘어나고 있다는 것을 생각한다면, 아직은 변호사라는 직업이 품위유지를 하면서 가치 있고 보람차게 일을 할 수 있다고 본다.

변호사를 꿈꾸는 그대에게

세상에는 그냥 되는 일은 하나도 없다. 변호사라는 직업을 갖기 위해서는 엄청난 양의 공부를 해야 한다. 그것은 변호사가 해야 할 일이 그만큼 많고, 그만큼 중요하다는 것을 의미한다. 변호사가 처리하는 대부분의 사건에는 상대방이 있고, 사건은 늘 승패가 있기 때문에 어떤 사건도 그냥 되는 것은 없다. 변호사가 의뢰받은 사건에는 크고 작은 것이 없다. 의뢰인들에게는 아무리 작은 사건도 중요하기 때문이다. 그러다 보니 수임 받은 사건에 대해서는 최선을 다해야 하고, 매 사건에 대해서 매일이 공부이고 도전이다. 수만 건을 상담하고 수천 건의 소송을 수행했지만 비슷한 사건은 있어도 똑같은 사건은 단 하나도 없다. 그만큼 의뢰인들의 고민도 다양하다는 것이다. 이러한 다양한 사건에서 의뢰인을 이기게 하기 위해서는 끝없이 공부하고 연구해야 한다. 3만 명의 변호사 중에서 나를 찾아온 의뢰인을 만족시키기 위해서는, 늘 의뢰인들과의 소통이 중요하다. 사실 의뢰받은 사건의 사실관계를 가장 잘 알고 있는 사람은 그 의뢰인이다. 그래서 의뢰인들과 충분한 소통이 필요한 것이다. 변호사가 전문가라고 의뢰인의 사건을 수임한 변호사가 의뢰인과 소통 없이 알아서 처리하다가는 낭패를 보는 일이 있다. 의뢰인과 충분한 소통을 통해서 일을 처리해야 만 일의 승패와 별개로 의뢰인 사이에 신뢰 관계가 쌓인다. 그렇게 해서 승소를 하면 의뢰인들의 만족도는 더 높아진다. 설령 패소를 한다고 해도 의뢰인의 마음에 상처를 줄여줄 수 있다. 변호사가 되면 대개는 평생의 직업이 된다. 그렇기 때문에 변호사는 신심이 건강해야 하고 지치지 않아야 한다. 지치지 않기 위해서는 변호사라는 본연의 일 이외에, 짬을 내서라도 일 이외에 자신이 하고 싶은 것들을 찾아서 하면서 머리를 식혀야 한다. 음악도 좋고 미술도 좋고, 여행도 좋고, 운동도 좋고, 지치려고 하는 심령에 시원한 통풍이 되도록, 자기가 좋아하는 일을 만들어서 해야만 오래오래 변호사로 행복하게 일할 수 있다.

나는 행정사다

이은주

20대 초반 직장생활을 시작하여 31살 행정사 시험에 합격 후 행정사로 일을 하고 있다. 행복의 길을 찾아야 할 때마다 선택의 순간들이 있다. 내가 한 선택에 부끄러움과 후회가 없도록 사는 것이 인생 목표이다.

__ 이은주

- 원스 행정사사무소 대표
- 티움 행정사법인 서울서초지사장
- 변호사 임신영 법률사무소 사무장
- 용인시 청년정책위원회 위원(2기)
- 성희롱예방교육강사
- 공인중개사

oncee j@naver.com
https://blog.naver.com/onceej
02-582-1470

나는 행정사다

나는 왜 행정사가 되었나

초등학교 방학 시작! 방학이 나를 가장 설레게 한 이유는 생활계획표를 만들어야 하는 방학 숙제 때문이다. 스케치북, 컴퍼스, 30cm자 등 준비물을 챙겨 생활계획표를 만드는 그 순간이 나에게는 열정의 시작이었다. 물론 어린 시절에는 단지 계획하고 메모하기를 좋아한 것일 뿐 실천까지는 잘 이루어지지 않았다. 한편으로 계획만 하고 행동을 하지 않는 나에 대해 '나중에는 하겠지'라는 너무 관대한 판단을 내렸었다. 그래도 계획을 세우는 것에 대한 흥미는 자연스럽게 계획·기록하는 습관을 갖게 되었다.

중·고등 학생 시절 나는 수첩에 나의 20대, 30대의 모습을 상상하며 나름 체계적이고 구체적인 미래계획을 작성했지만, 20

대는 학창 시절에 계획하고 예상했던 '나'와는 다른 모습으로 보내게 되었다. 20대에 있어 취직은 나에게 너무 큰 안정감을 주었기 때문에 출근, 퇴근 외에는 어떤 것도 내 삶에 추가할 생각이 없었다. 24살 법률사무소에 첫 직장을 갖게 되었고 첫 직장에서 현재까지 10년 가까이 같은 사무실에서 일을 하고 있어 나에게는 이 사무실이 집보다 편한 공간이다. 면접 당시 변호사님께서 "우리 사무실을 찾는 사람은 도움이 필요한 사람이다. 우리는 그 사람들을 위해 일을 한다."라고 말씀하신 것이 지금까지 마음속에 자리 잡아 지금 내가 하는 모든 일에 뿌리가 되었다.

20대 후반에 들어 안정적인 삶이 어느 순간 지루하고 미래의 걱정으로 다가왔다. 언제까지고 허황한 미래를 상상만 할 수는 없었고, 어린 시절 '나중에는 하겠지'라고 미뤘던 생각에 '지금!'이라는 답을 주고 싶었다. 무작정 계획을 작성해왔던 수첩을 펼쳐보니「버킷리스트: 자격증 모으기」라는 문구가 눈에 보였다. 법학 전공과 법률사무소 업무를 계기로 법 과목에 흥미가 있었기 때문에 민간자격증을 시작으로 공인중개사, 신용관리사 자격을 취득하였다. 자격증 취득은 공부의 열정을 심는 계기가 되었다. 이때 좀 더 심도 있는 지식 습득을 위해 대학원에 진학하였다. 대학원에서 각 분야의 전문가로 일하고 있는 원우들을 보며, 나의 전문 분야 확보를 꿈꾸게 되었다.

자격증 조사 당시에 알게 된 "행정사" 자격은 1차 객관식, 2차 논술 시험으로 이루어진다. 논술 시험이라는 부담감에 도전을 피했던 시험이다. 직장생활을 하면서 수험생활과 학업을 병행하는 것이 쉬운 일은 아니었다. 그런데도 논술 시험을 준비해 보겠다는 결정을 한 이유는 단순하다. '나는 글 쓰는 것을 좋아한다.'

사실 행정사 시험을 준비할 당시만 해도 행정사의 업무에 대하여 '행정심판 청구서 작성 대행, 민원서류 작성 대행, 행정사의 업역은 다양하다.' 정도를 파악하고 준비를 시작하였다. 나의 성격상 어떤 일을 도전할 때 크게 이유를 만들지 않는다. 도전을 이루기 위한 열정이 곧 목표의 이유가 된다.

나는 어떻게 행정사가 되었나

행정사는 국가전문자격이다. 행정사가 되기 위해서는 행정사 자격시험에 합격하여야 한다. 따라서 시험에 대한 언급은 빠질 수가 없다.

2019년 1월 행정사 시험 준비를 시작하여 같은 해 5월 1차 시험, 9월 2차 시험 합격을 목표로 잡았다. 평일 9시부터 6시까지는 직장생활을 하고 토요일에는 대학원 수업이 있어서 공부시간 확보가 필요했다. 1차 시험까지는 학업을 병행했으나 1차 시험 합격 후 동차 합격을 위하여 2차 시험공부에 더욱 집중할 수 있도록 대학원은 휴학을 했다.

출퇴근 대중교통 시간, 퇴근 후 독서실, 일어나서 출근 전 약 30분, 잠들기 전 1시간 등 직장에서 업무를 보는 시간 외 대부분 시간을 공부 시간으로 계획했다. 나의 계획은 모두 효율적이라고 생각했지만 내 몸이나 정신이 내 계획을 따라가지 못할 때 가장 크게 스트레스를 받았다. 이때 '내 몸이 2개였으면 좋겠다, 내가 왜 공부를 하나, 합격한다고 내가 행정사 일을 잘할 수 있을까?' 이런 나약한 생각들이 하루도 빠짐없이 나를 지배했다. 계획을 지키지 못하는 것에 대해 스스로가 만드는 약해빠진 핑계들을 없애기 위해 더욱 나를 채찍질하여 정신을 부여잡았다.

행정사 자격 수험 시기에 너무 많은 생각을 하였다. 하고 싶지 않아도 계속 생각이 나고, 자려고 누워도 근심·걱정으로 쉽게 잠들지 못하였다. 이런 근심·걱정하는 시간이 너무 아까웠다. 최대한 긍정적인 생각으로 바꾸려고 노력하였고, 나를 응원해주는 사람들과 내 희망찬 미래를 떠올리며 포기하지 않고 하루도 빠짐없이 내 계획을 지켜갔다. 친구들 앞에서는 "올해 합격은 힘들고 내년까지도 시험공부 해야 할 거야."라며 불합격 가능성을 내비쳤지만, 솔직한 마음은 나에게 내년은 없었다. 나의 시험을 바라보는 가족과 친구들이 묵묵히 나를 응원하는 것이 느껴졌고 이 응원은 나에게 큰 힘이고 열정을 놓지 않을 긍정적인 부담감이었다.

행정사 시험의 꽃은 2차 논술 시험이다. 행정사가 되기 위해서는 자격시험의 길은 피할 수 없기에 글을 써서 시험에 통과하여야만 행정사가 될 수 있다. 특히 2차 논술 시험에서는 사례형 문제와 단문형 문제가 출제되는데 어느 논술 시험이나 마찬가지로 문제의 의도를 파악하고 목차를 정리하여 답안을 기술하는 연습이 필요하다.

모든 시험이 시험 당일까지 어떤 문제가 출제될지 확신할 수 없지만 대비할 수 있다. 심지어 시험 날의 마음가짐까지 준비할 수 있다. 대한민국 양궁 국가대표팀이 소음 속에서 훈련으로 시합 대비를 하듯 수험생도 시험을 보는 그날에 어떤 상황이 펼쳐지더라도 문제를 나만의 스타일로 대처하겠다는 자세를 연습할 수 있다.

무엇보다 시험 준비에 가장 중요한 것은 건강이다. 최상의 컨디션을 시험장까지 유지해서 가는 것이 최우선순위가 되어야 한다. 수험시절 어느 날 체력 저하로 몸이 아픈 날에 병원을 갔다가 집에서 쉬고 있는데 문득 '시험 날에 이런 몸 상태면 어쩌지' 라는 생각이 들어 침대에서 바로 책상으로 달려가 예비시험을 보면서 연습을 했다. 사실 이 연습을 하면서 '아프면서 시험 보는 방법'을 준비했기보다는 '건강하게 시험장으로 가자'라고 다짐을 했다. 건강관리는 너무 뻔한 이야기지만 가장 중요하고 시험날의 컨디션이 합격을 좌우한다. 시험날은 정해져 있다. 그 하루를 위해 몸과 마음 그리고 실력까지 연습하고 준비해야 한다.

실제 시험장에서는 평소보다 '잘해야지'라는 마음이 강하기 때문에 논술 시험에서 본인이 준비한 문제가 출제될 경우 연습 때보다 더 긴 시간을 투자하여 답안을 작성하다가 시간을 못 지키는 상황이 발생할 가능성이 있다. 따라서 건강한 몸을 이끌고 시험장에 가서 평정심을 유지하며 연습하고 준비한 것을 주어진 시간 안에 쏟을 수 있다면 합격선에 들어갈 수 있다.

'왜 행정사가 되었는가'의 질문에는 '글 쓰는 것을 좋아한다'라고 답하고, '어떻게 행정사가 되었는가'의 질문에는 '글을 써서 합격했다'라고 답을 해야 할 것이다.

나는 의뢰인의 행정절차를 함께 할 동반자이다

행정사법 제2조, 행정사법 시행령 제2조에서 규정하고 있는 행정사의 업무와 범위를 보면 행정사의 업무 범위는 상당히 방대하다.

행정사법 제2조(업무)

① 행정사는 다른 사람의 위임을 받아 다음 각 호의 업무를 수행한다. 다만, 다른 법률에 따라 제한된 업무는 할 수 없다.

1. 행정기관에 제출하는 서류의 작성
2. 권리·의무나 사실증명에 관한 서류의 작성
3. 행정기관의 업무에 관련된 서류의 번역
4. 제1호부터 제3호까지의 규정에 따라 작성된 서류의 제출 대행(代行)

5. 인가·허가 및 면허 등을 받기 위하여 행정기관에 하는 신청 · 청구 및 신고 등의 대리(代理)
6. 행정 관계 법령 및 행정에 대한 상담 또는 자문에 대한 응답
7. 법령에 따라 위탁받은 사무의 사실 조사 및 확인

② 제1항에 따른 업무의 내용과 범위는 대통령령으로 정한다.

행정사법 시행령 제2조(업무의 내용과 범위)

「행정사법」(이하 "법"이라 한다) 제2조제1항 각 호에 따른 행정사 업무의 내용과 범위는 다음 각 호와 같다.

1. 법 제2조제1항제1호의 사무: 행정기관에 제출하는 다음 각 목의 서류를 작성하는 일
   가. 진정·건의·질의·청원 및 이의신청에 관한 서류
   나. 출생·혼인·사망 등 가족관계의 발생 및 변동 사항에 관한 신고 등의 각종 서류
2. 법 제2조제1항제2호의 사무: 개인(법인을 포함한다. 이하 이 호에서 같다) 간 또는 국가나 지방자치단체와 개인 간의 다음 각 목의 서류를 작성하는 일
   가. 각종 계약·협약·확약 및 청구 등 거래에 관한 서류
   나. 그밖에 권리관계에 관한 각종 서류 또는 일정한 사실관계가 존재함을 증명하는 각종 서류
3. 법 제2조제1항제3호의 사무: 행정기관에 제출하는 각종 서류를 번역하는 일
4. 법 제2조제1항제4호의 사무: 다른 사람의 위임에 따라 행정사가 제1호부터 제3호까지의 규정에 따라 작성하거나 번역한 서류를 행정기관 등에 제출하는 일
5. 법 제2조제1항제5호의 사무: 다른 사람의 위임을 받아 인가·허가·면허 및 승인의 신청·청구 등 행정기관에 일정한 행위를 요구하거나 신고하는 일을 대리하는 일
6. 법 제2조제1항제6호의 사무: 행정 관계 법령 및 제도·절차 등 행정업무에 대하여 설명하거나 자료를 제공하는 일
7. 법 제2조제1항제7호의 사무: 법령에 따라 위탁받은 사무의 사실을 조사하거나 확인하고 그 결과를 서면으로 작성하여 위탁한 사람에게 제출하는 일

행정사 시험 합격 후 실무교육을 이수하고 개업을 하였다. 원래 일을 하고 있던 법률사무소의 변호사님께서 해주신 지원 덕분에 법률사무소 사무장과 행정사사무소 대표로 일을 병행할 수 있었다. 감사하게도 행정사사무소 개업 후 수입이 없더라도 월급을 받을 수 있어서 부담 없이 시작할 수 있었다.

개업 전부터 행정사 블로그 준비를 하여 개업하자마자 블로그에 글을 올리기 시작했지만 한 달 동안은 방문자 수도 지인들이 올려주었고 문의 전화는 한 통도 오지 않았다. 이때 '법률사무소 업무도 같이 보기에 여기저기 영업을 못 다녀서 1건도 수임하지 못하는 것인가?'라는 생각이 든 순간 정신이 번쩍 들었다. 나는 내 탓을 하지 않고 다른 핑계를 찾고 있던 것이다. 경제적인 부담 없이 기존 일을 하면서 새로운 일을 시작할 기회는 흔한 기회가 아닌 것을 알기에 생각의 전환이 시급했다. '문의 전화가 1통도 오지 않은 것은 오로지 내 탓이다. 내가 변하고 내가 더 시도해야지 행정사의 문이 열릴 것이다.'

생각을 바꾸고 평일에는 매일 블로그에 글을 게시하고 온라인 홍보 외에 사람들과 소통을 나눌 방법을 찾기 위해 각종 커뮤니티, 협회 등에 가입하여 다양한 직업군의 사람들과 의견을 공유하였다. 꾸준하게 블로그에 글을 쓰고 각종 SNS에 개업 소식을 홍보한 이후 조금씩 문의 전화가 오기 시작했다. 물론 사건수임으로 이어지기는 쉽지 않았다.

어느 날 첫 수임이 되어 기쁜 마음에 온 동네 소문을 내고

축하를 받으며 이제 잘 풀리겠거니 하며 첫 사건 일을 시작하려니 눈앞이 캄캄했다. 나의 첫 사건은 면허취소 관련 행정심판청구이다. 행정심판 절차는 행정청의 위법 또는 부당한 처분(處分)이나 부작위(不作爲)로 침해된 국민의 권리 또는 이익을 구제하기 위한 제도이다.

법률사무소에 일할 당시 의뢰인들은 변호사님을 바라보는 것이지 나를 바라보는 것이 아니었다. 그래서 나를 바라보는 내 첫 의뢰인이 너무 부담스러웠다. 내 의견과 조언을 믿고 내가 이 의뢰인의 사정을 글로 나열한다는 것이 감당하기 버거운 순간이었다. 그러나 이 마음은 내가 행정사로서 절대 잊지 말아야 할 감정이라고 생각한다. 행정사는 행정사를 필요로 하는 사람을 위해 일을 한다. 수많은 행정사 중 나를 찾아 준 내 의뢰인을 위해 행정사가 할 수 있는 최선을 다하는 것이 행정사의 의무이다.

현재는 엔터테인먼트·연예기획사의 외국인 출입국 업무, 행정기관 관련 등록·인허가 업무 등 각종 민원행정 업무를 진행하고 있다. 행정사 업무를 하면서 가장 큰 고민은 한 사건이 끝나면 그것으로 종결이 되기 때문에 꾸준하게 수임이 될 방법을 찾는 것이었다. 그래서 행정 대행이 꾸준히 필요한 사업자와 업무위임계약을 체결할 방법을 고민했고, 평소 관심이 있던 대중문화예술기획업자의 출입국 관련 업무에 도전해보았다.

출입국 민원대행 업무를 하기 위해서는 출입국관리법에 따라 변호사 또는 행정사만이 출입국민원대행기관 등록 후 대행 업무를 할 수 있다. 출입국 민원대행 업무는 행정사의 주된 업무이기 때문에 처음 내가 하고자 하는 연예기획사의 출입국 관련 업무를 시작할 때 접근이 수월할 것을 생각하고 시작하였다. 그런데 생각한 바와는 다르게 대중문화예술기획업 관련 출입국 비자 등에 관한 정보를 얻기가 힘들었다.

'부딪혀 보자'는 심정으로 관련 기관에 전화·방문 문의를 통해 정보를 수집하여 나만의 매뉴얼을 제작하였고, 꾸준하게 블로그에 글을 게시하였더니 글을 보고 엔터테인먼트 회사에서 문의 연락이 왔다.

첫 문의에 버벅거리며 상담을 이어갔는데 내가 모르고 있는 질문들이 쏟아져 나와 더욱 더 당황스러웠다. 이때 "사실 제가 처음 해보는 업무입니다. 그렇지만 저는 앞으로도 엔터테인먼트에 필요한 출입국 업무를 계속할 계획이고, 궁금하신 부분은 출입국에 문의해가면서 진행해보고자 합니다. 출입국 업무는 체류·사증 업무 자격별 안내 매뉴얼이 수시로 변경되기 때문에 항상 확인해야 하는데 제가 확인하여 궁금하신 사항에 대해 답변 드리겠습니다."라고 솔직한 마음과 의지를 내비치니 문의를 한 엔터테인먼트 대표님께서 "회사에서도 처음 해보는 절차인데 같이 정보 공유하면서 진행하고 싶다."라고 하여 나의 첫 출입국 민원대행 업무를 성공적으로 진행할 수 있었다.

이때 진행한 엔터테인먼트와는 여전히 출입국 업무를 꾸준히 진행하고 있다. 돌이켜보면 첫 상담에서 내가 알지 못하는 문의 사항에 대해 아는 척하지 않고 진솔한 마음과 의지를 전한 것이 통했던 것으로 생각된다. 그렇다고 1도 모르는 상태로는 상담 자체가 진행되지 않기 때문에 전반적인 흐름은 숙지된 상태에서 상담이 진행되어야 한다.

처음부터 행정사 업무를 수월하게 진행하기는 쉽지 않다. 여러 시행착오를 겪고 수정하고 개선하면서 일을 해야 한다. 현재 내가 하는 행정사 업무 모두 처음부터 수월했던 것은 없었고, 여러 번 같은 종류의 업무를 했다고 하여도 법령개정, 매뉴얼 변경 등의 사유로 업무를 할 때마다 확인 작업이 필요하다.

출입국 업무 외에도 다양한 분야의 행정사 업무를 진행하며 '의뢰인 1명은 결코 1명으로 끝나지 않는다. 사건 하나의 해결은 그 어떤 영업보다 값진 영업이 될 것이다.'라고 느끼고 배웠다. 의뢰인들이 모든 절차가 끝나고 "수고하셨습니다. 감사합니다." 라고 인사를 해줄 때마다 항상 초심을 되새긴다. "나는 의뢰인의 행정절차를 함께 할 동반자이다."

행정사의 미래

행정사는 소관 업무에 따라 일반행정사, 해사행정사 및 외국어 번역행정사로 구분한다. 필자는 일반행정사로서 일반행정사 기준의 행정사 미래를 서술해보고자 한다.

"행정사입니다."라고 하면 "행정사가 뭐예요? 행정사는 무슨 일을 해요?"라는 말을 자주 듣는다. 행정사 자격을 취득한 이후 질문을 들을 때마다 답하기가 곤란했다. 행정사법 제2조(업무)를 외워서 답하기에는 답이 너무 길고, 업무 중 하나만 답하기엔 너무 짧은 직업이다. 이에 찾은 답은 행정사는 행정 대리인이자 행정 전문가이다.

행정기관에 제출하는 서류의 작성 대행뿐 아니라 인가·허가 및 면허 등을 받기 위하여 행정기관에 하는 신청·청구 및 신고 등의 대리를 할 수 있다. 이 밖에도 행정사는 행정 관계 법령 및 행정에 대한 상담 또는 자문에 대한 응답 등을 할 수 있는 행정 전문가이다.

행정사가 취급할 수 있는 업무는 3,000가지가 넘는다. 그만큼 자신의 전문 영역을 구축할 수 있는 분야가 다양하다. 행정사는 본인의 전문 분야를 만들 수 있고, 다양한 업무를 접하면서 수익을 창출 할 수 있는 직업이다. 그런데 업무 분야가 다양하다는 이유로 행정사의 미래가 밝다고 자부할 수 있을까?

행정사뿐만 아니라 다른 전문자격사도 마찬가지로 스스로 밝히지 않으면 밝을 수 없다. 자격증만 취득하고 다 되었다고 생각한다면 자격증이 없는 것하고 똑같다. 각종 전문자격 관련 사이트에 행정사의 전망, 행정사 연봉에 관한 글들이 있고 이에 대해 부정적인 의견도 많이 보인다.

행정사 일을 시작하기 위한 행정사 시험 합격은 끝이 아니고 단지 행정사 일을 시작할 수 있는 자격 마련일 뿐이다. 현실적으로 행정사 업무를 하기 위해서는 행정사 자격시험 공부보다 더 많은 공부를 통해 업무를 수행하고 개척할 필요가 있다. 이 점은 어떠한 직업이라도 필요한 절차로 볼 수 있다. 가수가 노래·춤 연습을 하듯, 셰프가 요리를 연습하고 개발하듯, 운동선수가 연습하고 기술을 연마하듯이 행정사도 업을 위해 행정사의 업무를 공부하고 개척해야 한다.

본인이 행정사의 길을 선택하였으면 그 길을 가기 위해 멈추지 말고 꾸준히 나아가야 할 것이다. 다른 사람이 알려주는 행정사 전망에 얽매이지 말고, 본인 스스로 행정사의 전망을 높이면 저절로 연봉도 높일 수 있다.

행정사의 업무별 보수는 법으로 정해지지 않아 행정사 수임료는 행정사마다 차이가 있다. 이러한 이유로 행정사 연봉을 정확하게 파악하기는 어렵다. 행정사 연봉은 개인 역량, 전문 분야 등에 따라 연봉 차이가 있다. 개업 전 선배 행정사님들이 "하는 만큼 번다."라는 말을 이제 내가 쓰고 있다. 실제로 억대 연봉을 넘어선 선배 행정사님들이 많다.

예전에 한창 유행했던 모바일 게임을 즐겨할 때 게임 승리욕에 가득 차 랭킹 1위를 보면서 느낀 것이 있다. '랭킹 1위 스코어도 사람이 냈을 텐데 나도 저 스코어를 내보자!' 다음 주 내가 랭킹 1위에 등극했다. 비록 단순한 게임에 대한 투지였을지라도 내가 행정사 업계에 발을 들일 때도 비슷한 생각을 하였다. '연봉 억대의 행정사도 사람이 달성했는데 나도 벌어보자!'

행정사는 성장하고 있는 직업이 분명하다. 아직은 행정사의 업무에 대하여 알지 못하는 사람이 있을지라도 행정사의 각종 계약서류 작성, 사실확인, 국가행정기관 등 민원 전반에 걸쳐져 있는 업무로만 보아도 행정사의 발전은 무궁무진하다.

'선택한 길을 걷다 보면 등불이 보이고 뛰다 보면 빛이 보일 것이다.'

선택과 실천

행정사 시험공부를 하기 위해 책, 필기구값, 학원비 등 공부를 위한 비용이 필요할 것이다. 목표를 이루기 위해 돈이 필요한 순간에 특히 더 도전을 망설이게 된다. '돈을 투자하여 이 목표를 이룰 수 있을까? 이루면 수입은 괜찮나?' 이런 생각에 멈칫하게 된다. 이러한 망설임에 나의 의견을 공유해보고자 한다. '돈을 투자하여 목적을 이루는 길이 조금 더 빨라질 수 있다면? 지금 시작하자!'

어떤 행정사가 잘하는 행정사, 좋은 행정사가 될 수 있을까? 나는 이 답을 찾기 위해 오늘도 행정사로 일을 하고 있다. 어제,

오늘 그리고 내일도 행정사로 일을 하는 것이 곧 행복이다. 나는 행복에 대해 깊은 고민을 하거나 행복을 갈망한 적은 없다. 그러나 내가 왜 일을 하고, 도전하는지에 대해 생각해보면 나의 행복을 위한 것이다. 행복의 길을 찾아야 할 때마다 선택의 순간과 실천의 벽이 있다. 행복하기 위해서는 "선택과 실천"만 하면 된다. 다른 길은 가보지 않았기에 그 선택은 최선의 길이 되고, 실천은 벽을 허물고 행복의 결과물로 나타날 것이다.

나는 결코 내가 추구하는 삶의 방향과 목표가 정답이라고 생각하지 않는다. 각자의 삶에는 자신의 이유와 목적이 있다. 그 이유와 목적이 무엇이든 마음속 열정이 존재하는 것만으로 축복이고 도전의 기회가 된다. 각자의 위치에서 본인 삶의 활력이 되는 무언가를 하고 있다면 충분히 행복하고 뜻있는 인생이다.

행정사는 국민과 행정의 가장 가까운 자리에서 국민 권익 실현을 위해 앞장선다. 모든 행정사의 발전과 번영을 위해 나는 지금 이 자리에서 행정사 마인드로 내 역할을 충실히 하고자 한다.

이 글이 누군가에게는 기회가 되고 희망이 되길 간절히 바라며, 우리 모두의 "행복 길 완주"를 응원합니다.

나는 의약품 부작용을 수집하고 평가하는 '약물감시 전문가'다

장여진

공동저서 프로젝트에 참여하기로 한 후 첫 회사에 지원하던 때를 생각했다. 지원서를 내는 부서의 정확한 업무도 모른 채 그저 인터뷰를 위한 문장들을 써 내려가던 그때, 누군가의 조언이 있었다면 아마 더 다양한 길을 꿈꿀 수 있지 않았을까.

조금 일찍 시작했을 뿐 아직 이 길 위에 있는 나의 경험이 이 길을 꿈꾸는 누군가에게 도움이 되길 희망하며 이 글을 썼다. 영업, 마케팅 부서 외에 환자 및 의/약사들이 의약품을 사용하며 발생하는 수많은 부작용을 수집하고 평가하는 약물감시 부서가 제약회사에 있다는 사실을 아는 사람은 얼마나 될까. 제약회사에서 수많은 임상시험을 진행하고 신약을 개발하기 위해 어떤 사람들을 필요로 하는지 아는 사람은?

이 글을 통해 제약회사에서 선택할 수 있는 다양한 길을 보여주고 싶었다. 제약회사에서는 어떤 일을 할 수 있고, 제약업계에서 전문가가 되기 위해서는 어떤 노력이 필요한지도 함께 이야기해주고 싶었다.

__ 장여진

- 현) 글로벌 제약사 개발메디컬본부 PV Specialist
- 전) 국내 대형 제약사 학술팀 PV Specialist
- 전) 어여모 운영진, 학술위원
- 중앙대학교 보건사회임상약학전공 석사
- 중앙대학교 약학과 학사

yojjin_90@naver.com
https://blog.naver.com/yojjin_90

※이 책에 수록된 내용은 개인적인 의견으로서 재직 중인 회사의 견해와는 무관함을 양지하여 주시기 바랍니다.

나는 의약품 부작용을 수집하고 평가하는 '약물감시 전문가'다

'약물감시(PV; Pharmacovigilance) 전문가'를 아시나요?

'딱딱하고 보수적이다.'

'수직적일 것 같다.'

'접근하기 어려운 곳?'

제약회사에 대한 이미지를 물었을 때 주변 지인들이 내뱉은 첫 문장들을 모은 것이다. 이 글을 읽는 여러분이 떠올린 제약회사의 첫 이미지는 어떨지 궁금하다.

처음 만나는 사람에게 10년 차 약사이고 제약회사에 재직 중이라고 하면 100명 중 90명은 내게 연구소에 있는 것인지 물어보곤 했다. 그때마다 제약회사에서 선택할 수 있는 다양한 업무들을 많은 사람이 모르고 있다고 생각했다. 어찌 보면 당연한 일이다. 나 역시 다른 업종에서 선택할 수 있는 세부적인 길은 잘 모르니까 말이다.

학교를 졸업한 후 나의 첫 시작이 회사는 아니었다. 하루에 400명에서 500명 정도의 환자들이 방문하는 약국에서 조제를 하고 복약지도를 했다. 하루 8시간 종일 영양 상담을 하고 복약지도를 하면서 많이 성장한 것은 맞지만, 어느 순간 문득 궁금해졌다. 이렇게 많은 약이 어떻게 개발되고, 내가 읽고 있는 첨부문서는[1] 어떻게 관리되는 것인지. 직접 그 개발과정에 동참해 보고 싶다는 생각이 들었다. 그래서 석사학위를 마친 뒤 제약회사 취직을 준비했다.

이렇게 이야기한다면 그럼 석사학위 후 제약회사에 간 것이니 연구소에 취직한 것이냐고 질문할 수도 있겠다. 하지만 이에 대한 나의 대답은 '아니오'다. 나의 대답을 듣고 의아하게 생각하는 분들이 많을 것이다. 필자가 연구소에서 일하고 싶지 않았던 이유는 석사학위를 하면서 연구나 실험 자체는 재미있었지만, 실험을 통해 내가 원하는 결과를 얻는 것은 또 다른 과제임을 깨달았기 때문이다. 회사에서까지 그 부담을 느끼고 싶지는 않았다. 그래서 연구소의 채용공고를 제외한 나머지 부서의 채용공고를 꾸준히 살펴보며 취직을 준비했다.

1 의약품이 포장될 때 함께 첨부되는 문서로 약의 효능효과, 사용상의 주의사항 등 상세한 정보를 포함하고 있는 문서를 말한다.

그러던 중에 우연히 의약품 이상사례 보고 시스템을 운영하고, 보고된 내용을 바탕으로 의약품의 안전성을 평가하는 국내 공공기관인 '한국의약품안전관리원'의 채용공고를 보게 되었다. 이렇게 이야기하면 이상할 수도 있겠지만 순간 운명적인 끌림을 느꼈다. 이것이 바로 내가 제약회사를 생각하게 된 운명적인 이유인 듯한 느낌이 들었다. 의약품의 안전한 사용을 도와주는 약물감시 분야가 매우 중요해 보였고, 전망도 밝아 보였다. 지금 생각하면 참 우연한 기회로 나의 진로가 정해졌으니 그 채용공고에 고마워해야 하는 건지 아닌 건지 잘 모르겠다. 당시 해당 기관에서는 관련 전공자 중에서 통계 관련 경험을 가진 사람을 뽑고 있었는데 아쉽게도 필자와 함께 면접을 진행했던 다른 지원자가 통계 대학원 경력이 있어 면접에서는 탈락하게 되었다.

하지만 해당 채용을 기점으로 필자는 약물감시 분야만 지원하였고, 그때부터 지금까지 약물감시 전문가로 일하고 있으니 그 공공기관의 채용공고문이 필자에게는 정말 큰 전환점이 된 셈이다. 약물감시 분야를 처음 들어본 분들을 위해 '약물감시'가 무엇인지 간단히 설명하고자 한다.

약물감시(PV, Pharmacovigilance)

한글로는 약물감시, 영어로는 Pharmacovigilance라고 부르는 이 분야는 '약'을 의미하는 그리스어 'Pharmakon'과 '지켜보고 경계하다'를 의미하는 라틴어 'Vigilance'의 합성어로 의약품의 이상사례나 안전성 관련 문제를 감지하고 평가함으로써 의약품으로 인해 발생할 수 있는 바람직하지 않은 증상들을 예방할 수 있도록 하는 일련의 업무를 하는 분야를 말한다.

아마 이 설명만으로는 정확히 무슨 일을 하는 분야인지 감이 오지 않을 것이다. 쉽게 이야기하기 위해 A라는 약을 먹은 후 '기침' 증상이 나타났다고 가정해 보자. 약물감시 담당자는 이 사례를 수집하고 평가한다. 이를테면 A라는 약을 먹은 사람의 연령대는 어떠한지, 기존에 가지고 있던 병력은 없었는지, A라는 약과 함께 먹은 다른 약은 없었는지, 이 증상의 경과가 어떠했는지, 이 증상이 진짜 약 복용으로 발생한 것이 맞는지 등 전반적인 사항을 수집하고 분석한다. 이러한 정보들이 쌓이고 쌓이면 나중에는 A 약의 안전성 정보가 더 풍성해지게 되고, 더욱 안전한 약 사용이 가능해진다. 이것이 바로 약물감시 분야의 핵심적인 목표이자 가고자 하는 방향이다.

지금도 필자는 글로벌 제약사에서 약물감시 업무를 하고 있고, 필자의 업무가 많은 사람들의 안전한 약 복용을 도와주리라 생각한다. 물론 이 업무를 함에도 힘든 점이 있는데 이 부분은 제약회사 내 다른 직무와 함께 뒤에서 따로 다루었으니 3장을 참고하기 바란다.

10년 차 약사가 말하는 제약회사 분위기와 업무환경

앞서 제약회사에 대한 주변 지인들의 생각을 적어 보았다. 대부분 긍정적인 부분보다는 딱딱하고 보수적, 수직적일 것 같다는 부정적인 언급이 많았다.

그럼 실제로는 어떨까? 이 글을 읽는 많은 분이 궁금해할 것이다. 자아실현이나 가치관도 물론 중요하지만, 우리가 회사와 직무를 선택할 때 현실적으로 더 중요한 것은 그 회사의 분위기나 업무환경 등의 조건이기 때문이다. 제약회사의 경우 회사나 직무에 따라 분위기가 꽤 달라서 쉽게 단정 지어 말하기는 어렵다. 그래도 최대한 많은 회사의 정보를 수집하여 도움이 될 수 있는 현실적인 정보 위주로 전달하고자 노력하였다.

필자의 첫 회사는 이름만 대면 누구나 알 법한 국내 대형 제약사였고, 필자의 입사 소식을 들은 많은 친구들은 '거기 엄청 빡세기로 유명하잖아' 내지는 '거기 분위기 괜찮아?'하는 반응을 보였었다. 하지만, 막상 입사해보니 수평적인 분위기 속에서 즐겁게 일할 수 있는 환경이어서 매우 만족하며 3년을 그곳에서 일했다. 이렇게 밖에서 보는 것과 실제 안에서 느끼는 것에는 큰 차이가 있을 수 있다.

필자가 생각하는 제약회사의 장점 중 하나는 주변의 다른 업계 대비 비교적 수평적인 분위기의 업무환경을 가진다는 점이다. 필자는 주로 내근직으로 근무하였기 때문에 이 부분은 부서에 따라 다를 수 있음을 참고하기 바란다. 약물감시를 비롯한 학술, 임상, 허가 등의 내근 부서들은 대부분 비교적 수평적인 업무환경을 가지고 있다. 그러나, 앞서 이야기하였듯이 분위기는 회사마다, 그리고 같은 회사 안에서도 팀장 등의 직책자에 따라 달라질 수 있다. 이전에는 좋은 분위기와 업무환경이었을지라도 직책자에 따라 분위기는 완전히 바뀔 수 있다는 점을 염두에 둘 필요가 있다.

두 번째 장점은 다른 업계 대비 직무 이동이나 회사 이직이 열려있다는 점이다. 제약회사에 다녀보니 생각보다 이 일 저 일 다양한 직무를 경험하는 경우가 많이 있다. 아직 나에게 맞는 일이 무엇인지 모르는 경우라면 일단 제약회사에 취직한 후 다른 해보고 싶은 직무가 생겼을 때 직무 이동을 시도해보기를 권한다. 제약업계는 회사 이직 또한 다른 업계 대비 많이 열려있는데, 생각보다 많은 사람이 적어도 1회 이상 회사를 옮긴다. 글로벌 제약사의 시스템이나 근무환경을 경험해 보고 싶어서 국내 제약사에서 글로벌 제약사로 이직하는 때도 있고, 같은 글로벌 제약사 내에서 더 좋은 조건의 연봉을 위해 이직하기도 한다. 첫 회사에서 계속 일하는 것도 물론 좋지만 여러 회사를 경험하는 것 또한 그 나름대로 장점이 있다. 여러 회사의 시스템과 업무수행 방식 등을 내 것으로 만들어 더 발전시킬 수 있기 때문이다. 필자도 이직을 통해 여러 회사의 시스템을 내 것으로 만들며 스스로 더 발전할 수 있었다.

연봉의 경우 회사마다 지급 방법이 조금씩 다른데 대부분의 국내 제약사는 거의 기본급만으로 연봉을 지급한다. 인센티브가 없는 대신(영업 부서 제외) 기본급이 높다는 장점이 있다. 반면, 글로벌 제약사의 경우 대부분 기본급과 인센티브, 기타 복지비로 이루어진 연봉 체계를 가지고 있다. 인센티브의 비율은(일반적으로 10~15% 내외) 회사마다 다르지만 인센티브가 있는 대신 기본급 자체는 국내 제약사보다 낮을 수 있다. 영업부서는 실적에 따라 인센티브의 차이가 크게 나타나지만, 내근직의 경우에는 개인에 따른 인센티브 차이가 크지 않다. 신입사원의 첫해 연봉은 회사마다 차이는 있지만 대부분 3,000만원 이상이며 회사에 따라 혹은 직무에 따라 4,000만원 이상인 곳들도 있다. 영업직의 경우 내근직에 비해 실적에 따른 인센티브가 높아 기본 연봉을 훌쩍 뛰어넘는 경우도 많이 있다.

추가로 대형 제약사가 아닌 규모가 조금 작은 제약사의 경우에는 팀의 규모가 작아 채용공고의 직무와 내가 실제로 담당하게 될 직무 간에 차이가 있을 수 있다는 점을 알아두면 좋다. 이런 점에서 내가 지원하고자 하는 팀의 인원이나 조직의 규모를 가능하면 사전에 알아보면 좋은데 이는 신입사원에게 절대 쉽지 않은 일이다. 결국, 제약회사 취업에서도 상당 부분은 운이 작용한다고 볼 수 있다. 3장에서 이야기하겠지만 이런 면에서 내가 가고자 하는 분야에 미리 가 있는 선배를 알아두면 매우 도움이 된다. 관련 이야기는 다음 장에서 더 자세히 이야기하였다.

제약회사의 일반적인 분위기와 업무환경에 대해 알아보았다. 하지만, 모든 직업이 그렇듯 제약회사에서의 업무 또한 개인에 따라 만족도가 많이 달라질 수 있고, 여기에는 개인의 성향이 큰 영향을 미친다. 그럼 나는 대체 어떤 직무를 선택해야 하는지 많이 궁금할 것이다. 그래서 나에게 맞는 직무는 어떻게 찾을 수 있는지 이어 기술하였다.

나에게 맞는 직무는 어떻게 찾을 수 있나요?

제약회사에서 일하고 있는 주변 지인들에게 지금 하는 직무를 후배나 친한 동생들에게 추천하고 싶은지 물어보았다. 그런데 대부분 대답은 비슷했다. 그 친구의 성향에 따라 다르다는 것이다. 나 또한 이 말에 동의한다. 지인들 모두 현재 자신의 직무에 비교적 만족하며 일하고 있지만, 이 일이 다른 성향을 지닌 누군가에게는 힘든 일이 될 수 있기 때문이다. 그럼, 나에게 맞는 직무는 어떻게 찾을 수 있을까?

우선 개인의 성격이나 성향을 미리 알아두면 많은 도움이 된다. 예를 들면 영업부서나 마케팅부서는 의사를 만나거나 다른 사람들 앞에 서야 할 일이 많다. 그런데 만약 낯을 많이 가리고 이야기하는 것을 좋아하지 않으며 대중의 앞에 서는 것 또한 어려워하고 좋아하지 않는다면 어떨까? 물론 해당 업무를 경험하면서 바뀔 수도 있고, 일이니까 어쩔 수 없지 않냐고 반문할 수도 있다. 하지만, 다른 사람 대비 2배, 아니 3배는 더 힘들 수 있음을 각오해야 한다. 내근직도 상황은 비슷하다. 임상시험을 담당하는 부서의 경우 내근직이지만 외근의 비율이 굉장히 높은 부서이다. 돌아다니는 것이 좋고, 의사를 만나는 것에 부담이 없다면 좋겠지만 만약 내가 여기에 해당하지 않는다면 다른 사람보다 적응하기 더 어려울 것은 분명하다. 반대의 경우도 마찬가지이다. 본인은 외향적인 성향이고 새로운 사람들을 만나는 것을 좋아하는데 종일 책상에 앉아 문서작업만 해야 한다면 좀이 쑤셔 견디기 어려울 것이다.

따라서, 기회가 된다면 MBTI와 같은 적성검사도 해보고 평소 나의 성격이나 성향 등에 대해서 살펴보면 좋겠다. 참고를 위하여 회사에 다니면서 필자가 직접 해본 검사들을 아래 적어 보았다.

(1) MBTI 성격유형 검사
(2) Clifton Strength 강점 진단

그러나, 이러한 검사들은 유료이기 때문에 당장 검사를 하기 어려운 경우라면 아래의 체크리스트 정도를 참고 삼아 본인의 성향에 대해 고민하는 시간을 가지기 바란다. 다만 아래의 체크리스트는 이해를 돕기 위해 예를 든 것일 뿐이니 참고하는 정도로만 보면 좋겠다.

(체크리스트 예시)

(1) 나는 사무실에서 일하는 것이 좋다 vs 외근이 많은 것이 좋다

(2) 나는 엑셀, 워드 등 문서작업이 좋다 vs 마케팅 전략 등을 기획하는 것이 좋다

(3) 나는 새로운 사람을 만나는 것이 두렵다 vs 나는 새로운 사람을 만나고 이야기하는 것이 좋다

(4) 나는 다른 사람 앞에 나서고 싶지 않다 vs 나는 다른 사람 앞에 나서는 일을 하고 싶다

그럼 나의 성격이나 성향에 대해서만 알아보면 될까? 아니다. 내가 하고자 하는 일에 대해서도 파악해 보아야 한다. 내가 관심 있는 직무의 구체적인 이면을 알고 지원하는 것과 모르고 지원하는 것에는 큰 차이가 있다. 이를테면 내가 하는 약물감시 업무는 엑셀과 워드 작업의 연속이다. 1년 중 99%는 사무실에 있고 정말 가끔 외부 교육을 들으러 가는 것이 전부인데 그마저도 요즘은 온라인 교육으로 대체되고 있으므로 정말 외근할 일은 없다고 보면 된다. 이렇게 내가 지원하고자 하는 업무의 특성을 대략 파악하고 있으면 어떤 부서에 지원할지 결정하는 데 많

은 도움이 된다. 제약회사 취업을 고민 중이라면 꼭 내가 지원하고자 하는 부서나 업무의 특성을 파악해 보기 바란다.

물론 제약회사에서 일해 본 경험이 없는 사람이 제약회사 내부의 분위기나 부서별 특징을 파악하기는 매우 어려울 것이다. 전통이 오래된 약학대학의 경우 제약회사에서 일하고 있는 선배들이 많이 있어서 정보를 얻기가 비교적 쉬우나, 최근 신설된 약학대학 재학생이나 다른 전공 학생들의 경우 관련 정보를 얻기 힘들 수 있다. 만약, 제약회사에 관심은 많은데 주변에 조언을 구할 곳이 없다면 필자의 블로그에 문의 글을 남겨도 좋다.

제약회사에서 일하기 위한 필요조건
(저는 약사가 아닌데 괜찮을까요?)

제약회사 취업을 준비하는 분들을 위해 틈나는 대로 제약회사 이야기를 블로그에 쓰고 있다. 그런데 한번은 본인은 생명공학 관련 전공자이고 곧 석사 졸업 예정인데 약사가 아니어서 제약회사 취직을 할 수 있을지 걱정된다는 문의를 받은 적이 있었다. 생각해보니 약사가 아닌 경우 이런 고민을 하는 분들이 많겠다 싶어 관련 이야기를 해보려고 한다.

제약회사 내 약사 비율이 얼마나 될까? 전체 직원으로 따지면 한 10%에서 15% 남짓 될 것이다. 만약 모집단의 범위를 조금 좁혀보면 어떨까? 영업 및 마케팅, 인사 총무 등의 경영관리 부서를 제외한 개발본부[2] 내근 부서에서의 약사 비율은? 개발본부 내 약사 비율은 꽤 높은 편이다. 하지만 이 말이 약사만 이러한 부서에서 일할 수 있다는 것을 의미하지는 않는다.

임상부서만 해도 약학, 간호학, 생명공학 등 다양한 전공자들로 구성되어 있고, 의약품 인/허가 부서의 경우에도 비율은 낮지만 타 전공자들이 함께 일하는 경우가 종종 있다. 그래서 약사가 아닌데 제약회사 취직이 가능할지 걱정하는 분들에게는 괜찮으니 꼭 도전해보라고 이야기해주고 싶다. 실제로 생명공학과에서도 제약회사에 관한 관심이 꽤 높은 것으로 들었고, 이미 약사가 아닌 많은 사람이 제약회사 내 임상, 품질보증, 영업 등 다양한 부서에서 누구보다 잘 일하고 있으니 말이다.

그럼 제약회사에 취직하는 데 필요한 요건에는 어떤 것들이 있을까? 우선 영어 공부를 꾸준히 해 두는 것이 좋다. 글로벌 제약사의 경우에는 말할 것도 없고(꿈에 그리던 글로벌 제약사에 입사하였지만 입사 후 영어 때문에 스트레스를 많이 받는 경우를 자주 봤다), 최근에는 국내 제약사도 여러 글로벌 회사들과 판매 제휴를 맺는 경우가 많아 영문으로 이메일을 작성하거나

2 회사마다 개발본부를 지칭하는 단어는 다를 수 있지만 일반적으로 개발본부 혹은 메디컬본부라고 부르는 본부 내에는 우리가 흔히 아는 임상 관련 부서, 의약품 인/허가 부서, 약물감시 부서, 학술 등이 포함된다.

유선으로 회의를 진행할 일이 꽤 있다. 따라서, 기회가 왔을 때 그 기회를 제대로 잡기 위해서는 내가 말하고 싶은 바를 잘 표현할 수 있는 정도의 영어는 구사할 수 있는 것이 좋다.

두 번째로는 자신이 지원하는 직무에 대해 미리 공부해 두는 것이 좋다. 지원자의 상당수가 해당 직무에 대한 사전 조사 없이 지원하는데 이런 경우 면접에서 대부분 티가 나기 마련이다. 실제로 필자가 첫 회사에 입사했을 때 받았던 피드백 중 하나가 '자기소개서 및 지원동기 서류에서 지원한 직무에 대한 이해도가 제일 높아 보여 관심이 많이 갔다'라는 것이었다. 필자가 첫 회사에 지원했을 때의 경쟁률은 무려 140대 1이었고, 결국 어떻게 보면 직무에 대한 사전 조사 여부가 당락을 가른 것이다. 면접관으로서는 몇 개 질문만 해봐도 지원자가 해당 직무에 대한 이해를 바탕으로 지원한 것인지, 아니면 직무에 대한 기초적인 지식도 없이 지원한 것인지 쉽게 알 수 있다는 것을 명심해야 한다.

그럼 직무에 대해 어떻게 사전에 알아볼 수 있는지 궁금할 것이다. 우선, 채용공고 내용을 꼼꼼히 살펴보자. 채용공고문에는 해당 부서에서 진행할 업무들에 대한 개요가 기술되어 있어, 채용공고만 꼼꼼히 보아도 대략적인 업무는 알 수 있다. 하지만, 신입사원의 경우 이것만으로는 해당 직무에 대해 파악하기 힘들 것이다. 이럴 때는 아는 선배가 있다면 '선배 찬스'를 쓰는 것이 가장 좋고, 아는 선배가 없다면 블로그 등을 참고하는 것이 방법이다. 실제로 필자도 블로그에 제약회사 직무에 대한 글을 종종 쓰고 있고, 필자 말고도 비슷한 글을 써 둔 블로그들이 있으니 참고하면 좋겠다.

최근 글로벌 제약사는 업무 경험이 없는 신입사원은 거의 채용하고 있지 않기 때문에 회사 경험 없이 글로벌 제약사의 내근직으로 바로 입사하는 것은 많이 어려워진 상황이다. 따라서 글로벌 제약사를 경험하고 싶다면 계약직의 형태로 경험해 보는 것이 하나의 방법이 될 수 있다. 제약업계의 경우, 이직 시 계약직으로 일했던 기간도 모두 인정받을 수 있으므로 계약직이라는 근무형태에 대해 너무 많이 걱정할 필요는 없다. 실제로 필자의 몇몇 친구들도 1년 계약직 등의 형태로 근무하는 때도 꽤 있었고, 지금은 모두 그때의 경험을 바탕으로 다른 글로벌 제약사에서 정규직으로 일하고 있으니 말이다.

마지막으로 다른 업계와 마찬가지로 워드나 엑셀 등 기본 문서작업을 위한 프로그램은 잘 사용할 줄 아는 것이 좋겠다.

약물감시 전문가의 미래비전

다시 약물감시 전문가로 돌아와 보자. 앞서 1장에서 대략적인 약물감시의 개념을 설명하였다. 그럼 필자가 보는 이 직업의 미래비전은 어떠할까.

2020년 우리의 일상을 송두리째 바꿔 놓은 사건이 있었다. 바로 '코로나19(COVID-19) 범유행'이다. 최근에는 다양한 글로벌 제약사들이 개발한 백신 접종이 순차적으로 진행되고 있다. 혹시 단 한 번이라도 '코로나 백신 부작용'을 검색해 본 적이 있는가? 아마 많은 사람이 만약의 경우를 대비하여 불안감을 안고 검색해 보았을 것이다. 이것이 바로 약물감시 업무가 중요하고 꼭 필요한 이유이다.

예로 '타이레놀'이라는 의약품이 있다. '아세트아미노펜'이라는 성분으로 구성된 해열·진통 효과가 있는 약이다. 특별한 경우를 제외하고 이 약은 매우 안전하게 생각되며, 많은 사람이 편안한 마음으로 복용하는 약 중 하나이다. 왜일까? 오랜 기간 꾸준히 사용됐고, 그동안 효과와 안전성 측면에서 많은 정보가 축적되었기 때문이다.

일반적으로 의약품의 안전성에 대한 평가는 단기간뿐만 아니라 장기간에 걸쳐서 진행된다. 임상시험만으로는 데이터가 부족하기에 실제 의료환경에서 약이 사용되면서 수집되는 많은 정보를 토대로 꾸준히 안전성 정보를 업데이트해 나가는 것이다. 현재 접종 중인 코로나 백신도 마찬가지이다. 짧은 기간 내 개발 및 접종이 이루어지고 있는 만큼 백신과 관련된 안전성 정보는 지금도 꾸준히 업데이트되고 있다. 국내에서도 접종이 진행됨에 따라 이로 인한 부작용 및 이상사례 신고를 지속해서 안내하고 있다.

이는 모든 의약품의 개발과정에서 동일하게 진행되는 부분이다. 대부분 약은 효과와 부작용을 동시에 가진다. 그런데도, 우리가 이러한 약들을 계속해서 사용하는 이유는 예상되는 위험성 대비 효과가 크기 때문이다. 우리가 약을 사용하는 한 약의 안전한 사용을 위해 약물감시 업무는 매우 필수적이다. 제약산업이 계속 성장하고 있고 전망이 매우 밝다는 점에서, 약물감시 업무의 필요성도 계속해서 증가할 것으로 생각한다.

제약회사를 꿈꾸는 그대에게

우리는 그 어느 때보다 취업하기 어려운 세상을 살고 있다. 제약회사 취직을 준비하는 데 무언가 거창한 이유가 있다면 좋겠지만 사실 없어도 그만이다. 지인 중 그 누구보다 책임감 강하고, 똑똑하며 일 잘하는 분에게 이렇게 물어본 적이 있었다. 처음에 어떻게 제약회사에 오게 되었냐고. 생각보다 그분의 대답이 간단하여 놀랐다.

> '학위과정이나 공부를 더 할 생각은 없고 최대한 전공을 살릴 수 있는 곳이 제약회사였어요. 연구소 가는 게 아니면 아마 제약회사가 전공을 살릴 수 있는 가장 좋은 선택지 아닐까요?'

지금 누구보다 본인의 몫을 다 해내고 있는 그분도 처음부터 무언가 거창한 목표가 있었던 것은 아니다. 그래서 지금 별다른 이유나 목표 없이 제약회사에 지원하는 것도 괜찮다고 이야기해주고 싶다. 다만, 제약회사를 꿈꿀 때 신약이 개발되고, 신약의 개발만 기다리던 환자들에게 도움을 줄 수 있는 상황을 떠올려 보았으면 한다. 멀게만 느껴졌던 멋진 그 과정에 나도 함께 참여할 수 있는 것이다.

필자의 경험을 돌이켜 보면, 신약이 출시되는 과정에 필자가 조금이나마 참여한 경우에는 신기하게도 그 약이 필자의 자식처럼 느껴졌다. 좀 더 안전하게 많은 사람이 사용했으면 좋겠고, 효과가 좋았으면 좋겠고, 일명 '잘 나갔으면 좋겠다'라는 생각이 들었다. 신약을 기다리는 환자들에게 새로운 치료의 기회를 제공하는 데 일조하는 것은 참으로 멋진 일이다.

이 글을 읽는 모든 사람이 가슴 설레는 직업을 찾기 바란다. 마지막으로 만약 이 글을 통해 제약업계에서 일하게 된 분이 있다면 꼭 필자에게 연락해 주었으면 좋겠다.

정리수납전문가,
공간을 재구성하다

전인숙

2015년 내 집 정리를 위해 정리수납을 처음 접하며 정리도 배워야 한다는 것을 깨달았다. 물건정리가 되지 않아 스트레스를 받는 모든 이들에게 정리가 주는 휴식을 주고 싶은 마음으로 정리 일을 하고 있다.

나는 매일 똑같은 일을 하고 싶지 않다. 오늘과 다른 내일을 살고 싶고 내일과 다른 또 다른 내일을 살고 싶다. 정리수납전문가는 변화하는 삶을 꿈꾸는 당신에게 최고의 선물이 될 것이다.

__ 전인숙

- 한국정리수납협회 정리수납 강사, 생활코칭 강사
- 학부모, 교사 연수 특강강사, 학생진로체험 강사
- 고용노동부, 여성가족부 지원 수납전문가 양성강사
- KBS 생생정보, MBC 기분좋은 날 , SBS 생활경제 , TV조선 만물상 외 방송출연 다수

isjun902@hanmail.net
https://blog.naver.com/isjun902
010-9992-6317

정리수납전문가,
공간을 재구성하다

나는 왜 정리수납전문가가 되었나?

결혼을 하고 19년이란 긴 세월을 경력이 단절된 채 주부로 살았다. 주부로 지내는 동안 별 불편함이 없었고 일을 하고 싶다는 생각을 아주 가끔은 한 것 같다. 빼닥구두를 신고 커리어우먼 복장을 한 여성을 볼 때마다 곁눈질하며 마음 한구석에서 부러움을 느끼곤 했지만 이내 그 자리는 내 자리가 아니라고 맘을 접었다. 아이들이 어릴 때는 동네 엄마들과 만나 점심을 먹고 차를 마시며 하루하루를 즐겁게 보냈지만 늘 '내가 뭘 하고 있는 걸까?'라는 한심한 생각이 들곤 했다. 아이들은 점점 커가고 내 욕심만큼 커 주지 않는다는 것을 느끼는 순간 내가 할 수 있는 일은 점점 줄어들었다.

그럴 즈음 내 맘은 점점 병들어가고 있었나 보다. 겉으로는 괜찮았는지 모르겠지만 나도 모르는 내 맘은 시름시름 아파가고 있었다. 지금 생각해보면 빈둥지증후군을 겪은 것 같다. 어느 날 바삐 걸어가는 사람들을 보며 '저 많은 사람들은 어디를 저리 바삐 갈까? 나는 갈 곳이 없는데' 하며 내 신세가 처량하다는 생각도 들었다. 하지만 일을 하는 친구를 보며 부럽다는 생각은 들지 않았다. 왜냐하면 돈을 벌기 위해 일하는 것일 뿐 행복해 보이지 않았기 때문이다. 나는 돈을 벌어야 하는 이유가 딱히 없었다. 돈이 많아서가 아니라 돈 욕심이 없었기 때문이다.

어려서부터 내 꿈은 현모양처였다. 초등학교 시절 내 기억에 엄마는 늘 힘든 사람이었다. 새벽부터 늦은 밤까지 돈을 벌기 위해 억척스럽게 일하는 엄마를 보며, 어린 나이임에도 불구하고 난 결혼해서 아이도 키우고 돈도 버는 그 힘든 삶을 살고 싶지 않다는 생각을 했다.

엄마가 그토록 열심히 일했지만 우리 집은 풍족하지 않았다. 그래서일까? 내 머리 속에는 언젠가부터 남편이 벌어다 주는 돈으로 편하게 생활하고 남편의 그늘 아래 있고 싶다는 생각이 들었다.

대학 시절을 보내면서도 특별히 직업을 가져야 한다는 생각도 하지 않았기 때문에 취업을 준비하지도 않았다. 그렇게 난 원하지도 않는 직장을 1년 반 정도 다닌 뒤 결혼생활을 시작했다. 만 원이 있으면 만 원에 내 삶을 맞췄고, 십만 원이 있으면 십만 원에 내 삶을 맞추면서 말이다.

그러던 어느 날 내 인생을 송두리째 바꾼 운명의 날을 맞게 되었다. 평소에도 남의 집 살림에 감 놔라 대추 놔라 좋아하는 아주 가까운 친인척이 엄마로, 주부로 살아가는 나의 삶을 남편의 등에 빨대를 꽂는 염치없는 아줌마로 낙인 찍는 한마디를 던졌다. 그 발단은 이랬다. 남편이 얼마 전부터 배우기 시작한 골프를 함께 배우자고 제안했다. 난 평상시 무언가 배우는 것을 좋아하지 않았고 생산적인 일이 아니라면 별로 하고 싶지도 않았다. 그런데 생각해보니 많은 엄마들이 그렇듯 나도 나를 위해 변변한 옷 한 벌 사 입어 본 적이 없는 것 같았다. '그래, 나도 내 삶의 변화가 필요해. 무엇을 하고 싶은지 모르니 함께 하자고 할 때 해보는 것도 나쁘지 않겠네.' 라는 생각으로 그 제안을 받아들였다. 골프가 돈이 많이 들어가는 운동이라는 것을 익히 알고 있었지만 동네 헬스장 다니는 비용 정도를 들여 남편이 배우고 있었기에 비용적인 부담은 그리 크다는 생각은 들지 않았다. 내가 소위 말해 필드를 나갈 것도 아니기에 배우기로 했다. 그런데 평소 오지랖이 넓은 우리 남편이 여기저기 내가 골프를 배울 거란 얘기를 떠벌리고 다녔다. 그 말을 들은 가까운 친인척이 그것도 내 면전에 대고 이렇게 말했다. "외벌이인 주제에 골프를 치겠다고?" 어쩌면 나의 기억회로가 그 순간 잘못되었을지도 모른다. 분명 내 귀에는 저렇게 들렸고 말을 한 당사자는 "외벌이인데 골프를 친다고?" 이렇게 말했을지도 모른다.

그 말이 떨어지기가 무섭게 내 맘 속은 요동쳤다. 돈도 못 버는 주제에 골프는 절대 내가 할 수 없는 운동이었던 거다. 하지만 난 그 자리에서 아무 말도 못 했다. 돈을 벌지 못하는 것만으로도 나는 이미 죄인이 된 느낌이었다. 엄마로 살아 온 나의 삶, 주부로 살아 온 나의 삶이 송두리째 비난받는 느낌이었다. 자존심은 있는 대로 바닥나고 생각할수록 울화가 치밀고 눈물만 났다. 가만히 있다가도 눈물이 주르륵…. 그렇게 시간은 몇 달이 지나갔다. 지금 생각해보면 그 즈음 나의 우울감과 그 사건이 절묘하게 맞물려서 더 심하게 내 맘이 요동쳤는지도 모르겠다.

나도 돈을 벌어서 그 사람에게 보란 듯이 내가 돈을 못 번 게 아니라 안 번 거라고, 나도 할 수 있다는 것을 보여주고 싶었지만 내가 할 수 있는 건 아무것도 없었다. 이미 40대 중반의 나이가 걸림돌이 될 뿐만 아니라 그 흔한 워드, 엑셀자격증 하나가 없었다. 내가 돈을 벌 수 있는 방법은 아르바이트밖에 없다는 생각이 들어 그때부터 알바몬을 뒤지기 시작했다. 하지만 뒤지면 뒤질수록 처참했다. 난 아르바이트도 할 수 없는 나이가 된 거다. 경력은 없고, 나이는 많고…. 누구나 그러하듯 주부로 엄마로써의 삶은 그리 녹록치 않았고 지금도 생각해보면 내가 살아왔던 그 19년의 전업주부 생활이 내 인생에서 가장 힘든 시절이었던 것 같다.

그렇게 시간은 흘러흘러 6개월쯤 지났고 텔레비전에서 이색 직업이라며 정리수납전문가라는 직업이 뉴스에 소개되는 걸 보게 되었다. 그 직업을 처음 듣는 순간 '집을 정리해주는 직업도 있다니, 참 희한한 직업도 다 있네.' 이렇게 생각했다. 그리고 인터넷으로 정리수납전문가라는 직업을 검색하기 시작했고 내가 가진 주부라는 경력을 활용해 도전해볼 만하다는 판단이 들었다. 하지만 별다른 정보를 찾을 수가 없었다. 지금은 정리수납전문가라는 직업을 많이들 알고 있지만 2015년만 해도 정말 생소한 직업이었다. 그렇게 정리수납과 나의 인연이 시작되었다.

정리수납전문가의 기본 자격 요건

정리수납전문가의 일은 크게 강의와 컨설팅 두 가지로 나뉜다. 강의와 컨설팅 중 어느 길을 선택하든 일단 자격증 취득이 필수다. 아직은 민간자격증이기 때문에 자격증이 없는 상태에서 일해도 불법은 아니지만 있는 것과 없는 것은 천지 차이다. 현재 정리수납 자격증을 발급하는 기관은 많다. 어느 기관이 좋은지 선택하기 어려울 수 있으므로 한국직업능력연구원 홈페이지 민간자격정보 바로가기에서 발급기관에 대한 검증을 꼭 해보길 추천한다. 협회/기관별로 자격증 발급 횟수, 자격증취득자수, 합격률 등 자격증 현황을 파악할 수 있다. 참고로 이와 같은 검증은 정리수납 자격증뿐만 아니라 다른 민간 자격증을 취득할 경우에도 꼭 해보는 것이 좋다.

정리수납 자격증은 발급기관에 따라 다르긴 하지만 보통 2급, 1급, 강사 자격증 등으로 세분화 되어 있다. 컨설팅 현장만 하려고 한다면 굳이 강사 자격증까지 취득할 필요는 없다. 강사 과정은 필수가 아닌 선택이기 때문에 강사 과정을 하지 않고 현업에 종사하는 사람도 많다. 하지만 누군가가 나에게 강사 과정을 할지 말지 여부를 묻는다면 나는 한결같이 이렇게 대답한다. "이 일을 해보니 나와 맞는 일이고 계속 할 생각이 있다면 강의를 하지 않더라도 해보세요."라고 말이다. 정리수납 일을 하다 보면 물건을 정리하는 일은 기본이고 고객과 상담하는 일이 많기 때문에 말을 잘하는 것이 유리하다. 참고로 강사 자격증은 2급과 1급을 단계적으로 취득한 후에 취득이 가능하기 때문에 강의만 하고 싶다고 해도 바로 강사 자격증을 취득할 수는 없다.

만약 비용이 부담스럽다면 국비 지원을 받아 무료 강의를 들을 수도 있다. 요즘에는 국가지원 사업으로 취업까지 연계되어 강의가 진행되는 경우가 있다. 그런데 국비 지원 강의는 지역마다 다르고, 언제 개설되는지 여부도 불분명하다. 기껏해야 1년에 한 번 정도 열리기 때문에 본인이 사는 지역 시, 군, 구청 홈페이지 등에 접속해서 수시로 정보를 찾아보는 발 빠름이 필요하다. 하지만 고용보험에 가입되어있는 경우라면 이 혜택을 받는 것은 불가하기 때문에 본인의 상황에 맞게 자격증 취득 방법을 고르는 것이 좋다.

자격증을 어디에서 취득할지 고민할 때 추가로 생각해야 하는 것이 또 있다. 여러 사람들과 함께 이론과 현장을 배울 수 있는 기관에서 자격증을 취득하는 것을 추천한다. 정리수납은 혼자 하는 일이 아니다. 한 팀을 이루어 하루 안에 정리하는 것을 기본으로 한다. 서비스 비용은 단순히 면적을 가지고 따지는 것은 아니고 거주기간, 가족 수, 가구 재배치, 난이도 등을 고려하고 30평대 아파트를 기준으로 보통 8~10명, 때로는 20명이 투입되는 경우도 있다. 그렇기에 나와 함께 일하는 사람이 나의 능력이고 재산인 셈이다. 물론 내가 어느 정도 능력을 갖추게 된다면 혼자서 일할 수도 있다. 하지만 내가 잘하는 그 순간까지는 모방이 학습의 기본이다. 다른 사람이 하는 것을 보면서 배우고 성장할 수 있기 때문이다. 그렇기에 함께 성장할 수 있는 곳이 어딘지를 보는 눈이 필요하다. 나는 이 사실을 몰랐지만 그래도 운 좋게 좋은 곳에서 교육을 받게 된 것을 지금도 감사하게 생각한다.

많은 사람들이 정리수납전문가는 원래부터 정리를 잘했을 거라고 생각한다. 하지만 실제로는 그렇지 않다. 나도 원래부터 정리를 잘했던 사람이 아니다. 나는 평소 사람들에게 집이 참 깔끔하다는 이야기를 많이 들어왔다. 하지만 우리 집이 정리되지 않은 상태라는 건 누구보다 내가 잘 알았다. 배우면 배울수록 싱크대 안, 옷장 안이 정리되지 않은 것은 내가 정리를 배우지 않아서 그렇다는 것을 깨달았고, 우리 집이 변화되는 것을 보며 이 일이 하고 싶어졌다.

정리수납전문가가 되기 위해서는 기존에 자신이 갖고 있던 정리에 대한 틀을 깨야 한다. 우리 집 정리는 내 마음대로 하면 그만이지만 직업으로 하는 것은 완전히 다른 이야기이다. 평소 본인이 정리를 잘한다고 생각하는 사람은 본인의 틀을 버리기가 쉽지 않아 자신만의 편견이나 고정관념을 깨는 데 상당한 시간이 걸린다. 그 시간을 견디는 사람만이 정리를 온몸으로 받아들일 수가 있는 것이다. 그렇기 때문에 오히려 본인이 정리를 못한다고 생각하는 사람이 본인이 가지고 있는 틀이 없어 배우는 속도가 더 빠를 수도 있다.

또 인테리어 계통의 일을 한 사람들 중에 본인이 굉장히 유리할 거라고 생각하는 경우가 많은데, 인테리어와 정리는 완전히 다른 개념이다. 실제로 인테리어 업종에 종사하시던 분들이 정리수납 수업을 듣고 나면 인테리어와 정리는 전혀 다르다며, 자신이 완전히 잘못 생각했다며 혀를 내두른다. 다만 인테리어와 정리수납을 결합하면 큰 시너지 효과가 날 수 있기 때문에 인테리어, 디자인, 미술 등을 전공하거나 타고난 감각을 갖고 있다면 장기적인 관점에서 유리한 면은 분명히 존재한다.

정리수납 전문가에게 필요한 마인드

이 직업을 생각하는 사람이라면 이 대목에서 좀 더 집중하길 바란다. 먼저, 대중매체로만 정리수납을 접한 사람들 중에는 정리 서비스를 받는 집들은 물건이 상상초월로 많고 지저분할 것이며 육체적인 노동 강도가 아주 높다는 편견을 갖는 경우가 있다. 자신, 혹은 주변 사람들의 편견으로 인한 반대 때문에 정리수납전문가에 도전하고 싶지만 포기하는 사람들을 종종 봐왔다. 나도 처음에는 가족의 반대에 부딪혔다. 만약 그때 내가 소신을 꺾었다면 지금의 나는 정리수납 전문가 전인숙이 아닌, 여전히 알바몬을 뒤지며 우울해하던 7년 전에 머물러 있을 것이다.

실제로 정리수납 서비스를 받는 고객의 80~90%가 지극히 평범한 집이다. 정리할 시간이 없거나, 스스로 정리해보려고 노력해봤지만, 그 결과물이 만족스럽지 않고 유지도 어려워 서비스를 받는다. 정리 서비스는 팀을 꾸려서 하는 일이며 구역별 물건의 양에 따라 인원수가 배정되기 때문에 노동의 강도가 분산된다. 물론 처음에 일이 익숙하지 않으면 당연히 노동의 강도가 높게 느껴질 .수밖에 없다. 하지만 시간이 지나서 숙련도가 높아지면 직접 물건을 정리하는 일보다는 공간을 어떻게 구성해야 할지에 대한 고민을 더 많이 하게 된다.

둘째, 정리수납전문가는 프리랜서이다. 프리랜서라는 것이 때에 따라서는 장점이 될 수도 있고 단점이 될 수도 있다. 프리랜서는 본인이 일을 어떻게 구성해 나가느냐에 따라 시간에 대한 활용도, 수입도 천차만별이다. 프리랜서이기 때문에 내 마음대로 내 시간을 조절할 수 있지만, 수입이 일정하지 않고 처음부터 돈을 벌기는 어렵다. 물론 하루 일한 것에 대한 최저시급은 당연히 보장된다. 한 달에 5일을 일할지 30일은 일할지는 본인의 역량이다. 그래서 당장 돈을 벌어야 하는 사람에게는 충분히 고민해보고 시작하라고 조언한다. 하지만 내 실력이 쌓이면 내가 원하는 시간에만 일하고도 일정 수입을 벌 수 있다. 물론 그렇게 되기까지는 본인의 노력은 필수다. 어느 정도 경력이 쌓이면 본인이 어떻게 진로를 잡느냐에 따라 수입도 천차만별이다. 일반 직장인보다 더 벌 수 있는 가능성도 충분히 있다. 월 천만 원을 버는 이들도 있다. 나는 입버릇처럼 말한다. 내가 마음만 먹으면 30년 가까운 직장 경력을 가진 남편보다 7년 차인 내가 더 잘 벌 수도 있다고 말이다. 하지만 나는 지금 이대로 행복하게 일하고 싶다. 배부른 소리인지 모르겠지만 돈만 좇으며 일하고 싶지는 않다.

프리랜서는 내가 책임지고 내 일을 꾸려나가야 하므로 꾸준히 내 커리어를 어떻게 발전시킬 수 있을지 고민해야 한다. 또 정리수납 일은 매일 같은 시간에 같은 장소로 출근하는 일이 아니다. 프리랜서이기 때문에 여러 집단에 속해서 일할 가능성이 크고 만나는 사람도 다양하다. 꾸준한 자기계발과 고뇌가 부담스럽다거나 변화무쌍함보다는 안정성을 추구하는 성향의 사람이라면 이 직업을 다시 한 번 생각해보는 것이 좋다.

또 어느 직업이나 마찬가지이듯, 자격증이 나의 일자리를 보장해주지는 못한다. 나도 처음부터 모든 것이 잘 됐던 것은 아니다. 자격증을 취득했지만 아무도 나를 찾지 않았다. 그래서 나를 '함께 일하고 싶은 사람'으로 만들기 위해 부단히 노력했고, 내 경력을 쌓기 위해 나를 찾고 필요로 하는 곳이라면 그 어디든 달려갔다. 주말도 상관없고 거리도 상관하지 않았고 돈도 상관없었다. 그런 절실함과 노력이 있었기에 지금의 내가 누리고 있는 것들이 생긴 것이다.

가끔 내 주변 사람들은 내가 일을 시작한 지 얼마 지나지 않아 강의를 하고 방송에 나오는 것을 보고 정리수납 자격증을 따기만 하면 다 나처럼 일할 수 있다고 생각한다. 그 이면에 숨겨져 있던 나의 피나는 노력을 몰랐기에 그렇게 쉽게 말할 수 있는 것이 아닐까. 수강생들이 내게 "이 자격증을 따면 어디에 가서 일할 수 있나요?"라고 종종 묻는다. 그럼 난 이렇게 말한다. "그건 본인이 개척해 나가야 할 또 다른 길입니다."

프리랜서라는 것이 장점이 될지 단점이 될지는 여러분의 몫이다. 작년부터 직장생활을 시작한 딸내미가 가끔은 프리랜서인 엄마를 부러워하는 눈치다. 매일 아침 출근하지 않고 시간을 조절하며 일정 잡는 모습을 봐서 그럴 테다. 이 자리에 오기까지 내가 얼마나 힘들고 고생했는지 가족은 안다.

정리수납전문가의 전문성

정리수납전문가 하면 무엇이 떠오르는가? '나 대신 집 깨끗이 치워주는 사람' 정도로 생각할 수 있다. 하지만 정리수납전문가는 생각하는 것보다 조금 더 어렵고 전문성을 키우기까지 오랜 시간이 걸린다. 배워보지 않으면 '단순히 주방, 옷 정리해주는데 뭐가 그리 복잡해? 그냥 그릇은 주방에 넣고 옷은 옷장에 넣어주면 되는 거 아니야?'라고 생각하기 쉽다.

하지만 정리가 그렇게 쉬운 것이었다면 왜 그렇게 많은 사람들이 정리 때문에 스트레스를 받는 걸까? 코로나 이후 집에 머무르는 시간이 늘어나면서 집을 쾌적한 환경으로 바꾸고 싶어 하지만 대부분의 사람이 그 환경을 어떻게 만드는지 잘 모른다.

그렇기 때문에 정리도 배워야 한다. 이론을 배우면서 실제 본인의 집을 정리해보면 사용하지 않으면서 불필요하게 갖고 있던 물건들이 많다는 것을 깨닫게 된다. 그래서 비움이 가능해지고 조금은 여유 공간이 생기기도 한다. 하지만 공간이 생겼다고 모두가 정리를 잘할 수 있는 것은 아니다. 물건의 양이나 이동 동선 등을 고려해 물건의 위치를 잡기는 쉽지 않다. 모든 물건의 사용 빈도나 관련성을 고려해서 생활하기 편리하게 동선을 잡는 것이 정리수납의 기본이기 때문에 그것은 오랜 경험치에서 나오는 전문성인 것이다. 보통 일반인들이 정리를 해도 해도 끝이 없다고 하는 이유는 체계적인 정리를 하지 않았기 때문이고, 전문가는 그 체계를 잡아 유지되는 구조를 만든다는 점에서 다르다.

요즘 정리컨설팅을 받는 고객은 매우 다양하다. 처음 살림을 시작하는 신혼부부, 정리할 시간이 없는 맞벌이 부부, 이사 후, 아내의 생일 선물로 남편이 신청하는 경우, 자꾸자꾸 짐을 쌓아두는 것을 보다 못해 엄마를 위해 딸이 신청하는 경우 등 사연도 가지각색이다. 정리수납 서비스는 각자의 라이프 스타일이나 가족 구성원, 직업 등을 고려해서 맞춤형으로 진행된다. 100명의 고객의 100가지 서로 다른 공간과 라이프 스타일을 받아들이고 그 삶의 방식에 맞는 정리 서비스를 제공하는 것이야말로 진정한 정리수납전문가이다. 그렇기 때문에 나는 정리수납전문가를 '종합예술인'이라고 표현한다.

정리수납전문가는 물건에 대한 광범위한 지식과 공간 배치 감각, 심지어는 고객의 마음을 헤아리는 것까지 필요하므로 제너럴리스트(generalist)로서의 면모가 필요하다. 내가 평소에 전혀 몰랐던 분야라고 하더라도 꾸준히 관심을 갖고 찾아보는 것이 중요하다. 물론 다양한 경험을 통해 자연스럽게 아는 것이 많아지기도 한다.

또 정리수납 컨설팅을 하다 보면 공간 활용도를 높이기 위해 가구를 재배치하는 일이 종종 있다. 많은 사람들이 정리를 하려면 수납장과 같은 가구를 새로 구매해야 한다고 생각하지만, 반드시 그런 것은 아니다. 서비스를 하다 보면 좋은 가구이지만 적절하게 사용되지 못하는 경우를 참 많이 본다. 정리수납전문가는 이런 가구들을 적재적소에 배치해 공간 활용도를 최대한으로 올린다.

마지막으로 정리 일을 하고자 하는 사람은 물건을 잘 정리하는 것도 중요하지만 집이라는 개인적인 공간을 컨설팅해주는 만큼 그 공간에 살고 있는 사람의 마음도 잘 살피는 것이 정말 중요하다. 시간이 없어서, 귀찮아서, 방법을 몰라서, 혼자 하기에는 엄두가 나지 않아서, 정리할 마음이 없어서 등 정리를 하지 못하는 이유는 다양하다. 그렇기 때문에 정리수납전문가는 마음을 읽어주고, 이야기를 들어주고, 정리할 마음이 들 때까지 기다려주는 훈련이 필요하다.

몇 년 전부터 가정을 직접 방문해서 정리 교육을 하는 정리코칭을 하고 있다. 처음 그 집을 방문했을 때의 모습은 지금도 눈에 선하다. 신발을 신고 들어가야 할지, 벗고 들어가야 할지 잠시 고민했다. 퀴퀴한 냄새와 빨래를 한 건지 안 한 건지 구분조차 되지 않는 옷더미 속에서 아이 셋과 부부가 함께 살았다. 내가 정리에 대한 직업적 소신이 없었다면 아마도 그 자리에서 바로 못 하겠다고 담당자에게 말했을지도 모른다. 하지만 그 가족들에게 정리된 공간에서 살 수 있는 기쁨을 주고 싶었다. 일주일에 한 번씩 만나서 정리에 대한 기본을 알려주고, 물건을 사용할 것과 버릴 것으로 구분하는 단순 작업부터 시작했다. 하지만 시간이 지나면 지날수록 아무리 노력해도 누군가의 생각을 바꾸는 일은 너무나도 힘들다는 생각이 들었다. 조금씩 물건이 정리되어도 가족 모두의 생각이 바뀌지는 않으니 원상태로 돌아가기 일쑤였다. 집은 혼자만의 공간이 아니기 때문이다. 물론 처음 방문했을 때와 비교하면 두말할 필요 없이 좋아졌지만 내 욕심에 만족스럽지는 못했다.

그리고 그다음 해, 그 집이 이사를 하게 되면서 기관의 도움으로 코칭이 다시 진행되었는데 다시 방문한 그 집을 보고 참으로 많이 놀랐다. 몇 달을 진행한 코칭이 별 효과가 없었다고 생각했지만 1년 만에 다시 만난 가족은 엄마뿐만 아니라 모두가 변해있었다. 아마도 예전에 나와 함께 몇 달 진행한 코칭이 그들의 일상에 자연스럽게 녹아든 것이 아닐까 싶다. 인사를 하는 일이 없었던 아빠가 먼저 나와서 인사를 했고, 쓰레기를 버리라고 심부름을 시키면 안 가겠다고 투정 부리던 아이들은 엄마를 도와 쓰레기를 버렸고, 집은 예전보다 훨씬 쾌적해졌다. 물론 정리가 잘된 상태는 아니었지만 말이다. 이건 단순히 집이 이사를 와서 그런 것이 아니라 가족 전체가 공간을 쾌적하게 하기 위해 노력한 결과물이다. 한결 편안해진 가족의 모습이 보였다. 공간이 바뀌면 가족이 변한다.

한편, 정리수납전문가는 스페셜리스트(specialist)이기도 하다. 자신의 강점을 살려 특화 영역을 개발해 전문성을 더욱 키울 수 있다. 예를 들어 평소에 차(茶)를 즐기는 사람이라면 다도를 좋아하는 고객을 만났을 때 차선, 차시, 다완과 같은 다소 생소한 다도 용품을 보고도 고객과 원활하게 소통할 수 있다. 물론 모른다고 하더라도 크게 상관은 없고 모든 물건을 다 알 수 있는 것도 아니지만 그래도 아는 것이 많다면 고객과 좀 더 원활하게 소통할 수 있고 고객이 나를 바라보는 눈도 달라진다. 혹은 나의 전공과 경력을 살릴 수도 있다.

실제 정리수납전문가로 활동하는 사람들은 이전의 직업이 참으로 다양하다. 예를 들어 내가 화장품 회사에서 근무한 경력이 있다면 화장품이 많은 고객에게 의뢰가 들어왔을 때 가장 먼저 나를 떠올릴 것이고, 아이들 책이 많은 고객을 만나면 유치원에 근무한 나의 경력이 빛을 발휘할 것이다.

정리수납전문가의 전망과 확장성

이제는 모든 것이 세분화되고 전문화되어간다. 예전에는 중국집에 배달하는 사람이 있어야만 장사가 됐지만 이제는 굳이 사람을 두지 않고 배달 앱을 활용하는 것처럼 시대가 변하고 있다. 본인이 잘하는 일에서 돈을 벌고 본인이 못 하는 일은 돈을 들여 소비하는 시대다. 2015년 처음 내가 이 일을 시작할 때만 해도 서비스를 받는 사람이 지금처럼 많지 않았다. 하지만 지금은 많은 사람들에게 알려지면서 서비스를 받는 사람도 많아지고 직업적으로 관심을 갖고 배우러 오는 사람도 많다.

요즘 나를 만나는 고객들은 한결같이 당장 서비스를 받고 싶어 한다. 그럼 나는 이렇게 말한다. "고객님, 이사 업체를 알아볼 때 이사 한 달 전에는 알아보는 것처럼 이것도 한 달 전쯤 예약하셔야 합니다." 이러면 다들 "그렇게 서비스를 받는 사람이 많아요?"라고 한다. 여러분이 생각하는 것보다 이 서비스를 받는 고객은 많다. 한 번 서비스를 받은 고객은 이사할 때마다 받을 확률이 높고 본인이 만족스러우니 주변에 소문을 낼 수밖에 없다. 그러니 제대로 배워 제대로 서비스를 해주는 전문가가 되어야 한다.

우리나라에 정리수납 전문가라는 직업이 생긴 것이 2011년부터이니 이제 겨우 10년이 되었다. 앞으로의 미래가 참으로 기대되는 직업이다. 아직까지는 젊은 세대보다 중년이 많고 남자보다 여자가 훨씬 많다. 하지만 앞으로 젊은 감각이 이 일에 뛰어든다면 지금의 정리수납 서비스보다 더 업그레이드된 방식으로 고객의 니즈에 맞춰 발전시켜나갈 수 있다고 생각한다.

정리수납은 활용범위가 매우 넓다. 단순히 강의를 하거나 컨설팅을 하는 것에 그치지 않고 다른 분야와 접목해 사업을 확장하기에도 용이하다. 홈 스타일링, 토탈 홈케어 서비스가 대표적이다. 인테리어 디자인과 접목해서 새로 입주를 준비하는 가정을 타깃으로 전체적인 집의 컨셉, 가구 선택, 인테리어 소품 등에 대한 컨설팅을 진행하고, 입주 후에는 정리수납 서비스까지 제공하는 것이다. 혹은 이사 서비스와 접목해 이사 후 정리수납 서비스까지 한 번에 제공할 수도 있다. 한 번 본인들이 이사한 경험을 떠올려 보자. 이사 업체는 이사하는 장소로 짐을 옮겨주는 일을 하는 곳이지 정리해주는 곳이 아니다. 정리할 수 없는 이유는 집의 구조가 바뀌어 어디에 무엇을 어떻게 넣어야 하는지 그들도 모르고 집주인도 모른다. 그래서 많은 사람들이 이사하고 몇 날 며칠을 정리하느라 몸 고생 맘고생을 한다. 어쩌면 한 달 이상 걸릴지도 모른다. 이사는 이사전문가에게, 정리는 정리전문가에게 하는 것이 옳다. 정리가 안 된 사람들은 넓은 집으로 이사를 하면 정리가 될 거라는 착각을 하지만 정리가 안 된 집은 이사해도 정리가 되지 않기는 매한가지다.

이 외에도 집과 관련된 업종이라면 얼마든지 정리수납과 접목해서 새로운 서비스를 탄생시킬 수 있다. 꼭 집이 아니어도 괜찮다. 정리수납 서비스는 일반 가정뿐만 아니라 학교, 회사, 상점 등 사업장에서도 이루어지기 때문에 정리수납은 무궁무진한 확장성을 가진다. 실제로 정리수납을 배우는 수강생들 중에는 처음부터 이런 쪽으로 사업을 구상하고 장기적인 관점에서 접근하는 사람들도 많다.

정리수납전문가가 되고자 하는 사람들은 본인의 강점이 무엇인지를 파악해 어떤 식으로 발전시켜나갈 수 있을지 면밀한 분석이 필요하다. 각자만의 방식으로 잘 이끌어나간다면 큰 자본을 들이지 않고도 사업으로서의 가능성이 충분하다. 현재 내 주변에 있는 정리수납전문가는 어떤 이유에서건 살아남은 자들이다. 천부적인 정리 소질을 타고난 사람, 카리스마가 넘치는 사람, 마음씨 따뜻한 사람 등 저마다의 강점을 가지고 있다. 자신의 강점을 정확히 알고 그에 맞는 길을 찾은 사람들이 현재 성공가도를 달리고 있다.

마지막으로 정리수납전문가 직업에 관심을 갖는 분이라면 꼭 기억하길 바란다. 정리는 단순히 물건을 정리하는 데서 그치는 것이 아니라 그 속에 살고 있는 사람의 삶도 바뀔 수 있는 가치 있는 직업이라는 것을 말이다.

나는 HR 디자이너다

남기태

예체능을 하다 방황하던 10대는, 공대생이 되어 교육과 관련된 일을 하였고 지금은 '사람'에 관한 일을 하고 있다.

살면서 가장 많이 들었던 말은 '쓸데없는 일 하지 마라.'는 말이다. 하지만 모든 경험에는 그 나름의 배움이 있다고 생각하고, 그러한 경험들을 하나로 묶어 그림을 그리다 보면 어느새 하나의 작품이 완성될 것이라고 믿어 의심치 않는다. 사실 지금 내가 하는 일이 평생 직업이 될 것으로 생각하지 않는다. 다만, 현재의 나에게 최선을 다하면 그것들이 모여 또 다른 길을 열어줄 것이라 생각한다. 누군가 이런 말을 했다. "세계적으로 생각하고 지역적으로 행동하라." 세상의 모든 대단한 것은, 아주 사소한 것부터 시작이 된다.

_ 남기태

• 마이다스인 경영솔루션그룹 소속

• 부산 2030 HR 주니어 모임장

• 보건복지부 휴먼네트워크 공식 멘토

• 태기의 썰담소 메인 DJ

rlxo6690@naver.com

www.facebook.com/rlxo6690 / instagram: nam_gi_tae

010-2042-6009

나는 HR 디자이너다

시작하기에 앞서

아마 이 책을 함께 쓰는 많은 분 중에 내가 가장 어린 것으로 알고 있다. 다른 훌륭한 저자분들은 물론이고 나와 같은 일을 하는 다른 분들에 비해 아직 한참 많이 부족하다. 아니 이제 시작하는 과정이라 부족이라는 단어조차 쓰기 부끄럽다. 어떤 영역에서 전문가라는 타이틀을 달기 위해 이제 시작하는 사람이다. 하지만 반대로 말하면 이제 시작을 꿈꾸는, 이 책을 읽는 여러분과 가장 가까운 사람이라 생각된다. 여러분의 생각과 고민, 감정을 그 누구보다 가장 잘 이해하고 공감한다. 나는 내가 하는 일에 대한 이론적인 내용보다 여러분과 같은 고민을 가장 최근에 한 사람으로서 이야기하려고 한다.

노력을 배신하지 않는다, 최선을 다하면 불가능은 없다, 간절히 바라면 이루어진다는 다소 뻔한 이야기를 하고 싶지 않다.

왜냐하면, 나는 노력도 배신하고, 최선을 다해도 불가능한 것은 있고, 아무리 간절히 원해도 이루어지지 않는 것이 있다고 생각하기 때문이다.

나는 내가 가지고 있는 능력에 비해 꿈이 크다고 생각한다. 하지만 뭐 어떤가. 말 그대로 꿈인걸. 그래야 그 꿈의 조각도 크지 않을까 생각한다. 어떤 일을 해야 하는지, 그게 맞는 길인지 고민하고 걱정하는 여러분에게 '저런 사람도 있구나.' 혹은 '저 사람도 하는데 나라고 못할까?' 라는 아주 조금의 도움이라도 될 수 있었으면 좋겠다.

나는 왜 HR, 즉 사람에 대한 일을 하는가?

> '경험을 현명하게 사용한다면 어떤 일도 시간 낭비가 아니다.'
>
> -오귀스트 르네 로댕

개인적으로 나는 이 말을 참 좋아한다. 아마 지금의 '나'라는 사람을 가장 잘 표현하는 말이기도, 또 가장 많은 영향을 준 말이기 때문이다.

어릴 적 나는 욕심이 많은 사람이었다. 하고 싶은 것이 많았고 또 그걸 다 해야만 하는 성격이었다. 다행히도 부족하지 않았던 환경 덕에 운동과 음악 등 다양한 분야를 경험할 수 있었다. 하지만 중학교를 들어오면서 상황은 180도 달라졌다. 집에 빨간 딱지가 붙고 항상 바빠서 집에 안 계시던 부모님이 매일 집에만 계시던 모습을 봤던 그 시기를 기점으로 나는 처음 '일'이라는 것을 했었다.

중학교 1학년, 14살의 첫 아르바이트인 동네 마트의 창고정리를 시작으로 중, 고등학교 시절 했던 열 개가 넘는 아르바이트는 아무것도 모르던 어린 나에게 많은 것을 알려줬었다. 월급도 제대로 받지 못한 상황도 있었고 반대로 어린 나이에 고생한다며 물질적인 것을 떠나 많은 부분에서 도움을 줬던 분도 있었다. 그런 상황을 겪으면서 어떤 일을 하는가도 중요하지만 어떤 사람과 함께 일하는지에 따라 많은 것이 달라진다는 것을 느꼈다.

어떻게 보면 흔히들 말하는 일반적인 학창시절을 보낸 것은 아니었다. 그러다 보니 이런 상황과 환경을 주변에 크게 내색하지 않았었다. 나보다 더 좋지 않은 상황에 있는 사람이 있을 수 있고, 다른 한편으론 공감되기 힘든 상황을 이야기하기 싫었던 것 같다. 그러다 보니 자연스럽게 친구들과도 멀어지게 되고 내 감정과도 멀어졌던 것 같다.

그러던 내가 조금씩 바뀌게 된 첫 번째 계기는 대학을 다니면서였다. 정확히는 대학생 시기였다. 사실 대학 수업에 크게, 아니 전혀 흥미를 느끼지 못했었다. 당장 대학 등록금을 내기 힘들어 1년 장학금을 주는 대학을 선택하였고 심지어 마땅히 가고 싶은 학과가 없었던 나는 이과라는 이유만으로 공대를 선택, 수많은 학과 중 믿기지 않겠지만 사다리 타기를 통해 산업경영공학과가 걸려 진학을 했기 때문이다.

여전히 아르바이트 생활을 하며 학업에 흥미를 느끼지 못하여 학교가 아닌 학교 밖 생활로 눈을 돌리던 나의 눈에 띈 것은 바로 대외활동이다. 처음에는 단순히 학교가 싫은 나에게 도피처가 되는 곳을 찾기 위해서였다. 하지만 첫 대외활동을 하면서 생각이 바뀌기 시작했다. 다양한 학교와 전공을 한 사람들이 함께 하나의 목표를 달성하기 위해 노력한다는 것, 그리고 그 과정에서 단순히 일만 하는 것이 아니라 서로 만나고 알아간다는 것에 매력을 느꼈다. 매번 아르바이트만 하며 혼자의 삶을 살았던 나에게는 신선한 충격과 재미였다.

지나고 보니 그렇게 다양한 종류의 대외활동을 하며 배운 것에는 단순히 사람만 있는 것이 아니었다. 정보를 알리는 글을 쓰는 기자단, 수상을 위한 공모전, 특정 무엇인가를 홍보하는 서포터즈, 나눔을 위한 봉사단, 행사를 만드는 기획단. 어쩌면 학교에서는 경험할 수 없는 다양한 일을 직, 간접적으로 할 수 있었던 정말 좋은 기회였다고 생각한다.

취업을 할 때 많은 사람이 하는 걱정 중 하나가 바로 내가 선택하는 직업이 정말 내가 재미있어하는 일이고 적성에 맞는 일인가에 대한 것이다. 어쩌면 나에게는 대외활동이 직업을 선택하기 전에 어떤 일이 나와 잘 맞고, 맞지 않는지를 조금이나마 알 수 있게 해준 예행연습이 아니었나 생각한다.

하지만 가장 크게 얻은 것은 바로 사람이었다. 어떤 일을 하는가도 중요했지만 어떤 사람들과 함께하느냐에 따라 정말 많은 것이 달랐다. 싫고 귀찮을 일도 함께하면 즐겁고 재미있어 일의 능률이 올라가는 사람들이 있었고 반대로 쉽게 할 수 있는 일도 어렵고 의욕이 없어지는 상황도 있었다. 결국, 어떤 일을 하고, 마음가짐도 중요하지만 정말 중요한 것은 '사람'이라는 것을 느꼈다.

그런 나의 두 번째 전환점은 군대였다. 정확히는 군대에서 있었던 일이다. 나는 사회와 조금이라도 더 가까이 있고 싶은 마음에 의무경찰로 군 생활을 했다. 그러던 중 내가 근무하던 경찰서에서 처음으로 지역의 청소년들을 위한 공부방을 만든다는 이야기가 나왔고 당시 우리를 챙겨주던 경찰 직원분이 함께 해보지 않겠느냐고 제안을 하셨었다.

나를 포함해 총 네 명의 대원들과 네 명의 아이들로 시작했다. 각자의 사연과 이유가 있겠지만, 공부를 하고 싶다는 이유 하나만으로 모인 친구들이었다. 그런 친구들에게 완벽하진 않지만, 우리가 할 수 있는 최선을 다해 알려줬다. 단순히 공부를 알려 주는 사람과 받는 사람을 떠나 형으로서 도움이 됐으면 했다. 생각해보면 지금 말로 '꼰대'로 보였을지 모르겠지만 아무것도 모르고, 하고 싶은 것도 없고, 힘든 상황에 있는 그 친구들을 보며 마치 예전의 내 모습이 떠올라서 더 그랬던 것 같다. 주 2~3회, 하루 두 시간을 근무 이외에 투자해야 했기에 사실 당시에는 일이 늘어난다는 생각에 고민했었다. 하지만 지금 생각하니 그 때 하지 않았더라면 정말 후회를 많이 하지 않았을까 생각한다.

그렇게 전역 시기가 다가오면서 전역을 하면 무엇을 할까에 대한 고민을 시작했었다. 하지만 의외로 나의 답은 간단하게 나왔었다. 내가 하고 싶은 것을 하자는 것이었다. 청소년 시절 했던 아르바이트, 그리고 대학을 다니면서 했던 대외활동, 그리고 군대에서 있었던 일들. 그런 다양한 경험들이 쌓이다 보니 내가 재미있어하고 뿌듯함을 느끼는 부분을 조금이나마 알 수 있었다.

바로 '누군가에게 긍정적인 영향을 주는 것'이었다. 내가 만든 음료가 누군가 맛있게 먹고, 내 이야기를 들려주는 강연을 통해 누군가에게 위로가 되고, 밤을 새우며 기획했던 행사를 재미있게 즐기는 사람들을 보고, 나로 인해 성장하는 다른 사람의 모습을 보니 뿌듯함과 행복감을 동시에 느꼈었다. 그렇게 나는 전역을 하면 '누군가에게 긍정적인 영향을 주는 일'을 하자고 생각했다. 그렇게 생각하니 할 수 있는 것이 너무나도 많았다. 단순히 하나의 '직업'에 묶여있는 것이 아니다 보니 조금 더 자유롭게 다양한 것을 시도할 수 있었다.

첫 시작은 너무나 단순했다. 지금은 그나마 격차가 많이 줄었지만, 그 당시만 해도 수도권과 지방의 문화적 격차는 상당했다. 보고 싶은 공연, 전시, 강연이 전부 서울에서만 했었다. 단순히 그것만을 위해 서울을 가기에는 많은 부담이 있었다. 근데 분명 나와 같은 니즈를 느끼는 사람들이 있을 것으로 생각했다. 그러면 그 사람들이 원하는 것을 내가 만들어주면 좋은 영향을 주는 것이 아닐까? 하는 생각에 내가 평소 듣고 싶었던 이야기를 하는 사람을 부산에 강연자로 초대하여 작은 강연회를 열었다.

한 명이라도 와서 원하는 것을 얻어갔으면 좋겠다는 생각을 했는데 생각보다 정말 많은 사람이 참여했었다. 내가 원하는 것을 다른 누군가도 원하고 있다는 것을 알게 됐었다. 그때부터 강연뿐 아니라 다양한 것을 기획해보기 시작했다. 세대 차이를 극복하기 위한 토크쇼도 만들어 보기도 하고, 또래의 고민을 함께 나누는 모임도 운영하기 시작했다. 참여하는 사람들이 점점 늘어나고 재미있어하는 모습을 보며 뿌듯함과 동시에 부담감이 생기기 시작했다.

처음에는 그저 재미로 시작했던 것들이 생각보다 많은 사람과 함께 하다 보니 조금 더 체계적으로 할 필요가 있다는 것을 느꼈다. 하지만 혼자 모든 것을 감당하기에는 너무나도 벅찬 상태였다. 그렇게 행사에 참여했던 여러 사람 중 뜻이 맞는 사람들에게 함께 하자고 제안을 했었고 하나씩 새로운 것을, 그리고 새로운 긍정적인 영향을 주는 일들을 만들어갔다.

모두가 한마음 한뜻으로 밤을 지새우며 일을 하기도 했고, 그 과정에서 크고 작은 오해와 다툼들이 생기기도 했다. 하지만 혼자라면 절대 할 수 없는 일들을 조금씩, 또 하나씩 함께 만들어가고 있었다.

어느새 한 지역의 축제를 만들어 보기도, 교육청과 함께 청소년들을 위한 교육 프로그램을 만들어서 운영을 해보기도 했다. 내가 하고 싶어서 했던 아주 작은 일들이 모여 어느새 4년이라는 시간이 지났고 그 시간 동안 어떤 일들이 나와 잘 맞는지, 또 잘 맞지 않는지를 조금씩 알아가는 정말 소중한 시간이었던 것 같다.

사실 어떤 일이 잘 맞고, 맞지 않는지에 대해서 알 수 있던 것도 좋았지만 내가 가장 크게 알게 된 것은 이번에도 역시 '사람'이었다. 조직에서 사람이 차지하는 것이 정말 크다는 것을 느꼈다. 한 사람, 한 사람 개개인이 가진 역량을 알아내는 것, 그리고 그 역량을 밖으로 꺼낼 수 있도록 도와주는 것이 정말 중요하다는 것을 느꼈다. 사람의 성향과 능력에 따라 적합한 일은 어떤 일인지 알아내고, 어떤 기준을 가지고 역량을 판단하고 적절한 피드백을 주어야 하는지에 대한 중요성을 알게 되었다.

그렇게 나는 사람에 대한 일, 즉 HR(Human resources)에 대해 관심을 가지기 시작했다. 중, 고등학교 시절 아르바이트를 하면서도, 대학을 다니며 대외활동을 하면서도, 함께 다양한 일들을 만들어 가면서도 나에게 가장 중요한 부분을 차지한 것이 바로 '사람'이었고, 어떤 사람들과 일하는지에 따라, 또 나아가서 그 사람의 역량을 어떻게 끌어내고 활용하는지에 따라 많은 것이 바뀌는 것이 신기하고 또 재미있었기 때문이다.

처음에는 어떤 일을 어떻게 시작해야 할지 막막했었다. 워낙 범위가 넓고 특정 전문 자격증도 거의 없는 영역이어서 더 어려웠던 것 같다. 그러다 우연히 친구가 취업 준비를 하는데 자기소개서를 쓰기 어렵다고 도움을 요청해왔다. 친구들에 비해 이력서를 작성했던 경험도, 또 여러 일을 하면서 다른 사람의 이력서를 받아 면접을 보는 일들이 많았기에 조금이나마 도움을 받을 수 있지 않을까 하는 것이었다. 그러나 그 당시 나도 공식적인 취업 준비나 기업 면접을 본 적이 없었기에 도움이 되겠느냐는 생각과 함께 한 사람의 인생에 큰 부분을 차지하는 것에 영향을 준다는 사실에 부담감이 느껴졌었다. 하지만 조금이나마 도움이 됐으면 하는 생각에 작게나마 면접자의 입장과 면접관의 입장을 모두 경험해보며 느꼈던 부분들, 그리고 중요한 부분들을 하나씩 정리하여 알려주기 시작했었다.

다행히 그 친구는 서류를 통과하고 최종 합격까지 하는 좋은 결과를 얻었었다. 그 이후 그 친구의 주변 지인들이 내 이야기를 듣고 나에게 자기소개서와 면접에 대한 도움을 요청하는 일이 종종 생겼었고 그때마다 내가 도움을 줄 수 있는 부분은 최대한 도와주었다. 나의 도움이 얼마나 많은 영향을 줬을지는 사실 모르겠지만 다행히 많은 사람이 좋은 결과를 얻었고 기뻐하는 사람들의 모습을 보며 나 역시 기분이 좋아졌었다.

하지만 한편으론 그렇게 취업을 준비하는 사람들을 보고 도움을 주면서 안타까움과 아쉬움이 느껴졌었다. 취업하려는 사람과 사람을 뽑으려는 기업 사이에 잘못된 무엇인가 눈에 보이기 시작했었다. 구직자 입장에서 기업에 원하고 바라는 것, 그리고 각자의 삶을 녹여낸 자기소개서와 면접이 구인하는 기업 입장에서는 원하는 것이 아니고 다르게 받아들여질 수 있다는 것을 느꼈다. 충분히 좋은 역량을 가지고 있는 사람이 포인트를 잘 못 잡은 자기소개서와 면접으로 취업에 실패하는 모습을 보며 이런 부분들을 잡아주고 고쳐나갈 수 있으면 좋겠다는 생각을 했다.

생각해보니 이런 모든 과정이 결국 HR이었다. 사람이 모여 만들어지는 것이 조직이고, 기업이다. 좋은 사람이 모여야 좋은 조직이 되는 것이고, 그 조직 안에서 한 사람마다 각자의 역량을 잘 발휘했을 때 조직은 더욱 건강해지고 좋은 기업이 되는 것이다. 그렇다면 조직에 필요한 사람을 명확하게 알아내는 것, 그리고 한 사람이 자신의 역량을 잘 발휘할 수 있도록 도와주고 그러한 조직에 보내는 것. 그것이 바로 HR이었고 이런 일들을 해야겠다는 생각을 했다.

제도를 알고 고치기 위해서는 제도권 안으로 들어가라는 말이 있다. 나 역시 이런 기업과 사람 사이의 문제점을 올바르게 알고 해결하기 위해서는 우선 내가 그 전쟁터 한가운데로 들어가기로 결심했다. 그래야만 정말 기업들은 어떤 사람을 원하는지 알 수 있다고 생각했기 때문이다. 그렇게 나는 대한민국에서 수많은 기업의 채용과 기업문화를 도와주고 만들어간다는 한 회사에 취업했다.

내가 하고 있는 일들은 기업이 보다 편리하게 채용을 하고, 내부 구성원들의 효율적인 업무를 위한 다양한 제도를 마련하고 쉽게 운영하도록 도와주는 일이었다. 대기업부터 스타트업, 공공기관까지 다양한 분야의 채용과 내부 문화에 도움을 주고 있다. 나아가 취업에 어려움을 겪고 방향을 잡지 못하는 사람들에게 자신의 장점과 역량을 알 수 있도록, 그리고 가장 알맞은 곳에 취업할 수 있도록 자기소개서와 면접 컨설팅을 하는 일도 함께하고 있다.

처음부터 하고 싶은 일이 있었던 것은 아니다. 그리고 내가 했던 모든 일이 지금 하는 일과 관련이 된 것은 더더욱 아니다. 하지만 그런 작은 경험들이 모여 내가 어떤 일을 하고 싶어 하는지 알 수 있도록 도와주었다. 작은 것부터 하나씩 하다 보니 어느새 하고자 하는 일에 대한 하나의 그림이 그려졌고 사람과 조직에 도움이 되는 일을 하고 싶었던 것이 내가 지금의 HR 디자인 일을 하는 이유이다.

HR 디자이너란 무슨 일을 하는 사람인가?

사실 HR 디자이너라는 직업이 보편적인 직무는 아니다. 그러다 보니 전통적으로 우리가 기업과 조직에서 말하는 HR, 즉 Human

Resources(인적자원관리) 업무와 HR 디자인에는 약간의 차이가 있다. 흔히들 HR 업무라고 하면 인사, 총무 업무를 말한다. 대표적으로 사람을 뽑는 채용, 인사 기획, 조직 평가, 보상 업무 등 인사 관리 업무를 하는 HRM(Human Resources Management)과 내부 구성원의 역량 개발을 위한 교육과 훈련, 경력 관리를 하는 HRD(Human Resources Development)가 있다. 요즘은 업무를 세분화하여 기업에 알맞은 인재를 찾는 채용 업무를 전문적으로 하는 HRR(Human Resources Recruitment)와 데이터를 기반으로 조직 분석을 하고 방향 제시를 하는 HRA(Human Resource Analytics)도 생기고 있다. HR 디자인은 이런 HR 업무 하나하나를 따로 보는 것이 아니라 하나의 그림으로 바라보고 보다 효율적이고 효과적인 결과물이 나올 수 있도록 도와주는 일이다.

기업에서 HR 업무를 하는 사람의 고객 대상은 내부 구성원들과 외부 불특정 다수가 모두 포함된다. 채용을 위해서 우리 기업의 브랜딩과 함께 구직자에게 보다 매력적으로 보이기 위해 그들의 니즈를 파악하고 그에 맞는 채용 기획을 해야 한다. 내부 구성원의 성과를 평가하고 그에 맞는 보상을 주기 위한 제도를 만들기 위해서는 기업 전체의 현황 파악은 물론이고 각 조직의 특성을 파악하고 그에 맞는 기준을 세워야 한다. 또한, 조직과 구성원의 성장을 위해서 적절한 시기에 적절한 교육을 진행해야 하고 그러기 위해선 기업의 상태는 물론이고 구성원 한 명,

한 명의 상태와 니즈를 알아야 한다.

이렇듯 상당히 방대한 영역에서의 업무를 진행하다 보니 중요한 부분을 놓치는 경우도 많고 현실적으로 모든 부분에 대한 지식을 쌓기 어려운 경우가 많다. 또한, 기업에서 현업을 하는 담당자로서는 각자 해야 하는 업무가 있고 그 과정에서 서로 이해관계가 충돌되는 경우가 허다하다.

이 속에서 HR 디자이너가 하는 역할은 바로 '조율'이다. 하나의 특정 업무(HRD, HRM, HRR 등)만 담당하는 것이 아니라 제 3자의 입장에서 조직 전체를 바라보며 어떻게 하면 더 좋은 결과물이 나올 수 있을지 진단하고 그 결과를 각 현업에 적용할 수 있도록 설득과 해결책을 제시하는 일이다. 마치 오케스트라의 지휘자와 같은 역할이라고 생각하면 쉽다.

HR 디자이너의 장·단점과 필요한 역량

HR 디자이너는 어느 하나의 업무에 국한된 일을 하지 않는다. 조직을 구성하는 모든 부분에 관여해야 하므로 영업하는 사람으로서, 개발자로서, 때론 회사를 경영하는 경영자의 관점에서 생각하고 일을 바라봐야 한다. 또한 한 회사에 소속이 되어서 그 회사만을 위한 HR 디자인을 할 수도 있고, 혹은 여러 회사의 HR

디자인을 하는 컨설턴트가 될 수도 있다.

그러다 보니 다양한 업종의 직무를 직, 간접적으로 경험할 기회가 상당히 많다. IT 회사, 제조업, 서비스업 등 다양한 업종의 기업들이 실제 현업에서 어떤 일들을 하는지, 그리고 같은 직무지만 업종별로 어떤 차이가 있는지를 알 수 있다. 보통 우리가 취업을 하여 직장을 다니다 보면 내가 하는 일 외에 다른 일을 접할 기회가 거의 없다. HR 디자이너는 이렇듯 다양한 직무를 접하여 방대한 분야에 대한 지식을 습득할 수 있다는 장점이 있다.

하지만 오히려 이런 것이 단점이 되는 경우도 있다. 한 분야에 집중된 일을 하지 않다 보니 전문성이 떨어지는 경우가 있다. 그래서 특정 전문적인 일을 수행해야 하거나 이직을 할 때 다소 어려움을 겪는 경우가 많다. 또한 다양한 사람들을 상대하고 그들과 소통하며 일을 해결해야 하는 경우가 대부분이기에 감정적인 에너지 소모가 많이 되는 편이다.

HR 디자인이라는 것 자체가 아직 국내 기업에서는 다소 생소한 단어이자 개념이다. 그러다 보니 어떤 일을 해야 하는지 명확하게 업무가 정해져 있는 경우가 거의 없다. 따라서 스스로 문제점을 찾아 나서고 그것을 해결하려는 능동적인 업무 자세가 필요하다. 또한, 대부분 다양한 업종과 직무를 함께 아우르고 바라봐야 하므로 자기계발은 물론이고 여러 직무의 현업에 관한 공부에도 정말 많은 시간을 투자해야 한다. 단순히 하나의 일만 보는 것이 아니라 다양한 일과 일 사이의 관계를 파악하고 문제점에 대한 해결책 제시를 해야 하기에 실제 현업에서 어떤 일들을 하는지 알아야 그에 맞는 방안을 찾을 수 있기 때문이다. 그리고 스스로에 대한 확신과 유연한 사고와 상황대처 능력이 필수적이다. 많은 조직과 사람들을 조율하는 중간자의 역할을 하는 경우가 많아서 내가 말하는 것에 대한 스스로의 확신이 없다면 모두에게 불안함을 줄 수 있기 때문이다. 또한, 지식의 범위가 다른 여러 사람과 일을 하는 경우가 많다 보니 상대에 눈높이에 맞는 해결책 제시와 소통하는 능력이 필요하다.

HR 디자이너의 미래

HR 디자이너가 나아갈 수 있는 방향과 비전은 앞으로 더욱 무궁무진할 것이다. 기업은 점점 '사람'에 대한 중요성을 강조하고 있다. 국내 기업에는 최근 점점 HR 디자인이라는 업무가 정착되고 있고 강조하고 있기에 블루오션이라고 할 수 있다. 그러다 보니 수입에 대한 부분이 정말 무궁무진하다. 앞서 말한 것과 같이 한 회사의 소속이 될 수도, 프리랜서와 같은 전문 컨설턴트가 될 수도 있다. 그리고 나아가 기업뿐만 아니라 기업에 들어가길 원하는 취업과 이직을 준비하는 사람들의 컨설팅을 할 수도 있다.

일반적인 회사 소속의 경우 신입사원 기준 평균 3,500만 원 정도, 중간 관리자의 경우 6~7,000만 원, 그 이상으로 갈 경우 1억 이상의 연봉을 기대할 수 있다. 회사 소속이 아닌 외부 전문 컨설턴트가 된다면 기업 컨설팅과 취업 컨설팅, 강의 등 다양한 영역으로 나아갈 수 있어 여러 수입원을 만들 수 있다.

결국, 사람이 엮여 있는 일이라면 어떤 일로든 나아갈 수 있다. 내가 어떤 길로 나갈 것인지, 그 길만 명확하게 잡고 나가면 그 어떤 일보다 유연하게 변할 수 있는 직업이다. 앞으로 N잡의 시대가 더욱 고도화될수록, 사람에 대한 중요성이 강조될수록 HR 디자이너가 나아갈 수 있는 범위는 더 늘어날 것이다.

HR 디자이너를 꿈꾸는, 그리고 이 글을 읽는 그대에게

아마 이 책을 읽는 대부분이 직업에 대한 궁금증과 미래의 불확실성에 대해 고민을 하는 분들이라 생각한다. 어쩌면 여러분과 비슷한 고민을 가장 최근에 한 사람으로서 나 자신에게 하고 싶은 말을 여러분과 함께 나누겠다.

매 순간 걱정과 고민의 연속일 것이다. '내가 선택한 것이 맞나? 혹여나 잘못된 선택이면 어쩌지?' '다른 사람은 자기가 하고 싶은 일 잘 찾아서 하는 것 같은데 나만 뒤쳐지는 기분이네.' 이런 생각이 들지 않을 수 없다. 하지만 내가 사는 인생, 또 다른 사람이 사는 인생에 정답이란 없다. 왜냐하면 우리는 모두 처음 사는 인생이기 때문이다. 다만 하나 장담하는 것은 내가 선택하고 경험한 모든 것을 헛되게 쓰지 않고, 자기 자신을 스스로 믿고 나아간다면 그건 어떤 식으로든 다시 돌아오게 되어 있다. 누군가는 그게 빨리 돌아오기도 하고 늦게 돌아오기도 한다.

사람을 상대하는 일을 하는 것의 첫걸음은 바로 나 자신을 믿는 것이다. 나는 나 자신에게 가장 큰 동반자이자 든든한 버팀목이라는 것을 잊지 않았으면 좋겠다.

경단녀에서 N잡러 '1인기업가'가 되기까지

기윤희

삶을 살아가며 사회인으로서 나의 역할, 혹은 살아가는 목적을 정의하자면, 한마디로 '징검다리'라고 표현하고 싶다. 나는 이것을 어렴풋이지만 일찍 받아들였던 것 같다. 개울물을 건너기 위해서는 징검다리로 놓인 돌을 하나씩 딛고 건너야 하는데, 나의 역할은 만나는 사람들이 나를 딛고 한 단계 앞으로 나아가도록 돕는 '돌 하나'의 역할인 것이다.

사실 어릴 적 나의 꿈은 '방송작가'였다. 그러나 진로는 현실적으로 사람들을 도울 수 있고, 직업으로 보다 쉽게 진입할 수 있는 사회복지를 선택했다. 결혼 후에는 가정과 육아에 전념하며 15년을 전업주부로 살았다. 그때는 책을 좋아해서 쌓아두고 읽으며 간간이 글을 쓰면서도 본격적으로 쓸 엄두는 못 냈었다. 그러던 어느 때인가, 가슴 깊이 묻어둔 글에 대한 열정이 폭발하며 6개월 이상을 미친 듯이 글만 썼던 적이 있다. 그 무렵 「한국작가」로 등단하며 작가로서의 삶을 시작했다.

그 후로 10년. 글과 책을 통해 부지런히 사람들을 만나고, 교육이라는 이름으로 아이들을 만나며 1인 기업가로서의 삶을 살아가고 있다. 물론'징검다리'의 역할을 감당하기 위해 매 순간 최선을 다하는 것을 잊지 않고 있다.

__ 기윤희

- 내 글을 쓰며 남의 글을 다듬어 책을 엮는 사람
- 청소년들이 자신의 꿈을 찾도록 돕는 비저너리
- 학생부종합전형 입시지도 전문가
- 글쓰기와 독서토론을 통해 사람들의 마음을 만지는 사람
- 다문화 계간지 「나눔문학」 편집부장
- 1인기업 「인재교육원 EduTalk」 대표

kyuni908@naver.com
https://blog.naver.com/kyuni908
facebook: https://m.facebook.com/yunhee.ki.9
instagram: https://instagram.com/yun_hee_ki
youtube: https://www.youtube.com/channel/UCbGnWbHrY5PSVE9vnKYn-Hg
010 6645 2500

경단녀에서 N잡러 '1인기업가'가 되기까지지

방송작가를 꿈꾸던 아이

어릴 적 아이의 꿈은 '방송작가'였다. 동적인 활동보다 정적인 활동을 선호했던 아이는 방구석에 틀어박혀 책 읽는 것을 좋아했다. 다른 형제들이 밖에서 배드민턴을 치거나 운동을 할 때면 그 옆에 앉아 책을 읽었다. 책을 읽고 글을 쓰는 것이 취미였던 것이다. 그것은 아이의 꿈이기도 했다. 아이가 거의 유일하게 좋아하고 잘하는 것이 글 쓰는 것이기 때문이다.

그러나 당시 아이들에게 '네 꿈이 뭐냐'고 묻는 어른은 없었다. 무얼 좋아하고 잘하는지 묻는 어른도 없었다. 아이들이 좋아하는 것이나 꿈 따위는 중요하지 않았다. 중요한 것은 현실적으로 '돈이 되느냐, 안 되느냐'였다. 어른들에게는 취업이 잘 되는 전공이 가장 이상적인 진로 선택이었다. 그것이 안정적으로 돈을 많이 벌 수 있다면 금상첨화였다. 진로에 대한 선택권은 아이들이 아닌 어른들에게 있던 때였다.

소심하고 숫기가 없었지만 그렇다고 꿈이 없는 건 아니었던 시절. 누구도 꿈을 묻지 않았듯이, 누구도 진로를 책임져주지 않았다. 결국, 전공과 상관없이 학원에서 상담하고 강의하고 관리하는 일을 하게 되었다. 예비수강생들을 대상으로 한 상담은 결과가 좋았고, 강의는 재미있었다. 관리 또한 적성인 것 같았다. 어린 나이에 인정을 받으며 나름 승승장구하던 때였다. 그러나 마음 한쪽 글쓰기를 향한 예민하고 섬세한 촉수는 간직하고 있었다.

전업주부로 15년을 살고

결혼 후 15년 동안 나의 행적은 대부분 '집-교회-집-교회'였다. 잠깐 학교 방과 후 교육 프로그램으로 '독서 지도'를 하고, 아이들에게 책을 읽힐 요량으로 집에서 독서 지도를 했을 뿐이다.

그 시기, 나는 아이들이 자라면서 엄마로서 함께 성장하며 학교와 학원을 함께 쫓아다녔다. 지극히 평범한 엄마였던 셈이다. 맏며느리도 아닌데 일주일이 멀다 하고 시댁을 다니며 온갖 집안일이며 대소사도 다 챙겼다. 교회 일도 많았다. 누가 시킨

것도 아닌데 바빠도 너무 바빴다. 당시 사회 분위기는 외벌이로 생활하는 것이 점차 어려워지며 맞벌이가 당연시되는 추세였다. 다니던 작은 교회에서 젊은 나이에 집에서 살림만 하는 사람은 나 혼자뿐이었다. 그 때문에 당시 교회의 크고 작은 일을 도맡아 하곤 했는데, 각각의 상황이 이해되어 거절도 할 수 없었다.

누가 알아주지 않지만, 정신없이 전업주부로 살아가는 동안 10대의 꿈은 잊혔고, 20대의 패기도 흔적도 없이 지워졌다. 차분히 앉아 글을 쓴다는 것은 상상도 할 수 없었고, 어느덧 시심(詩心)마저 희미해진 상태였다.

그 시기쯤 교회에서 어떤 분이 자기 간증문을 써서 발표하기로 했다는 말을 들었다. 그런데 발표를 일주일 남겨놓은 시점에, '약속은 했지만, 막상 한 줄도 못 쓰겠다'고 하시는 게 아닌가. 그럴 수 있다는 생각이 들었다. 가만히 생각해보니 그 정도는 내가 도와줄 수 있을 것 같았다. 평소처럼 반걸음 앞서 도와주면 나머지는 쉽게 할 수 있겠다 싶은 오지랖이었을 것이다. 덜컥 도와주겠노라고 약속을 하고 말았다. 집에 와서 뒤늦은 후회를 했지만, 약속을 한 이상 의리 때문에라도 취소할 수는 없었다.

그분을 만나 인터뷰를 했다. 어디서 태어나 어떻게 자랐는지 기본적인 성장 배경부터, 인생에서 겪은 가장 큰 상처는 무엇인지, 지금의 마음과 미래에 대한 계획은 무엇인지를 물어보았다. 그러나 그분은 자신의 지난 시간을 자세히 기억해내지는 못했다. 무슨 말을 하고 싶은지도 정리해서 말하지 못했다. 그분이

미처 말하지 못한 행간에 대한 이해는 나의 몫이었다. 이틀에 걸쳐 A4용지 10매의 간증문을 썼고, 다시 5매로 압축 정리해서 보냈다. 반응은 대박이었다. 자신이 미처 말하지 않은 마음과 생각까지 어떻게 그리 정확히 표현했냐는 것이다. 정리해준 글을 보며 속이 다 시원했다고 했다. 자기 간증문을 발표하고 난 뒤, 그 분은 교회의 스타가 되었다.

그렇게 새롭게 시작된 글쓰기였다. 나는 내 안에 살아있는 글에 대한 감각과 센스를 확인했고, 인정했다. 그 무렵 Daum 블로그를 시작하며 글 쓰는 작업을 시작했다. 책 논평과 성경 묵상, 일상과 시(詩)까지 닥치는 대로 썼다. 무엇보다 시(詩)를 쓰기 시작했는데, 당시 남편이 취미로 찍은 사진을 보며 사진만으로 영감을 얻어 시를 썼고, 그것을 남편의 블로그에 올리는 작업도 함께 했다.

그리고 남편의 블로그를 통해 나의 글을 접한 「나눔문학」 대표의 추천을 받아 「한국작가」를 통해 등단했다. 시인(詩人)으로, 작가(作家)로 첫발을 내디딘 것이다. 그때부터 지금까지 작가로서의 여정을 「나눔문학」과 함께 하고 있다.

큰아이가 고등학교에 입학하면서는 처음으로 아이 학교의 학부모 독서 모임 활동을 시작했다. 첫 만남을 갖는 자리. 첫 대면에 쉽게 마음을 열지 못하고 말 한마디 하지 않은 채 분위기만 관망하고 있었다. 그런데 이게 웬일. 옆자리 학부모님의 추천으로 총무로 뽑히고 말았다. 처음엔 당황스러웠다. 그러나 하면 할 수 있을 것 같았다. 그때부터 3년간 학부모 독서 모임 총무로, 회장으로 한 달에 한 번 학부모 모임을 이끌었고, 1년에 한 번 문학의 밤 행사도 치렀다. 우연인지 필연인지, 10명 남짓 학부모들이 모여 형식적으로 독서 토론을 하던 다른 해와 다르게 당시 학부모 독서 모임에는 평균 30명에서 40명까지 참석했다.

'편안하고 자유롭지만, 지적인 욕구가 충족되는 독서 모임!' 리더로서 나는 그 모임을 형식적인 모임이 아닌, 진짜 독서 모임으로 이끌고 싶었다. 그래서 나름의 목표를 정하고 1년간 독서 모임에서 다룰 책을 미리 선정한 뒤. 토론 주제들을 정리한 자료를 첫 모임 때 나누어주었다. 또한, 매달 모임 일주일 전까지 발제자들의 발제 원고를 미리 받아 정리한 뒤 모임 당일에 그날의 토론 주제와 함께 나눠주었다. 학부모들은 점차 나를 독서전문가로 대해주었다. 독서토론 진행자로서, 프로그램 기획자로서 숨겨진 역량이 그렇게 표출되기 시작했다.

경단녀로 사회에 다시 발을 딛고

나는 이제 사회로 나가기로 마음먹었다. 결혼생활 15년 만의 결정이었다. 돌이켜보면 그동안 나는, 사람들을 만나 부대끼는 것에 대한 두려움으로 어떻게든 사회에게서 멀어지려 했던 것 같다. 사회생활은 적성이 아니라는 나름의 생각에, 의도적인 것은 아니지만 가정과 교회를 핑계로 머뭇거렸고, 작은 부딪힘에도 뒤로 물러서 버렸다. 그러다 문득 거울에 비친 내 모습을 보며 자신을 인식하듯 내 안의 다름과 차이가 만들어낸 독특한 재능들을 확인하며 이제 한번 부딪혀보기로 마음먹은 것이다.

그렇게 마음먹은 데는 학부모 독서회 리더로 모임을 이끌었던 경험과 누군가의 이야기만을 듣고 그의 글을 써 준 경험이 컸다. 꾸준한 블로그 활동 역시 글에 대한 감각을 깨워주었다. 특히 2년간 일주일에 평균 3~4회 꾸준히 묵상 글을 썼던 경험은 텍스트를 읽고 배경과 상황을 토대로 쓰니의 의도를 아는 데 큰 도움을 주었다. 또한, 그렇게 이해한 것을 특정 상황과 연결하여 사고하고 글로 풀어내는 역량을 키워주었으며, 글에 대한 나름의 통찰도 길러주었다.

그러나 마음을 굳게 먹었다고 일이 기다렸다는 듯 바로 주어질 리는 없었다. 모든 게 어색하고 처음 접한 것들처럼 낯설었다. 마음은 먹었지만, 막상 무엇을 해야 할지 알 수 없었다. 나는 더 위축되었다. 경력단절이라는 현실이 뼈아프게 다가왔다. 그때 15년의 공백을 지나 사회로 나가려는 내가 선택할 수 있는 직업은 비교적 진입 장벽이 낮은 텔레마케팅이나 보험 영업 등이 거의 전부인 것 같았다. 그러나 그런 일들은 기본적으로 사람에 대한 두려움이 없어야 하고, 거절을 두려워하지 않아야 했다. 나처럼, 선택은 했지만 뒤로 물러설 기회만 엿보는 사람에게는 마땅치 않은 직업이었던 셈이다.

그 무렵 나를 잘 아는 지인의 소개로 한 교육 세미나를 듣게 되었다. 그 세미나에서 디베이트(Debate)에 대해 처음 들었다. 디베이트(Debate)는 시사를 비롯하여 철학과 윤리 등을 주제로 진행하는 찬반 토론이다. 오래전 학교에서 방과 후 '독서 지도'를 해본 경험 때문인지 합리적이고 논리적으로 파고드는 토론 방식이 흥미로웠다. '시사 토론'을 위해 다양한 배경지식을 공부하는 것도 관심이 가는 대목이었다. 그렇다. 나는 원래 지식을 추구하며 논리성과 합리성을 중요하게 여기는 사람인 것이다.

세미나를 듣고 두 번도 생각하지 않고 선택한 Job이 '디베이트(Debate) 코치'였다. 마침 케빈 리(한국디베이트협회 대표)가 한국에 도입한 보편적 디베이트, 즉 퍼블릭 포럼 디베이트(Public Forum Debate)가 막 시작되는 시기였다. 디베이트의 논제는 찬반이 명확해야 하는데, 먼저 참여자들을 찬성과 반대 입장으로 나눈다. 이때 찬반 입장은 참여자가 선택하지 않고, '동전 던지기' 등으로 결정한다. 찬반 입장이 결정되면 관련 자료 조사를 거쳐 첫 입안을 작성한 뒤, 디베이트에서 정한 일정한 형식과 규칙을 따라 토론을 진행한다. 이 디베이트라는 것이 묘하게 마음을 끌었다. 무엇보다 목소리 큰 사람이 이기는 토론이 아니라 일정한 형식을 따라 논리적으로 전개해야 하는 디베이트의 규칙이 합리적이고 공정하게 느껴졌다. 이론과 실습을 포함한 1, 2차 교육과정을 다 마치고 자격증을 취득한 뒤 드디어 나는 디베이트 코치로서 일을 시작했다. 경력 단절 15년 만이었다.

디베이트는 주로 학교 방과 후 수업으로 진행되었는데, 초등학교부터 고등학교까지 일주일에 3~4일씩 수업이 잡혀 있었다. 방과 후 수업은 특성상 한 번 잡히면 한 학기 내내 진행되었고, 한창 디베이트 붐이 일어나고 있던 시기라 정말 눈코 뜰 새 없이 바빴다. 게다가 그때는 아이들도 어느 정도 자라 조금씩 손이 덜 가기 시작할 무렵이었다. 주말이면 디베이트 학원 수업까지 잡혀 있었다. 덕분에 마음 놓고 하루를 제대로 쉬지 못한 채 내리 3년을 디베이트 수업만 했다.

3년을 디베이트만 지도하던 어느 날, 기왕 일을 시작했으니 역량을 넓혀가야겠다는 생각이 들었다. 그래서 알아보다, 진로 비전을 비롯하여 자기주도학습과 인성 자격증을 취득하고, 하브루타와 에니어그램 강사과정까지 마쳤다. 그 무렵 새롭게 시작한 일은 하브루타를 접목한 '학습코칭'이었다. 광주 모 입시센터에서 디베이트를 지도하며 학습코칭 쪽으로 역량을 넓혀가기 시작했다. 신기했던 것은, 만난 아이들에게서 유의미한 변화들이 일어났다는 것이다. 아이들은 기대 이상으로 잘 따라주었다.

그런데 센터에서의 일이란 게 한두 가지로 특정되는 것이 아니었다. 특히 고등학교 아이들에게는 무조건 학습만을 강조할 수는 없었다. 본인의 적성과 성적에 맞는 현실적인 입시지도가 필요했다. 마침 고3 학생들의 자기소개서 코칭을 하며 학생부까지 분석하게 되었다. 이 과정에서 입시가 눈에 들어왔고, 무엇이 중요하지, 어떻게 지도해야 하는지를 알게 되었다. 그리고 그것은 적중했다. 어느새 나는 또 한 번 업그레이드하며 입시전문가로 발돋움을 하고 있었다. 이후 센터에서 5년을 근무하며 입시 철이면 60명 이상의 학생들의 생기부를 분석하며 자소서 코칭을 해주었다. 그러다 원서접수가 시작되면 일주일 정도를 날을 새야 했다. 그렇게 입시가 끝나면 탈진이 오며 앓아누웠다.

그렇게 일이 많았음에도 센터에는 오래 남아 있는 선생님이 없었다. 이유는 첫째, 대부분 아이의 눈높이에서 소통하지 못했고, 둘째, 아이들을 코칭할만한 역량이 부족했다. 그럼 나는 어떠했을까? 아이들과 소통은 잘하는 편이었지만, 학습코칭 역량은 단언컨대, 다른 분들과 크게 다르지 않았다. 결론적으로 학습코칭 역량보다 중요한 것은 소통의 역량이었던 것이다.

그때 일주일에 한 번 만나 소통하고 씨름하며 코칭했던 아이들에게서 지금도 가끔 연락이 온다. 군대 간다고, 제대했다고, 스승의 날이라고, 방학이라 내려왔다고, 밥 먹자고…. 그 아이들 얼굴이 소중한 추억인 듯 지금도 하나하나 마음에 담겨 있다.

센터에서는 그 외에도 공모사업을 통해 관내 성인들을 대상으로 여러 가지 자격 과정 프로그램을 운영했는데, 그중 나는 디베이트 강사 양성과정을 맡아 운영하기도 했다. 또 인성, 진로, 자주학 등의 자격 과정 강사로도 활동했다. 광주 시내 사서 선생님들에게 디베이트를 가르치기도 했다. 강사를 양성하는 강사가 된 것이다.

고독하지만 아름다운 1인 기업가

드디어 나는 사업자등록을 마치고 1인 기업가로서 걸음을 시작했다. 강사 페이를 받고, 월급을 받던 위치에서 이제 스스로 일을 만들어야 하는 위치에 선 것이다. 그런데 여기까지 온 과정이 힘들었지, 막상 어느 지점에 이르자 생각 외로 일이 술술 풀리는 것도 있었다.

센터 근무 5년쯤 지나 당시 고3 친구들 입시를 마무리해주고 퇴사하면서는 기대보다 걱정과 염려가 앞섰다. 겉으로 보이는 열정과 반대로 감춰진 내향성 때문에 쉽게 손을 내밀지 못하는 내가 어떻게 비즈니스를 하지?라는 생각이 들자 덜컥 겁이 났다. 그때 같은 마음으로 함께 한 강사 그룹이 있어 다시 힘을 낼 수 있었다. 그분들과 꼬박 1년을 매주 월요일에 만나 스터디를 하며 함께 할 것과 각자 할 것 등을 이야기하며 프로그램을 만들고 다듬었다. 그렇게 1년을 보내고 사업자 등록을 하며 본격적으로 나의 일을, 아니 우리의 일을 '따로 또 같이' 시작했다.

교육사업가로서 처음 학교 담당자를 만났던 때가 엊그제 같다. 홍보 자료도 제대로 준비하지 못한 상태로 조잡하기 이를 데 없는 프린트물 몇 장을 파일에 끼워 가지고 갔을 때 나의 고객은 그 자료에 눈길도 주지 않았다. 명함과 자료를 두고 가라는 말만 했다. 무안하고 부끄러웠다. 큰 도시라 그런가 싶은 생각에 어떤 때는 큰맘 먹고 지방 학교를 다녀보기도 했다. 반응은 비슷했다.

담당자가 없거나 바쁘거나 둘 중 하나였다.

답답했다. 도대체 무엇을 어떻게 준비하란 말인가! 이 역시 아무도 가르쳐주지 않은 길이었다. 그렇다고 포기할 수는 없었다. 집 밖으로 나오는 것이 어려웠던 만큼 다시 돌아가는 것 역시 어려운 일이었다. 그렇다면 지금은 일단 더 부딪혀보는 게 맞았다. 인터넷을 뒤지고 지인들께 물어물어 그럴듯한 책자 하나를 만들어냈다.

그렇게 만들어진 책자를 들고 안면만 겨우 튼 선생님에게 부탁해 시내의 한 학교 담당자를 만날 수 있었다. 그리고 그해 처음 학교 프로그램을 계약했다. 그 뒤로 일은 생각보다 수월하게 이루어졌다. 비즈니스를 특별하게 하지 않았는데 몇 개의 학교를 더 계약하게 된 것이다.

그즈음 나의 활동을 눈여겨보고 있던 지인의 추천으로 모 도서관 주관인 「길 위의 인문학」 프로그램을 진행할 기회를 얻었다. 주제는 자서전 쓰기였다. 총 20회 차로 진행된 이 프로그램에서 나는 어르신들에게 자서전 쓰기 강의를 했고, 글을 받아 첨삭을 거쳐 책을 만들었다. 물론 출판기념회도 가졌다. 그 뒤 그 도서관에서 주관한 '시민들 대상 독서 토론'을 진행할 기회도 얻었다. 일반 독서 토론과 다르게 특정 토론 방식을 접목해 진행했는데, 패널들도 초대한 나름 규모가 큰 독서 토론이었다. 당시 총 3회에 걸쳐 독서 토론을 진행했는데, 지금 하는 인문학 수업이나 독서 토론은 모두 여기에서 시작되었다.

지금까지 나는 광주 관내 도서관과 지방 도서관 등에서 독서 강의와 글쓰기 강의를 비롯한 독서 토론, 디베이트, 하브루타 등을 가르쳤다. 어떤 것은 자격 과정이었고, 어떤 것은 프로그램 운영이거나 캠프, 혹은 전체 진행이기도 했다.

학교에서는 진로비전, 자주학, 인성, 독서, 디베이트, 하브루타 등 다양한 교육 콘텐츠를 활용한 프로그램을 기획하고 운영했다. 주로 하루나 이틀 캠프 형식의 프로그램이지만 5년째 자유학년제 수업을 운영해오고 있기도 하다.

이뿐이랴. 지자체 사업을 맡아 각자의 목적대로 프로그램을 계획하고, 강사를 섭외하여 진행한 바 있다. 몇 번은 학생들 대상이었고, 몇 번은 성인들 대상이었다. 몇 번은 하루나 이틀 프로그램이었고, 몇 번은 3~4개월에 걸친 긴 작업이었다. 몇 번은 결과물을 제본 책으로 첨부했고, 몇 번은 아예 출판 등록한 책을 결과물로 첨부했다.

이 외에도 주말에는 '학습코칭'과 '입시 준비'로 아이들을 만나고 있고, 입시 철이면 매해 고3 아이들을 만나 도움을 주고 있다. 취업준비생들을 돕는 일은 덤이다.

글쓰기 강의는 반드시 결과물이 있어서 즐거운 작업이었다. 독서 토론은 책을 매개로 이야기를 나눈다는 점에서 지적 희열을 느낄 수 있어서 좋았다. 디베이트와 하브루타는 논리성과 합리성이 강조되는 사고력 훈련이라는 점에서 매력 있었다. 그리고 진로 비전을 비롯한 다양한 캠프 프로그램은 전국의 명강사님들을 만나 그분들의 수업을 통해 배우고, 교류할 수 있어서 절대 놓칠 수 없는 작업이었다.

이제 나는, 또 한 번의 업그레이드를 준비하고 있다. 지난 5년에 걸쳐 교육학과 상담학이라는 두 개의 전공 과정을 마쳤다. 코로나로 모든 것이 올스톱된 상황에서는 지난 시간을 정리하듯 글을 썼고, 새로운 도약을 위해 자신을 리모델링하는 시간을 가졌다. 지난 시간을 발판으로 새로운 성장 지향점을 향해 또 한 번 선회를 하기로 마음먹은 것이다. 코로나바이러스로 위기 상황에 놓였던 「나눔문학」이 새롭게 발돋움할 수 있도록 서번트 리더십도 발휘했다. 「나눔문학」은 1년 6개월 만에 23번째 출판을 하기에 이르렀다.

책만 읽고 글만 쓰던 아이, 소심하고 내향적이던 아이, 주눅 들어 어디서도 고개 한 번 제대로 들지 못하던 아이, 작가가 꿈이었지만 감히 자신의 꿈을 소리 내 말하지 못했던 아이. 그 아이는 이제 작가의 길을 걸으며 당당히 자신의 목소리를 내고 있다. 결혼 후에는 자신을 잃어버린 채 일상에 매여 다른 사람이 정해준 아이덴티티(Identity)로 살아온 여자, 스스로 날개를 꺾어버린 채 감히 세상으로 나올 생각조차 못 하고 살아온 여자. 그 여자는 이제 세상과 맞설 자신만의 리모델링을 마치고 1인 기업가로 우뚝 서 있다.

나의 꿈은 '방송작가'였다. 그러나 누구에게도 꿈을 말할 수 없었고, 정작 전공과도 상관없는 일을 했다. 결혼 후에는 집과 교회를 오가며 다람쥐 쳇바퀴 돌 듯 전업주부로 15년을 살았다. 그리고 15년 만에 사회로 나와 디베이트 코치를 시작으로 독서 토론과 하브루타, 글쓰기, 진로, 학습코칭, 대입 지도 등의 일을 했다. 그리고 부족했던 공부를 더 하며 학위를 취득했고 지금은 1인 기업가로 살고 있다.

지금. 세상에 던져진 듯 자신감을 잃어버린 채 무엇을 해야 할지 몰라 머뭇거리고 있는 그대에게 권하고 싶은 말이 있다. 그대. 무엇이 되고 싶다면 지금 무엇이든 하라. 무엇이 무엇인지 모른다면, 지금 내 이야기를 더 들어보라.

강사로서의 삶을 살고 싶다면 자신에게 맞는 자격증을 취득해서 어떤 식으로든 시작을 하면 좋겠다. 예를 들어, 안산에 사무실을 두고 있는 'GTS글로벌인재스쿨'의 경우 2박 3일간의 '청소년 대상 진로비전과 자주학 자격증반'을 모집하는데, 교육과 훈련 후 몇 번의 청강을 거쳐 정식 강사로 위촉하는 코스를 운영하고 있다. 나는 이 협회에 소속된 강사들을 대상으로 입시와 진학 강의를 했던 경험이 있다. 그 외에 디베이트나 하브루타 자격증은 요즘은 인강으로 쉽게 취득할 수 있다. 그럴 경우 취업은 스스로 찾아야 하는 어려움이 있기는 하지만, 다른 콘텐츠와 함께 활용하기 위해서라면 강추다.

이렇게 강사가 되면 처음부터 기다렸다는 듯 일이 주어지는 건 아니다. 몇 번의 청강과 자신을 갈고닦는 자기 공부의 시간을 거쳐 한두 시간 쪽 강의가 주어지고 점차 역량을 인정받으며 경험치가 쌓이면 섭외 우선순위가 된다. 이 경우 업체마다 상황은 다르고 시즌마다 다르지만, 수요가 많은 신학기(3, 9월)나 시험 직후(5, 7, 10, 12월)를 기준으로 150~200만 원 정도의 수입을 올릴 수 있다. 신입 강사를 벗고 점차 경력이 쌓이면 그다음은 수입을 예측할 수 없다. 실제 현직 강사 중 순수 학교 강의만으로 연봉 1억 이상의 수입을 올리는 분들도 많은 걸 보면 어느 분야나 자신의 강점을 살려 노력한다면 충분히 성공할 수 있다고 믿는다. 물론, 체력 안배를 해야 가능한 일이기는 하다. 강의 의뢰가 들어올 때 내가 원하는 대로 고를 순 없기 때문이다. 실제 어느 해 5월 첫째 주 나의 일정을 보면, 월요일 강화-화요일 대구-수요일 목포-목요일 전주 순으로 일정이 잡힌 적도 있었다. 코스만 봐도 강행군이다. 그래도 번복할 수는 없다. 그것이 강사의 숙명이다. 강사는 약속된 날, 약속된 시간에 그 학교에서 수업을 해야 한다. 그래서 강사는 아파도 안되고, 아플 시간도 없다는 말이 있다. 그 외 바쁜 시즌이 지나면 시간 여유가 있어서 얼마든지 자유롭게 생활할 수 있는 강점이 있다.

지난 1월 'GTS글로벌인재스쿨' 강사과정에는 20대부터 50대까지 다양한 연령층이 신청했다. 완전 신입 강사부터 다른 분야에서 활동하고 있는 강사들까지 참여 배경도 다양했다. 그리고 이 글을 쓰고 있는 6월 현재, 이분들은 한 분도 예외 없이 전국을 누비며 강의를 하고 있다.

코로나 이전에 나는 이런 외부강의와 함께 틈틈이 도서관 강의를 했다. 입시 철이면 학생부종합전형을 준비하는 학생들을 대상으로 입시 지도를 했다. 그 외에도 교육기업을 경영하는 1인 기업가로서 많지는 않지만, 꾸준히 1일, 2일 학교 캠프를 운영했다. 의뢰를 받고 진행하는 프로그램 하나하나 콘텐츠를 짜고, 강의자료를 만들고, 강사를 섭외해서 프로그램을 운영하고, 이후 마무리를 하는 모든 과정이 혼자 하는 만큼 결코 쉽지 않았다. 그래도 분명한 건 1인 기업의 특성상 '내가 한 만큼, 나에게' 수입이 주어진다는 것이다. 혼자 모든 걸 다 책임지고 해내야 한다는 것은 분명 고독하고 외로운 길일 수 있다. 그러나 수익을 분배하고, 신경 쓰는 등의 과정이 생략된다는 점은 누가 뭐래도 홀가분한 일이다. 적게 벌어도, 많이 벌어도 업무적으로 굳이 책임질 사람이 없으니 홀가분한 것이다. 이 시기 나의 수입은 여러분의 상상에 맡긴다.

그러나 코로나 팬데믹이 시작되며 모든 게 올 스톱되었다. 처음엔 당황스러웠다. 그러다 점차 상황을 받아들이며 충전을 위해 쉼을 즐겼다. 그 기간에 상담사 자격증(한국상담학회)을 취득했고, 차분히 학위까지 취득했다. 코로나가 아니면 생각도 할 수 없는 일이다. 그동안 도서관 강의는 ZOOM을 활용한 비대면 강의로 전환되었다. 학교 강의에도 비대면이 도입되었다. 전문가들은 코로나가 끝나도 모든 상황이 코로나 이전으로 돌아가지 않을 거로 예측했다. 그때는 대면과 비대면 모두 자유롭게 활용할 수 있어야 한다는 것 역시 예측했다. 그때를 위해 나는 다시 공부하며 자신을 업그레이드하기 위해 노력하고 있다.

기회는 누구에게나 온다. 그러나 준비된 자만이 그 기회를 잡을 수 있다. 우리에게는 무한한 가능성과 기회가 있다. 그러나 무한한 가능성은 아직 가능이 아니기에 가능성이 가능이 될 때까지, 기회를 잡을 역량이 준비될 때까지, 도끼날을 갈며 숨을 고르는 시간이 꼭 필요하다. 그러니 그대, 꿈을 꾸고, 꿈을 말하고, 꿈을 적어라. 그리고 꿈을 좇으라. 꿈과 함께 걸어가다 보면, 나는 누군가의 꿈이 되어 있을 테니. 그러니 절대 꿈을 놓치지 말기를.

숨은 아름다움을 찾아주는 이미지 컨설턴트

홍정화

16년 경력의 이미지메이킹 강사이자 이미지컨설턴트이다. 2,000여 곳 이상의 조직을 방문했고, 일만 시간 이상 강단에서 강의를 진행했다. 그리고 수많은 사람들의 이미지를 컨설팅 하면서, "당신은 어떤 일을 하는 사람인가요?"라는 질문을 받을 때에는 "저는 사람들의 숨은 아름다움을 찾아주는 일을 하고 있습니다."라고 대답한다.

16년 동안 쉬지 않고 현장에서 일을 하면서 얻게 된 가장 큰 깨달음은 '세상에 아름답지 않은 사람은 없다!'라는 것이다. 다만 자신에게 어울리는 자리, 어울리는 컬러, 어울리는 스타일 등등을 찾지 못하고 있을 뿐이다. 나와 만난 사람들이 아름다움을 찾고, 자신감을 찾고, 자존감이 높아지고, 행복을 찾아갈 때 내가 이 일을 하는 이유를 다시 한번 깨닫는다.

__ 홍정화

- 컬러에이치 대표
- 사회적협동조합 인성소통협회 교육개발국장
- 이미지인 원장
- 인터네셔널 이미지컨설턴트 협동조합 이사
- 동서울 대학교 외래교수
- 서울여대 인재개발센터 이미지메이킹 연구소 소장
- GS리테일 서비스아카데미 전임강사

snihjh@naver.com
https://blog.naver.com/snihjh
010-4232-7730

숨은 아름다움을 찾아주는 이미지 컨설턴트

어떤 일을 직업으로 선택해야 할까?

'나는 도대체 어떤 일을 직업으로 선택해야 할까?' 남녀노소를 막론하고 일생을 살면서 한 번쯤은 하게 되는 고민이다. 나 역시도 참 많이 했던 고민이다. 도대체 나는 어떤 일을 하고 살아야 할까? 대학 졸업반이 되면서 직업이라는 고민에 앞서 직장이라는 고민에 더 많은 힘을 썼다. 100군데가 넘는 직장에 이력서를 넣고, 20~30번 정도는 면접을 보았다. 이력서는 곧잘 통과가 되었고, 누구나 아는 대기업에도 면접을 볼 기회가 많았다. 하지만 안타깝게도 마지막 면접에서 탈락의 고배를 마시는 경우가 많았다. 그때는 왜 마지막에 항상 떨어질까? 뭐가 문제일까? 도저히 답을 찾을 수 없었는데, 지금은 알 것 같다. 많은 친구들의 취업 면접 컨설팅을 하다 보니, 실무자가 원하는 이미지와 임원진이 원하는 이미지가 다르다는 것을 알았다. 그 당시 밝고 쾌활한 이미지를 어필하던 나를 임원진이 봤을 때는 진중함과 신뢰감 부분에서는 그리 높은 점수를 주지는 않았을 것이다.

대학을 졸업한 나는 대기업을 포기하면서 다양한 직장에서 일을 해보게 되었다. 처음으로 가졌던 직업은 병원에서 진료 안내와 사무를 보는 것이었다. 사람들을 접하는 것이 주된 업무였다. 서비스 직종이 잘 맞았던 나에게는 잘 맞는 일이었고, 재미도 있었다. 열심히 하다 보니 병원 원장님께 인정도 받았다.(내가 그만둔다고 말씀드렸을 때, 적잖이 충격받시고 아쉬워 하셨다는 소리를 전해 들었다.) 하지만 그 일이 만족스럽지가 않았다. 여기서 만족해서는 안된다는 생각이 자꾸만 들었다. 나도 모르게 취업사이트를 뒤지고, 내가 더 잘할 수 있는 일이 있을 것 같은데, 내가 모르는 일이 있을 것 같은데 라는 생각이 들었다.

과감하게 사표를 내고 다시 한번 취업에 도전했다. 편안한 삶보다는 어디에라도 도전해 보는 것이 젊음에 대한 보답이라는 생각이 들었다. 그 당시 경상남도 창원이 고향이었던 나는 과감하게 서울행 버스를 탔다. 그리고 지금은 아주 유명한 게임 회사인 넥슨이라는 회사의 자회사였던 '와이즈키즈'라는 회사 공채 1기로 서울에서의 직장 생활을 시작하게 되었다. 이 회사는 넥슨이라는 모회사의 고객 응대 서비스를 전담하는 회사였고, 내가 처음 맡게 된 업무는 게임과 관련해 걸려 오는 전반의 문의를 응대하는 일이었다. 공채로 입사를 하고 신입사원 교육을 받게 되었다. 신입사원 교육을 받으면서 이런 생각이 들었다. '내가 저 강사의 자리에 서면 어떨까?' 신입사원을 교육하는 다양한 강사들이 회사를 방문했고, 그런 강사들을 보면서 '나도 저런 일을 하면 잘할 수 있을 텐데….'라는 생각이 들었다. 그런 꿈을 마음에 품고 나니 또 다시 흔들리기 시작했다. 내가 더 잘할 수 있는 일이 있을 텐데… 내가 그 일에만 몰두할 수 있는 일이 있을 텐데… 라는 생각이 나를 사로잡았다.

다시 한번 도전해보기로 했다. 과감한 도전이 나의 가장 큰 무기였다. 어렵게 들어간 회사를 그만두고 관련 자격증을 알아보고 공부하기 시작했다. 그래서 2006년 '서비스 강사'라는 자격증을 취득하고, 강사로서 취업을 준비하기 시작했다. 하고 싶은 일이 무엇인지 알고 나니 물 만난 고기처럼 펄떡이기 시작했다. 온 힘을 다해 취업을 준비하고 면접을 보니 여기저기에서 합격 소식을 받았다. 하고 싶은 일을 할 때 사람이 얼마나 큰 열정이 생기는지 경험하는 시기였다.

강사로서 처음 경력을 쌓은 곳은 아주 작은 이미지 컨설팅 업체였다. 작은 업체다 보니 하나에서 열까지 모든 일을 알고 처리할 수 있어야 했다. 힘들었지만 많은 것을 배울 수 있는 시기였다. 그러한 경험을 바탕으로 'GS리테일 서비스 아카데미'의 전임강사로 입사를 하게 되었고, 큰 조직에서 교육 프로그램을 만들고, 교육을 운영하고, 강의하는 스킬을 배울 수 있었다. 이때부터 강사와 컨설턴트라는 나의 길이 시작되었다.

직장보다는 직업이 중요하다. 다른 사람보다 조금 더 이름 있는 직장을 다니는 것보다 내가 정말 열정을 쏟을 수 있는 직업을 가지는 것이 훨씬 중요한 일이다. 원하지 않는 직장 생활을 할 때는 아침에 눈 뜨는 것이 힘들었다. 오늘 하루를 어떻게 보낼까가 늘 걱정이었다. 귀하게 주어진 하루를 잘 보내는 것이 아니라 시간을 때우고 있다는 생각이 들었다. 하지만 열정을 쏟을 만한 일을 찾고 나니, 급여가 많지 않아도 주말에 일을 해도 즐거웠다. 가파른 산길이지만 언젠가는 정상에서 최고의 경치를 볼 수 있을 것이라는 희망 속에 힘든 과정을 즐기게 되었다.

이미지메이킹 강사& 이미지컨설턴트 어떤 직업인가?

이미지는 누군가가 나의 외모, 표정, 행동, 자세, 말 등을 통해 '나'라는 사람에 대해 가지게 되는 느낌이다. '일을 잘할 것 같네…' '긍정적인 사람이구나!', '멋진 리더야!', '믿고 거래할만해!' 등등의 표현이 누군가에 대한 이미지이다. 스스로가 생각하는 모습과는 다를 수 있기 때문에 어려울 수 있다. 하지만 사회적으로 소통해 나가고 성공하기 위해서는 무시할 수 없는 부분이다. 예를 들어 '저는 강의를 잘합니다.'라고 하는 것은 의미가 없다. 내 강의 들은 사람들이 '강사님! 강의 정말 좋았습니다.' 라는 것이 훨씬 중요하기 때문이다. 관계 속에서 나의 이미지를 파악하고 내가 원하는 방향으로 이끌어 가는 것은 성공과 연결될 수밖에 없다.

이미지는 좋고 나쁨이 존재하지 않는다. 누군가가 '저는 이미지가 좋은가요?'라고 질문을 한다면 나는 해줄 말이 없다. 이미지는 상황이나 역할에 얼마나 잘 맞는지가 중요하다. 꼼꼼하고 진중한 사람이 필요한 자리에 밝고 긍정적인 사람은 어울리지 않을 수 있다. 좋고 나쁨이 아닌 얼마나 적합한지에 대한 이야기이기 때문이다.

이미지메이킹은 자신이 위치한 자리와 맡은 역할에 가장 어울릴 수 있는 모습을 스스로 찾고, 원하는 방향으로 나아갈 수 있도록 하는 것이다. 내가 원하는 것이 무엇인지가 확실하고, 그 자리에서 어떤 모습이고 싶은지가 확실하다면 이미지메이킹은 더욱 빛을 발할 수 있다.

이미지는 내적 이미지, 외적 이미지, 사회적 이미지로 나누어 볼 수 있다. 이에 따라 강의 분야와 컨설팅으로 정리해 볼 수 있다.

이미지메이킹 강의 분야

1) 내적 이미지 : 자존감, 열등감, 감정관리, 인성, 자기관리, 목표관리,
회복탄력성, 동기부여, 브랜드가치, 성격유형, 심리 등등
2) 외적 이미지 : 외적이미지진단, 외모, 표정, 자세, 행동, 스피치,
퍼스널컬러, 메이크업, 패션 스타일링, 이미지 밸런스 등등
3) 사회적 이미지 : 매너, 예절, 소통, 커뮤니케이션 등등

이미지 컨설팅

1) 토탈이미지 컨설팅
컨설팅을 받고자 하는 사람의 원하는 목표를 이루기 위한 내적, 외적,
사회적 토탈 이미지 컨설팅
예시) 입사를 원하는 회사와 직무에 맞는 취업/면접 이미지 컨설팅
승진을 위한 이미지 분석 및 컨설팅
맞선, 소개팅을 위한 이미지 컨설팅
대표 취임식을 위한 토탈이미지 컨설팅 등등
2) 분야별 이미지 컨설팅
퍼스널컬러 컨설팅, 패션 스타일링 컨설팅, 메이크업 컨설팅,
컬러 심리컨설팅, 스피치 컨설팅, 보이스 컨설팅, 자세 컨설팅,
매너 컨설팅, 커뮤니케이션 컨설팅 등등

고객이 원하는 부분을 정확히 캐치하고, 어떠한 부분을 이미지메이킹 할 것인지를 제대로 파악하는 것이 강사와 컨설턴트에게 가장 중요한 능력이라고 할 수 있다.

브랜드 가치를 높여라!

어떠한 물건에 그만의 문화가 더해져서 브랜드라는 것이 생기는데 그 브랜드가치에 따라서 같은 기능의 물건이라도 가격은 천차만별로 매겨진다. 나라의 브랜드 가치가 높으면 그 나라에서 수출하는 물건에 비싼 값이 매겨진다. 똑같은 전자제품이라도 어떤 브랜드 제품이냐에 따라 기능이 비슷하더라고 가격은 천지차이가 난다. 사람도 마찬가지이다. 그 사람에 어떤 문화가 더해지느냐에 그 사람의 몸값이 달라진다.

사람의 몸값은 어떻게 정해질까? 사람의 브랜드가치는 어떻게 정해질까? 어떤 일을 하는데 내가 아니더라도 그 일을 할 수 있는 사람이 많다면, 나의 몸값은 높을 수가 없다. 하지만 다른 사람이 할 수 없는 무엇인가를 가지고 있다면 나의 몸값은 높아질 수밖에 없다.

나의 몸값을 높이고 싶다면, 남들이 할 수 없는 나만의 무엇인가가 있어야 한다. 남들이 가지지 않는 지적 수준, 남들이 가지지 않는 매너, 남들이 가지지 않는 커뮤니케이션, 남들이 가지지 않은 인성, 남들이 가지지 않는 인간관계, 남들이 가지지 않는 외모 실력 등등 나만의 가치와 무기가 있어야 한다.

나만의 가치와 무기를 위해서 처음 했던 것은 강의 경력을 쌓는 것이었다. 닥치는대로 강의가 들어오면 강사료가 많던지 작던지, 무료 강의라고 하더라도 '무조건 할 수 있습니다.'가 장착되었다. 하루에 10시간씩 풀타임 강의를 몇 달이고, 지속한 적도 있었다. 아침 9시부터 6시까지 풀타임 강의를 하고, 2~3시간 진행하는 저녁 강의를 또 갔다. 무슨 체력으로 그렇게 강의를 했는지 지금은 잘 기억이 나지 않지만, 내가 할 수 있는 일이었고, 즐거운 일이니 가능했을 것이다. 그렇게 다양한 대상으로 몇 년을 강의하고 나니 강단에서의 나만의 노하우가 생겼다.

강의를 하고 컨설팅을 하는 것이 경험만으로 되는 것은 아니었다. 지식과 전문성도 필요했다. 다양한 공부가 원동력이 되었다. 관련 자격증을 취득하기 시작했다. 트랜드에 맞추어 새롭게 들어오는 관련 자격증을 취득하는 데는 수백만 원의 수강료가 들었다. 어떤 해에는 배우고 자격증을 취득하는 데에만 2000만 원에서 3000만 원 정도를 투자한 적도 있었다. 이렇게 새로운 공부를 해나가기 시작했다. 돈을 아무리 벌어도 배우는데 쓰고 나면 저축 한 번 하기 어려운 생활이었지만, 어떠한 재테크보다도 훌륭한 재테크라는 생각으로 버텨냈다. 다른 재테크는 사라질 수도 있지만, 나에게 하는 지식적인 투자는 절대로 사라지지 않고 더 큰 시너지를 낼 것이라는 확신이 있었기 때문이다. 그렇게 하나하나 취득하기 시작한 자격증이 지금은 20개가 넘는다. 서비스강사, 이미지컨설턴트, 퍼스널컬러컨설턴트, 패션컨설턴트, 골격스타일컨설턴트, 색채심리상담사, 교류분석상담사, MBTI, 커뮤니케이션전문가, 분노조절지도사, 인성지도사, 평생교육사 등등 다양하다.

이러한 공부를 바탕으로 나만의 프로그램을 개발하였고, 차별화되는 프로그램을 바탕으로 경쟁력을 쌓았다. 지금은 나만의 자격증 프로그램을 개발하고 민간자격증으로 등록하여 아카데미 과정을 운영하고 있다. 배움에 대한 아낌없는 투자가 무엇보다도 큰 나의 경쟁력이다.

[직접 등록한 민간자격증]

- 이미지메이킹강사
- 이미지컨설턴트
- 퍼스널컬러컨설턴트
- 색채심리상담사
- 취업코디지도사

다양한 경험을 통해 성장하라

이미지메이킹 강의를 하고, 이미지 컨설팅을 하는 데 있어서 경험은 무엇보다도 중요한 가치이다. 다양한 경험이 다양한 이야기를 만들어 내고, 나만의 이야기가 있어야 특별해진다.

28살 처음으로 기업교육 관련 컨설팅 회사를 창업했다. 어린 나이에 시작한 일이라 창업자금이 없었다. 지인의 사무실에 책상 하나를 두고 월세를 내는 것이 창업의 시작이었다. 광고, 홍보 마케팅, 제안서 작업, 교재 제작, 강의, 결과보고서, 홈페이지 관리 등 하나에서 열까지 혼자 해내어야 했다. 쉽지 않았지만, 하나하나 도전하다 보니 안 되는 것은 없었다.

이때 생긴 내 인생의 좌우명이 '안 되는 것은 내 마음밖에 없다.'이다. 어떤 일도 직접 물어보고 부딪히면 안 되는 것보다는 되는 것들이 훨씬 많았다. 직접 물어보면 대부분의 사람들이 친절히 답변해주는 경우가 많았고, 직접 부딪히면서 알아가는 것들에 대한 성취감도 있었다. 하지만 내 마음이 안 된다고 생각하면 그건 할 수 없는 일이 되었다. 안 되는 것이 정말 안 되는 것이 아니라 내 마음이 안 된다고 하면 안 되는 일이 되는 것이었다. 그래서 생긴 좌우명이다. 시간이 오래 걸리는 일은 있어도 안 되는 일은 없다는 마음으로 하는 도전이 필요하다.

이런 마음으로 다양한 것에 도전했다. 30대 초반에는 CEO 과정도 개설했다. 30살이라는 나이에 40대, 50대 CEO분들을 만족시키는 프로그램을 만들고 운영하는 것이 쉽지는 않았지만, 정말 많은 것을 배울 수 있는 시간이었다. 댄스, 클라이밍, 목공예, 와인, 사진, 이미지메이킹 등 매 시간마다 새로운 것에 도전해보는 프로그램이었는데, 하나하나 기획하면서 정말 많은 것을 배울 수 있는 시간이었다. 무엇보다도 사람에 대해서 공부하고 사람을 어떻게 내 편으로 만들어 갈 수 있는지에 대한 실제 경험을 만들어 갈 수 있었다.

다양한 사람들과의 다양한 경험들은 나를 성장시켜 주었고, 다른 사람이 흉내 낼 수 없는 나만의 이야기를 만드는 데 무엇보다 중요한 역할을 했다. 강사에게 있어 자신만의 이야기는 무엇보다도 큰 무기가 되기 때문이다.

이미지메이킹 강사& 이미지컨설턴트의 장단점

직업에는 진입장벽이 높은 일과 진입장벽이 높지 않은 일이 있다. 이미지메이킹 강사나 이미지컨설턴트라는 직업은 진입장벽이 높지 않은 직업이다. 누구나 소질이 있고 마음만 먹으면 시작할 수 있는 일이기도 하다. 하지만 이 직업군에서 이름을 알리고 꾸준히 일을 한다는 것은 쉬운 일이 아니다. 주변에서 같이 이 일을 시작했지만, 지금까지 이 일을 하고 있는 사람은 거의 없다.

이렇게 경쟁자가 많을 수밖에 없다는 것이 이 일의 가장 큰 단점이 아닐까 한다. 그리고 기업에 취업을 하는 경우도 있지만, 대부분은 프리랜서로 활동하거나 1인 기업으로 활동하는 경우가 많다. 그래서 안정적이기 보다는 다양한 주변 환경에 영향을 많이 받을 수 있는 직업일 수 밖에 없다.

언젠가 한창 일을 하다가 결혼과 육아로 잠깐 일을 쉴 수밖에 없는 상황이 있었는데, 문득 그런 생각이 들었다. 여느 회사에서 10년 넘게 일을 하면 퇴직금이라도 있거나 아니면 육아 휴가라도 쓸 수 있을 텐데, 나는 내가 일을 쉬니 아무 것도 없구나! 라는 생각을 한 적이 있다. 하지만 그 것도 잠시 이 일에는 단점보다는 장점이 훨씬 많다.

첫 번째는 내가 하는 만큼 수익이 된다. 열심히 강의를 하고, 컨설팅을 하면 그만큼 다 수익이 된다. 수익에 대해서 궁금해 하시는 분들도 많아서 대략적인 수입을 밝히도록 하겠다. 예전에 창업을 하고 다양한 마케팅 활동을 하면서 열심히 사업을 할 때에는 억대 수익을 창출하기도 했었다. 하지만 지금은 사업보다는 강의나 컨설팅 자체를 우선으로 하고 있어 평균 월수입은 300~400만 원 정도이다.

두 번째는 출퇴근이 없다. 강의 시간이나 컨설팅 예약을 조절할 수 있어서 충분히 나만의 시간 운영이 가능하다는 것이다. 육아를 병행하면서도 쉬지 않고 일을 할 수 있었던 것에 정말 감사할 때가 많다.

세 번째는 계속 공부해야 하는 일이라는 것이다. 강의나 컨설팅은 트랜드에 맞추어 계속 공부를 해야 하는 일이다. 고객이 원하는 트랜드가 바뀌고, 고객의 수준이 높아짐에 따라 거기에 맞는 새로운 것들을 계속 만들어 내야 한다. 단점이라 생각할 수도 있지만, 개인적으로는 정말 큰 장점이라고 생각한다. 머물러 있지 않고 계속 발전하고 성장할 수 있는 직업이라는 것이 너무나 매력적이다.

마지막으로 내가 왜 16년이라는 긴 시간 동안 같은 직업을 이어갈 수 있었을까? 라는 생각을 했을 때 드는 생각은 늘 긍정적인 말을 하는 직업이라는 것이다. 사람들에게 항상 긍정적인 언어를 전달하고, 그들이 자존감을 높이고, 자신감을 가져 원하는 것을 얻을 수 있도록 동기부여하는 일이다 보니 늘 긍정적인 말을 쓰게 된다. 그러다 보니 나 역시도 좋은 마음을 가지게 되고 모든 일이 긍정적으로 흐르는 경우가 많다. 그리고 이미지에 관한 이야기를 하다 보니 나의 이미지도 관리를 할 수밖에 없다. 나의 이미지가 좋지 않은데 어떻게 이미지에 대한 이야기를 할 수 있겠는가? 그래서 나 자신을 끊임없이 관리하고, 좋은 이미지에 대해 고민할 수 있다는 것이 가장 큰 장점이다.

내가 만드는 나의 일

같은 직업군에 종사하더라고 각자 활동하는 방법은 다양하다. 이 일을 함에 있어 중요한 점 한가지는 성수기와 비수기의 활용이다. 이미지메이킹 강사나 이미지컨설턴트의 경우 직장생활을 하는 것이 아니라면 성수기와 비수기가 존재한다. 비수기를 어떻게 관리할 것인지에 따라서 이 일의 생명이 결정된다.

코로나19가 오면서 많은 사람들이 일자리를 잃었다. 교육 관련 종사자들도 타격이 매우 컸다. 나 역시도 매우 당황스러웠다. 하루아침에 강의와 컨설팅 다 사라진 것이다. 어떻게 해야 하나? 나는 더 이상 일을 할 수 없는 것인가? 일이라는 것이 나의 삶에 너무나도 큰 자리를 차지하고 있었기 때문에 처음에는 우울한 마음도 컸다. 하지만 정신을 차렸다. 그동안 시간이 없다는 핑계로 못한 일들이 무엇인지 고민하기 시작했다.

처음에는 대면 강의가 아닌 비대면 강의를 해야 하는 상황이 오다 보니 온라인으로 운영할 수 있는 프로그램을 개발하였다. 그리고 그동안 쌓아온 지식을 바탕으로 이미지 컨설팅과 관련된 교구들을 제작하기 시작했다. 과감하게 마이너스 통장을 개설해 그동안 생각만 하던 퍼스널컬러 관련 교구들을 연구하고 제작하였다. 뿐만 아리나 매일 새벽 기상을 하면서 블로그를 활성화 시켰다. 이렇게 3~4개월을 보내고 나니 성실함에 대한 답변이 오기 시작했다. 블로그를 통해 강의 의뢰가 들어오고, 자체 제작한 퍼스널컬러 관련 교구들을 찾는 고객사들이 생기기 시작했다. 모두가 힘들어했던 2020년이 나에게는 가장 바쁜 2020년이 되었다.

이렇게 특이한 상황이 아니라도 일 년에 바쁜 달과 바쁘지 않는 달이 존재한다. 여유 있는 시간을 어떻게 운영하느냐에 따라서 그 자리에 계속 머물 것인지, 도태될 것인지, 한 걸음 나아갈 것인지가 결정된다.

Just Do It!

어떻게 하면 이미지메이킹 강사나 컨설턴트가 될 수 있나요? 라는 질문을 받을 때가 많다. "자격증을 취득하세요.", "관련분야의 경력을 쌓으세요!" 등등 의례적이 대답 이전에 Just Do It! 이라는 말을 먼저 해준다. "일단 해보세요! 생각만 하면 아무 일도 일어나지 않습니다.", "이 일이 저에게 맞을까요?", "할 수 있을까요?", "수익이 되나요?" 이 모든 것들에 대한 대답은 '해봐야 안다.'이다.

요즘 세상은 도전하기 좋은 시스템으로 굴러간다. 처음 일을 시작할 때에는 홈페이지 하나 만들기도 쉽지 않았고, 광고 홍보에도 꽤 많은 금액이 필요했다. 하지만 지금은 내가 열심히 하기 나름이다. 블로그, SNS 등을 통해서 충분히 나를 홍보할 수 있다. 내가 얼마나 열심히 하느냐의 문제이다. 나의 재능을 팔 수 있는 어플도 굉장히 많다. 공유할 수 있는 오피스도 인터넷 검색 한 번이면 충분히 찾을 수 있다. 한창 사업을 하다가 잠깐의 휴식기를 가지고 사회로 나왔을 때 적잖이 놀랐다. 모든 시스템이 너무나도 바뀌어져 있었기 때문이다. 하지만 적응하기 시작하니 신세계였다. 너무나 많은 정보가 노출되어 있어, 원하는 것 하고 싶은 것을 언제든 찾을 수 있었다. 문제는 실행하는 것이었다. 고민하지 말고, 작은 것이라도 실행해 보는 것! 이것이 해답이다.

좋아하고 잘하는 일이라도 가치가 없으면 의미 없는 일이 되고, 좋아하고 가치가 있는 일이라도 잘하지 못하면 쓸모없는 일이 된다. 그리고 잘할 수 있는 일이고 가치 있는 일이라도 좋아하지 못하면 재미없는 일이 되어 버린다. 직업이라는 것은 내가 좋아하는 일, 내가 잘할 수 있는 일 그리고 가치 있다고 생각하는 것들이 잘 어울어 질 때 정말 내가 열정을 가지고 즐기면서 할 수 있는 일이 된다.

정말 좋아하는 일! 내가 잘할 수 있는 일! 내 삶의 가치를 한 번 고민해 보고 도전해본다면 누구든 자신이 열정을 쏟을 수 있는 어떤 일을 만나게 될 것이다.

나는 '최강 주치의 자가 면역력을 키우는 생활 면역 테라피스트'다

양선선

나는 실버도 아닌 골드도 아닌 오팔(Old People with Active Lives)세대다. 무지개빛처럼 영롱하고 다양한 색깔을 가진 오팔이라는 보석을 뜻하기도 하고 도전정신이 강하고 성취 지향적인 액티브한 시니어를 뜻하기도 한다. 또한 요람에서 무덤까지 배우고 익히는 평생교육을 실천 중인 배움 헌터이다. 배움으로 새로운 세계를 만나는 신선하고 짜릿한 기쁨을 즐기며 배움을 나누고 실행하는 강사로, 재능 기부 및 지식 메신저로 활동하고 있다. 그리고 10여 년의 배움과 나눔을 실행하며 나의 자가 돌봄의 시간들과 좌충우돌 실패하고 넘어진 경험의 흔적들을 모아 치유 인문학의 개념을 담아 국내 1호 최초의 강력한 내 몸 주치의 자가 면역력을 키우는 '생활 면역테라피스트'의 창직 자가 되었다.
'현명한 자는 건강을 인간의 가장 큰 축복으로 여기고, 아플 땐 병으로부터 혜택을 얻어낼 방법을 스스로 생각하며 배워야 한다'는 히포크라테스의 말처럼 스스로 치유할 수 있는 다양한 생활 속의 방법을 생활 습관화하여 내 몸을 스스로 경영하고 개선 할 수 있도록 제시하고 함께 손잡고 나아가는 건강 코칭 역활이 생활 면역테라피스트의 일이다.
코로나19로 인한 가속화된 변화의 프레임 속에 일자리, 업무환경, 직업의 본질 등이 송두리째 흔들려져 버렸으나 혼란 속에서도 다변화된 기회의 세계가 펼쳐 졌다. 그러나 인공지능과 디지털의 세계가 해낼 수 없는 인간의 전문 영역의 경쟁력은 무엇인지 생각해 보면 건강과 마음을 점검하고 올바르게 리부팅하여 나와 다른 사람들의 건강한 삶을 함께 하는 일은 진정 이 시대와 미래를 위한 건강 자산이며 사회적 가치를 가진다.
셀프테라피의 체험을 나누고 건강 메신저로 건강한 변화를 함께 공유하며 잔잔한 평온함과 온전한 감사의 나날을 즐기고 있는 나는 정말 행복하고 복된 사람이다.

_ 양선선

- 생활 면역테라피스트협회장
- 한국 쌀누룩 발효협회장
- 통바이통 대표
- 김포 원예 치유연구회 부회장
- 마스터 가드너 김포 지부 부회장

sun2y2@hanmail.net
https://blog.naver.com/lover5671
010-9134-5671

나는 '최강 주치의 자가 면역력을 키우는 생활 면역 테라피스트'다

나는 왜 생활 면역테라피스트가 되었나

2019년 9월 24일, 이른 아침 설레고 들뜬 마음과 늘 관심을 가지고 바라보던 분야를 배울 수 있다는 큰 기대감, 그리고 미래의 청사진을 그리며 김포공항으로 향했다. 2박 3일의 시간과 열정을 투자하기로 결심한 나의 배움 원정기는 매일 꿈꾸고 상상하고 그려왔던 나의 작고 소박한 꿈을 완성하기 위한 적극적인 용기의 행보였다.

건강한 섭식 생활인 마크로비오틱, 계절 자연밥상, 로컬푸드 등을 공부하며 나의 슬기로운 취미생활이라고 자신 있게 말할 수 있었던 요리를 좀 더 구체적인 푸드 테라피로 업그레이드하고자 여러 해 동안 구입하여 사용해 보고 건강한 식생활에 많은 효과를 보았던 식물성 발효식품인 쌀누룩에 관심을 가지게 되었다. 국내 발효 서적 등에서 습득하여 만들어 보고 유튜브나 블로그를 탐색하여 만들어 보아도 계속 실패의 연속이었고 가끔 비슷하게 만들어져도 만족스러운 결과가 나오지 않아 쌀누룩 발효 전문가의 도움이 절실했다.

두드리면 열린다는 인생 법칙처럼 일본에서 쌀누룩 발효 제조법을 배워온 국내 쌀누룩 발효 명인들 중 한 분이 모든 노하우와 제조법을 사사해 주시기로 하는 기회가 찾아온 것도 나의 절대적 관심과 선택에 대한 간절한 두드림의 응답이라고 생각한다.

일본에서 10대 건강식품에 선정되기도 하고 유명한 발효 전문식당의 건강 발효 양념의 베이스가 되는 쌀누룩 제조법을 마침내 배우고 익히고 열심히 연습했다. 다양한 건강 요리에 활용하고 다른 식재료와 조합도 연구해 보고 새로운 건강음료를 만들어 보고 실험해 보는 일은 너무나 즐거운 나의 최애 놀이가 되었다.

2020년 1월부터 창업을 위한 상권을 분석하며 건강 발효식 공방을 준비하던 중 쓰나미처럼 들이닥친 코로나 팬데믹의 장기화로 인해 푸드테라피 쿠킹클래스를 계획했던 나의 꿈은 결국 무산되었다. 한쪽 문이 닫히면 다른 쪽 문이 열린다는 말처럼 다른 쪽 문을 열리게 하기 위한 선택과 집중의 시간이 필요했다. 무엇을 해야 할 것인가, 나의 준비된 경쟁력은 무엇일까, 내가 보유한 경험 데이터는 무엇인가, 해야 할 일이 결정되면 무엇을 준비해야 할 것인가에 대한 체크리스트를 만들고 로드맵을 그려 보았다. 이미 존재하는 것에 조금 덧붙이거나 수정하여 새로운 것을 만들어 전환시키기 위한 질문들을 조합하거나 제거하여 공감과 문제 해결, 가치에 대한 답을 유도해 보았다.

1. 현재의 상태를 다른 것으로 대체할 수 없을까, 대체 시키면?
2. 지식을 결합시켜 보면 어떻게 될 것인가, 조합하면?
3. 계획했던 것들의 구조와 형식을 변경하거나 재배치하면 어떻게 될까, 수정, 확대, 축소?
4. 나의 경험을 새롭게 사용할 수 없을까, 다른 용도는? 여기에 확산적 사고와 연상과 결합, 그리고 기존의 지식을 바탕으로 더 새롭고 유용한 것들을 아이디어화 하는 것으로 생각의 지도를 완성해 갔다.

'살아남은 종은 강한 종도 아니고 똑똑한 종도 아니었다. 바로 변화에 적응하는 종이다'라는 찰스 다윈의 말처럼 혼란스러운 상황 속에서도 주위에는 현 상황에 적응하고 대응하려는 움직임이 발 빠르게 시작되었고 당장 배워야 할 것과 버려야 할 것, 포기해야 할 것, 시작해야 할 것, 변화가 필요한 것들이 보이기 시작했다.

비대면 수업 강의법과 전자책 수익화도 접하게 되었고 유튜브 영상 제작 및 간단한 편집도 배우고 많은 1인 기업 리더들의 마케팅 기법과 온라인 플랫폼을 튼튼히 구축하여 온라인에서 여러 개의 수익 파이프라인을 만드는 온라인 디지털 빌딩이라는 신세계도 알게 되었다. 그리고 이미 진입 준비를 마친 디지털 스페셜리스트들은 기다렸다는 듯이 우주의 많은 별처럼 존재감을 드러내며 각자의 전문화된 영역에서 디지털세계의 안내장을 보내고 있었다.

그러나 어릴 때부터 교육에서 체득되고 일상화된 세대와는 다르게 익숙하지 않은 디지털의 정보 홍수 속에서 내가 필요한 정보를 흡수하고 이해하여 실행하는 것이 쉽지 않았다. 처음에는 수많은 지식 배움터를 전전하며 과부하가 된 적도 있었지만 나는 서두르지 않고 천천히 할 수 있을 만큼 나에게 필요한 교육을 선택해 가며 배우고 습득하고 실행했다. 몇 년 앞당겨 도착해 버린 당황스러운 시간들이었지만 많은 독서를 할 수 있는 시간의 쉼표를 준 것, 그리고 숨 가쁘게 달려왔던 나를 돌아보는 브레이크 타임을 준 것 그것은 분명 나에게 좌절을 주기도 했던 코로나19 덕분이라고 말할 수 있다. 그리고 사랑하는 마음과 사랑하기 때문에 해주고 싶은 마음, 즉 사랑하면 생각하고 실행한다는 마음과 체험으로 습득된 지식과 경험으로 생활 면역테라피의 영역이 확정되었다.

나의 인생 전반기는 가족들을 위해 열심히 사는 지극히 평범한 워킹맘이었으며 한편으로는 나의 미래를 준비한다는 심리적 올가미를 씌우고 목적지향적이며 강박적인 과도한 열정을 고집하여 나도 모르는 사이 서서히 몸과 마음을 지치게 만들었으며 혹사시키고 있었다. 무엇이 되었든 새로운 정보나 트렌드를 한발 빠르게 내 것으로 만들고 싶은 지나친 욕심과 욕망을 얼리어답터라고 포장하면서, 완벽을 최상의 기준으로 삼고 완벽하지 못한 나를 완벽하게 보여지는 데 집중하는 쓸데없는 허세로 가장 사랑해 주고 보듬어 주어야 할 나의 내적 소리침에 귀를 막고 눈을 감았다.

작은 체구의 선천적 약골이었던 나는 늘 감기와 소화불량, 허리 통증, 편두통, 알레르기 비염 등의 염증, 기립성 저혈압에 시달렸고 불면증과 더불어 걱정, 불안, 스트레스에 취약한 기질을 가진 선천적으로 예민하고 소심하고 겁 많은 성격이었다. 또한 나의 약한 모습 드러내지 않으려고 부단히 애쓰며 고정관념에 얽매여 항상 다른 사람의 눈을 의식하면서 주변의 기대에 부응하려고 하는 착한 여자 콤플렉스와 더불어 우유부단한 예스맨을 능력이라고 착각하고 외적 기준이나 성과에만 집착했었고 내 몸의 아우성을 어이없는 자신감으로 외면하거나 무시하고 불편한 내 몸의 징후들을 대수롭지 않게 여겼다.

결국 나를 사랑하지 않고 돌보지 않고 외면한 결과들이 서서히 나타나기 시작했다. 여기저기 병원을 전전해봐도 확실한 병명은 나오지 않고 둔탁하고 찌릿한 두통과 물속에 가라앉은 듯한 나른함과 고갈되고 지치고 무력한 느낌, 그리고 1년 이상 계속된 소화불량으로 제대로 된 식사는 물론 죽조차 소화가 안 되고 심지어 물만 마셨는데도 속이 불편한 최악의 상태가 계속 되었고 체중이 12키로 이상 빠지고 기력이 저하되어 아무 일도 할 수 없는 무기력 상태와 우울증과 비슷한 번아웃 증상이 계속 되었다.

처방 약이나 한약을 복용해 봐도 상태는 호전되지 않아 마음은 더 불안해지고 두려워졌으며 몸 상태는 더욱 심각해졌다. 내 몸이 보내는 신호를 무시하고 소홀히 했던 내 몸을 소생시키기 위한 내 몸 소생 프로젝트를 위해 채우려고만 했던 욕심, 욕망을 비우고 내 몸이 진정으로 원하는 것이 무엇인지 몸이 보내는 소리에 귀 기울이고 나에게 질문하고 나를 관찰하며 여전히 남아있는 기질을 순화 시키기 위해 명상 테라피와 나에게 적절한 운동, 식이요법, 여행 등의 자가 돌봄으로 화가 난 나를 진심으로 다독이며 위로했다.

100여 권의 건강, 면역 서적을 읽고 자연 치료라는 전통 한의학에 대한 이해도가 높아지고 내 몸을 지키는 '자가 면역력'을 스스로 키우려면 생활 속에서 밥 먹듯이 숨 쉬듯이 함께 하는 면역 생활 습관 만이 최고의 방법이며 최상의 유일한 선택이라는 결론에 도달했다.

자연밥상을 위한 레시피로 식단을 짜고 자연치유력을 끌어내기 위한 쉽고 간단한 실행 가능한 건강 플랜으로 건강 루틴을 생활 습관화하여 몇 개월을 지속한 결과, 예민하고 소심한 성격 및 걱정, 불안감의 강도가 스스로 느껴질 정도로 잘 컨트롤이 되어 온전한 평정심을 찾을 수 있었고 가볍고 편안한 활력 감이 느껴지며 매사에 감사하고 행복함이 느껴졌다.

그동안 내가 배우고 익힌 여러 가지 경험들과 스스로 지켜가는 건강한 자가 돌봄 생활, 그리고 시간 가는 줄 모르고 집중하게 하는 취미생활이 창직의 콘텐츠로 연결되어 되었고 '사랑하면 모든 문제는 해결되고 방법이 나타난다, 생각은 크게 하고 시작은 작게 하자, 이렇게 생각하니 온 우주가 나를 돕고 있다는 자신감과 용기를 생기면서 완벽하기 위하여 망설이는 시간보다 실행하며 성장하는 나의 직관의 힘을 믿기로 했다.

생활 면역테라피스트 역할을 정의 하면 건강한 삶의 가치를 점검하여 스스로 셀프 메이드 할 수 있도록 협력하여 새롭게 주어진 30~40년의 시간을 건강수명으로 준비하는 일이며 평생 즐기면서 행복한 무대를 연출하는 건강 놀이터로 만드는 것이다. 그러나 생활 면역테라피에 대한 공감과 정의, 역활과 아이디어의 과정에서 그치지 않고 더 나아가 치유인문학으로서 새로운 발상과 관점으로 접근해야 하는 문제가 남아있다. 인간 본연의 가치를 중심으로 사회문학적 삶에 방식에 대한 근본적인 문제를 연구하는 인문학에 자가 돌봄으로 셀프 치유의 본질을 접합하는 것이 건강 테라피에 대한 생각을 정립하고 일상에서 생활 습관화할 수 있다고 생각하기 때문이다.

지금의 나는 스페셜리스트가 아닌 제너럴리스트라고 스스

로 정의한다. 다양한 분야의 폭넓은 지식과 종합적인 사고를 가진 사람이 제너럴리스트(generalist)이다. 제너럴리스트는 여러 분야를 섭렵하여 폭넓은 경험과 다양성을 추구하여 전문적인 소프트 스킬을 갖추었다면 스페셜리스트는 한 영역에서 깊이 있는 하드 스킬을 갖춘 자이다. 이제는 스페셜리스트시대 속에서도 전체적인 지식을 아우르고 지속 가능하게 실행하고 코칭할 수 있는 제너럴리스트의 필요성이 모든 분야에 점차 확대되고 있다. 개별성 특성을 가지고 있는 다양한 면역테라피를 연결하여 자가 면역력의 힘을 최대한 효과적으로 끌어 올리고 대상자의 평생 루틴을 만들어 평생 건강의 지표를 세우는 일이야말로 스페셜리스트보다는 제너럴리스트에게 적합한 일이다.

한때는 스페셜리스트가 되기 위해 밤낮없이 노력하다가 좌절감이 온 적도 많았다. 잘해낼 수 있는 자신감이 가득하다가도 그 분야에 앞서가는 분들이 아득하게 멀리 느껴지기도 하고 능력의 한계가 스스로에게 장벽이 되기도 하여 웅크려졌던 날들도 있었다. 그럼에도 불구하고 사랑하고 좋아하는 일은 다시 일어나게 하는 영혼의 힘이 있었다.

생활 면역테라피스트의 지향점인 "자가 면역력"을 위한 셀프치유의 다양한 테라피에 접목된 라이프코치, 이어 테라피 지도사, YMCA 시니어 지도사, 전래놀이지도사, 인지 기능지도사, 노인 두뇌 관리사, 치매 예방 지도사, 수납정리관리사, 원예치료 지도사, 허버리스트, 유기농업기능사, 도시농업관리사, 쌀누룩 발효 전문 지도사로서 활동했거나 습득한 지식들은 직간접적으로 많은 도움이 되었고 건강 면역플랜을 실행하여 성공적인 결과물을 만들어낸 나의 건강 루틴 등과 함께 100여 권의 의학서적 및 건강 서적 등의 이론으로 정립되었다.

면역력을 화두로 수많은 건강 요법과 건강식품들이 난무하지만 우리 몸은 많은 유기체들과 미생물의 결합 및 공존, 평형이 연계되어 함께 유기적으로 돌아가는 한 통 시스템이다. 한방에 면역력을 강화하는 마법의 스프나 생명의 알약 등의 드라마틱한 방법은 결코 존재하지 않는다. 누구나 알고 있는 건강을 좌우하는 3대 조건은 정신, 자연식, 운동이며 덧붙여 올바른 마음, 올바른 자연식, 올바른 운동을 하나의 시스템으로 유지함이 중요하다. 이것을 의사도 학자도 아닌 스스로 건강을 찾은 생활인으로서 배우고 실천하여 편안한 건강을 찾은 경험과 대체의학인 다양한 테라피를 치유인문학적으로 콘텐츠화 하였다.

생활 면역테라피스트가 되기 위해 가져야 할 마인드

건강은 하루 아침에 무너지지 않는다. 오늘의 나의 건강 상태는 과거의 결과물이며 미래의 나의 건강 상태는 오늘의 나의 상태에 대한 결과물이 될 것이다.

"건강한 몸이 건강한 마음을 만든다"는 생활 전반의 면역 루틴만이 온전한 건강인으로 거듭날 수 있으며 우리 몸의 각 각의 부분들이 톱니바퀴처럼 철저히 자기 역할을 해내고 서로 지지해주며 서로 도와주고 밀어주는 조화로운 상태에서 온전한 건강인이 될 수 있다. 나는 완벽한 건강인인가? 나는 질병으로 고생하는 환자인가? 세계 78억 인구 중에 이런 이분법으로 구분을 한다면 나는 어디에 속할까? 그 어디에도 속하지 않는 건강인도 아닌 환자도 아닌, 건강하지 않으면서 확실한 병도 아닌 불건강인, 또는 미병(未病) 속하는 사람들, 나 같은 지구인이 대부분이다.

동양의학이나 전통 의학에서는 건강과 불건강으로 구분하고, 의학의 초점을 건강에 맞추어서 건강을 유지하는 섭생법과 보신에 중점을 두는 반면 서양의학은 사람의 상태를 병과 무병으로 구분하여 의학의 초점을 병에 맞춘다.

생활 면역테라피는 동양의학과 대체의학의 관점으로 테라피의 생활 습관화를 추구하며 우리의 의식주 전반의 습관들을 점검하고 건강하지 않은 습관들을 개선하기 위한 방안을 계획하고 실천하여 지속 가능한 건강 루틴을 만들기 위한 건강 마인드를 가져야 한다.

"우리 생활의 전체가 면역적, 항암적이어야 한다"는 이시형 박사의 주장처럼 생활 속 습관의 개선 없이 내 몸 살리는, 건강의 최강주치의인 면역력은 증강되지 않는다. 동서고금을 막론하고 가장 강력하고 확실하게 나를 치유하는 유일한 방법은 우리 몸의 자연치유력, 바로 면역력이며 이것을 생활 습관으로 만들어야 하는 코칭 마인드가 요구된다.

전통적 삶에서 현대적 삶으로 문명이 발전할수록 우리의 면역체계는 무너지고 파괴 되었다. '인간의 제1의 가치는 건강이다' '이 시대의 절대적인 건강 가치는 평형이다'라는 기본이념과 태어날 때 가지고 있던 온전성의 회복을 돕는 일이 생활 면역테라피스트 자세이다. 온전성은 상처 없고 조화로운 상태이며 본래의 평형을 되찾는 자기회복 활동을 말한다.

"자연이 아니면 우리 몸 안의 질병을 치유할 수 없으며, 음식물로 고치지 못하는 병은 의사도 고칠 수 없다"라는 자연 친화적이며 전통적인 생활과 올바른 섭생법으로 전반적인 건강의 알파와 오메가를 전파하여 건강 전도사의 역할을 해야 하는 것이다.

'몸을 건강하게 유지하는 것도 나무와 구름을 비롯한 모든 것, 즉 전 우주에 대한 감사의 표시이다.'라는 틱낫한의 말처럼 전 우주에 대한 감사를 표시하는 것이 생활 면역테라피스트의 역할이며 자세이다.

생활 면역테라피스트의 장점과 단점

생활 면역테라피스트의 장점은 대상자 스스로에게 인생의 절대 가치인 건강을 셀프테라피 할 수 있게 코칭 하는 메신저로 건강하고 긍정적인 변화를 느끼고 함께 공감하며 우리 가족, 우리 사회를 건강한 생활로 이끄는 사회적 가치를 가지는 일을 하는 것이다. 실생활 속에 실천 가능하며 다양하고 확실한 효과를 주는 생활 면역테라피의 영역들을 배우고 실행하면서 미래지향적 사고의 건강 메신저로서 더욱 성장하고 발전할 수 있다.

장내미생물(마이크로바이옴) 테라피, 푸드 면역테라피, 운동 면역테라피, 명상 면역테라피, 수면 면역테라피, 영성 면역테라피, 온열 면역테라피, 햇빛 면역테라피, 여가 면역테라피는 어떤 백신이나 치료 약보다 강력한 자가 면역력을 정착시켜주어 질병으로부터 스스로 방어할 수 있는 체계를 구축하고 일상화하여 우리 몸의 강한 수비대를 만드는 치유 방법이다. 몸의 근본을 튼튼하게 하고 내 몸 안에 있는 명의인 면역체계가 온전하게 작동하면 병원이 필요 없다는 것은 만고의 진리이며 매일매일 실천하는 작은 건강 습관들과 각종 건강 요소가 모여서 생체지표의 변화를 지연시키고 면역의 균형을 만들어 태어난 원래의 온전함으로 평온함을 유지하며 살아가도록 치유의 마중물을 부어 주는 일이다.

자연치유력을 코칭하는 일은 인간이 존재하는 한 지속되어야 할 중요한 자연에 순응하는 일이며 이보다 더 가치 있는 일은 없을 것이라 확신한다.

생활 면역테라피스트의 단점으로는 전문테라피스트로서, 건강 코칭 메신저로서 구체적이며 확실한 건강 습관을 일상화하고 스스로가 샘플링화 되어야 건강 코칭로서 협력자로서 당당해질 수 있고 자신 있는 메신저의 역할이 가능해진다는 점이다. 단순하게 지식을 전달해주는 티칭이나 상담과 조언을 해주는 카운슬링에서 나아가 풍부한 경험과 지식을 지표로 제시해주는 멘토링의 역할과 함께 개인의 건강을 변화시키고 지원하는 수평적이고 협력적인 파트너십에 중점을 두며 성취를 이루려는 개인과 적극적으로 상호 커뮤니케이션하고 동기부여와 믿음을 심어주고 문제점을 찾아 해결을 도와주는 역할을 할 수 있어야 한다는 점으로 많은 면역적 건강 지식과 실체적인 경험 및 인간적인 신뢰와 네트워크가 필수적인 점이다.

생활 면역테라피스트의 미래

삶의 질을 높이는 일, 즉 건강한 삶은 인류가 생존하는 한 영구적이고 지속적으로 발전시켜 나가는 일이 될 것이며 미래의 가장 강력한 힘이며 무기이며 재산이 될 것이다. 치료에서 관리와 예방이 중요한 관점에서 보면 한의학의 일상 속의 모든 것, 의식주를 중요한 치료 수단으로 보는 것과 자연 건강법, 자연 위생학 등이 생활 면역테라피스트의 역할과 일맥상통하며 나와 같이 병명을 알 수 없는 불건강인으로 골치 덩어리인 미병을 치유하고 예방하여 건강인으로 거듭나게 하는 유일한 방법이기도 하다.

스스로 만든 병은 스스로 고칠 수밖에 없다. 좋은 약을 쓰고 천하의 명의를 찾아가도 질병과의 전쟁에서 속수무책인 많은 경우를 보고 있으며 아직도 정복하지 못한 많은 질병과 수시로 찾아오는 감염병들이 인류를 위협하고 있으며 그에 대한 실질적인 대책이나 방안이 없다는 점에서 생활 면역테라피스트의 역할과 미래가치는 실로 크다고 생각한다. 생산보다 소비가 당연한 시대에 나를 위협하는 소비적인 습관을 버리고 나의 건강을 위한 생산적인 습관을 생활 속에 심고 즐거움으로 만드는 일이야말로 가치를 잴 수 없는 일이다.

코로나 사태는 종식될 수 없다는 무서운 경고와 설사 종식되더라도 이와 비슷한 감염병이 매년 돌아오는 독감처럼 반복될 것이라는 의학계의 발표를 간과할 수 없다. 이에 대한 대비책은 오로지 면역력뿐이라는 학계의 의견은 동서양을 막론하고 공통적이다. 그 이유는 코로나 백신으로 코로나를 예방해도 우리 몸의 면역 전반에는 적용되지 않으며 특정 항원에만 적용되기 때문이다. 또한 바이러스는 엄청난 속도로 진화하고 변이에 변이를 거듭하는 현실에서 모든 질병을 물리칠 강력한 백신은 오로지 면역력뿐이다.

화려하게 데코 된 예쁜 쓰레기들이 밤낮으로 유혹하는 먹방의 시대 속에서 우리 삶의 화두인 잘 먹고 잘 살기는 말처럼 결코 쉬운 일이 아니며 쉽고 편한 걸 좋아하는 뇌의 지시를 따라 건강하지 않은 먹거리를 여러 가지 이유로 선택하고 반복하는 오류를 범하며 살고 있다. '단정한 마음을 먹으면 음식이 소박해지고, 자연을 사랑하게 되며, 생명 있는 모든 것이 소중하며 살아 있음에 감사하고, 늘 즐거운 마음으로 봄바람처럼 부드럽게, 경박하지 않을 정도로 가볍고 재미있게 사는 것'이 장수법이라는 전통 식초 명인의 말이 곧 자연 의학이다.

이제 치유 인문학이라는 영역을 확장하고 생활 면역이라는 프레임을 만들어 인간의 제1의 가치인 건강의 장애물들을 황금빛 건강자산으로 만드는 것이 나를 사랑하고 사회를 사랑하는 일이라는 큰 생각을 나의 주위에서부터 작게 시작하였다.

이정원의 '창직이 미래다'에서 보면 창직은 다양한 변화 요인에 따라 사회적 필요에 의해 나타난 것이라 했다. 나의 창직도 코로나라는 환경의 변수와 그에 따른 면역에 대한 사회적 필요성이 강조되고 있는 시기적 요인과 고령화, 도시화, 개인화가 더욱 심화 일로인 사회적 요인, 그리고 사회적 환경에 있어서 진실은 더는 중요하지 않고, 공포와 우려 등 부정적 감성에 호소하는 특징을 지니는 '탈 진실(Post-truth)'의 시대에 무분별한 정보 전염병인 의학적 인포데믹스를 차단하는 실질적이며 합리적인 필요성도 한 부분이 되었다. 또한 일상의 자가 돌봄으로 도출된 생활 면역테라피는 팬데믹 등의 봉쇄상황에서도 정상상태의 대한 감각을 보존하기 위해 매일 과 매주 각자의 리듬과 일상을 창조하는 일을 꾸준히 실행하여 강하게 나를 지켜내고 보호하는 역할을 수행한다는 점이 가장 강력한 요인이었다.

경험을 수집하는 것이 소비의 목적이 된 시대에 적성에 맞는 창직으로 제2의 전성기를 꿈꾸고 지혜와 경험을 전수하는 일인 라이프테크놀로지를 실현하려는 이들에게 경험을 수집하고 지식을 접목하고 체계화하며 분야 간의 융합 및 지식의 통합으로 독자화, 차별화하여 앞서 시작하자는 것이 나의 창직의 과정에서 얻은 해답이며 방법의 모든 것이다.

그러나 나의 창직이 직업으로서 안정적이고 성공적이라 말할 수 없는 초창기 단계이며 치유프로그램의 연구도 진행 중인 단계이므로 미래를 단언하거나 확신을 줄 수는 없다. 또한 직업으로의 가치, 실현 가능성, 구체적인 직무 전문성을 가지고 차별화되는 다양한 진출 경로를 탐색하고 저 변화하기 위한 체계적 모델링이 필요한 시점이라 결과물을 보여 줄 수 없다는 점, 직업의 기본인 경제적인 면에 대한 피드백을 줄 수 없다는 점이 아쉽다. 다만 취업, 창업을 넘어 이제는 직업을 만드는 직업 크리에이터 시대에 나의 창직 기록이 생활 면역테라피스트라는 신직업을 통해 많은 분들이 사회적 가치와 나의 가치를 만들 수 있는 계기와 창직의 방향이나 창직 아이디어에 많은 도움이 되었기를 바란다.

생활 면역테라피스트 추천 책 소개

『동의보감 : 양생과 치유의 인문 의학』, 안도균

『면역 혁명』, 이시형

『내 몸 안의 주치의』, 하가와라 기요후미

『나는 질병 없이 살기로 했다』, 하비 다이아몬드

『생명을 살리는 최강의 면역력 식탁』, 이양지

『이기는 몸』, 이동환

『면역의 힘』, 제나 마치 오키

『내몸을 살리는 마크로 바이 옴』, 남연우

나는 소리를 던져 마음을 울리는 복화술사다

이송비

그림책을 생동감 있게 읽어주는 엄마가 되고 싶은 꿈을 꾸었더니 동화구연가가 되었다. 특별한 동화구연가의 꿈을 꾸었더니 복화술사가 되었다. 나는 오늘도 꿈을 꾼다. 사람들의 마음을 소리로 치유하는 세계적인 복화술사가 되는 꿈을 말이다. 20여 년 동안 셀 수도 없이 많은 사람을 만났고, 만남을 통해 더불어 성장했다.

간디학교의 교가에서는 꿈꾸지 않으면 사는 게 아니라고, 사랑하지 않으면 사는 게 아니라고 했다. 참된 삶은 꿈을 꾸고, 사랑을 나눌 때라고 생각한다. 그 노래 가사처럼 비록 멀고 낯선 길이라 해도 복화술사의 길을 멈추지 않고 걸어가리라 다짐해본다.

신이 사람에게 준 최고의 악기는 목소리이다. 자신의 명품 악기를 찾아내지 못하고 있는 사람들의 '소리'를 터치한다. '나', '너'가 아니라 '우리'가 되어 중창으로, 합창으로, 온 누리에 전하고자 한다.

__ 이송비

- 핑퐁복화술 소리누리 예술원 원장
- 사)색동어머니회 고문
- 더드림 평생교육 개발원 이사
- 해맑은 동화구연 연구소 대표
- 청소년 비전 설계 지도사

mahanaim1005@hanmail.net
youtube: https://www.youtube.com/channel/UC57ErEn7YvjHtVtCIMRH6jg
blog: https://blog.naver.com/ppbhs1004
instagram: https://www.instagram.com/songbi.i
facebook: https://www.facebook.com/profile.php?id=100024501106702
010-9690-6474

나는 소리를 던져 마음을 울리는 복화술사다

나는 어떻게 복화술사가 되었나?

'사람은 만남과 배움을 통해 성장한다.'

어릴 적 나의 꿈은 성악가였다. 초등학교 시절에는 카랑카랑한 목소리로 동요대회에서 각종 상을 휩쓸기도 했다. 그때는 자라서 당연히 성악가가 될 것으로 생각했다. 하지만 넉넉지 않은 집안의 여섯 남매 중 막내딸이었던 나는, 철이 들어가며 성악가는 생각만으로 되는 게 아니라는 걸 알게 되었다. 성악가 되기 어려웠던 또 하나의 이유는 변성기가 시작되었을 때, 소리의 남용을 피해야 했는데 관리를 하지 않아 변성기가 지났음에도 미성이 유지되어 소리가 성장하지 않았기 때문이다. 어린 마음에 왜 아름다운 목소리로 변화시켜주시지 않느냐고 신을 원망한 적도 있음을 기억한다. 지금은 쉰이 지난 나이임에도 불구하고 동요를 아이처럼 부를 수 있는 어른으로 살 수 있음이 즐겁다.

세월이 흘러 나는 두 아이의 엄마가 되었다. 아이들에게 그림책을 읽어주던 중, 다양한 목소리로 재미있게 읽어주고 싶다는 욕심이 생겼다. 어느 날 문화센터에 동화구연 강좌가 개설됐음을 알고 무작정 등록을 했다. 그날의 우연한 선택이 나의 인생에 가장 탁월한 선택이었음을 먼 훗날에 알게 되었다. 동화구연은 나에게 신세계였다. 내가 가장 잘할 수 있는 일을 만난 것이다. 동화구연 수업이 있는 날이면 집으로 돌아와 전화기 앞에 앉아서 지인들에게 전화를 돌렸다. 그러고는 그날 배운 동화를 구연했다. 하루에 수십 번씩 반복해서 연습했다. 훗날 나는 동화구연으로 돈을 많이 버는 동화구연가로 알려졌고, 동화구연가들의 동화구연가라는 영광스러운 찬사를 듣게 되었다. 그런데도 늘 배움에 대한 목마름이 있었다. 그 갈증을 해소해준 것이 복화술이었다. 나는 이제 복화술사들의 복화술사라는 타이틀을 향해 걸어가고 있다.

가수는 노래를 부름으로써 자신을 표현하고, 화가는 그림으로써, 작가는 글로써 자신을 표현한다. 동화구연가는 소리로 자신을 표현하는 멋진 직업이었다. 좋은 엄마가 되고 싶다는 막연한 꿈으로 동화구연을 시작했는데, 동화구연은 나의 삶에 엄청난 변화를 가져다주었다. 미성숙한 내 목소리가 싫어 툴툴거렸는데, 막상 동화구연에는 맑고 예쁜 목소리가 훨씬 매력적이라는 것을 알고 감사했다. 동화구연이 목소리에 대한 원망을 감사로 변화시켜준 것이다. 그로 인해 내 아이에게 예쁜 말로, 예쁘게 표현하며 짜증을 덜 내는 엄마가 될 수 있었다. 지금은 아이들이 모두 청년이 되었지만, 여전히 하루의 일과를 재잘거리며 소통하고 있다. 동화구연가의 아들, 딸로 자랐기에 힘든 가운데서도 맑게 자란 거라고 가끔 억지를 부려보기도 한다. 사랑하는 딸 가을아! 아들 현이야! 고맙고, 사랑해.

동화구연가로 활발하게 활동하면서 또 다른 도약을 하게 해주신 우리나라 복화술의 여왕 김숙자 목사님을 만나게 되었다. 일주일에 한 번씩 대구에서 부산을 오가며 복화술을 배웠다. 지금도 복화술을 아는 사람이 많지 않지만 20여 년 전 복화술을 아는 사람은 더욱 드물었던 터라 외로운 싸움이 시작되었다. 교통이 원활하지 않아 기차와 버스를 번갈아 타고 왕복 7시간의 먼길을 힘든 줄 모르고 오갔다. 지인들에게 어린아이들을 맡기고 부산을 다녀오면 늘 한밤이었지만 그 시간은 늘 설렘으로 가슴이 벅차곤 했다.

그렇게 복화술 기초반을 수료하고 독학을 시작했다. 매일 유아들에게 동화구연 수업을 하고 있었기에 나의 복화술 연습 무대는 늘 실전이었다. 스펀지로 만들어진 인형이 살아 움직이며 말을 하는 것을 본 아이들의 표정은 놀라움과 신기함으로 가득했고, 어설픈 복화술이었지만 아이들의 반응은 폭발적이었다. 복화술을 하지 않는 날이면 아이들은 왜 꽥순이(복화술캐릭터)

를 데려오지 않느냐고 물었다. 꽥순이가 감기에 걸려서 병원에 갔다는 하얀 거짓말을 전하면 빨리 나아서 다음 주에는 꼭 데려오라는 부탁을 받기도 하였다

당시 복화술을 이해하는 사람은 극소수였다. 아이들은 정말 인형이 말하는 것으로 착각했고 어른들은 내가 녹음한 테이프를 틀어놓고 인형의 입만 움직인다고 생각했다. 게다가 복화술을 아는 사람이 없으니 복화술 공연을 요청하는 곳도 없었다. 나 역시 복화술 공연은 꿈도 꾸지 않았다. 복화술은 동화구연 수업을 재미있게 하기 위한 도구로 활용하면 그만이었다.

사람은 만남을 통해 배우고 성장한다. 어느 날 한 축제에서 안재우 선생님의 복화술 공연을 관람하게 되었다. 나름대로는 '복화술을 할 수 있다'라는 자부심을 가지고 있었기에 눈앞에서 펼쳐진 안재우 선생님의 복화술 공연은 충격으로 다가왔다. 복화술 캐릭터인 익살꾸러기 메롱이는 인형이 아니라 인격체였다. 살아있는 듯 호흡했고 아이처럼 울고 웃었다. 공연을 보는 내내 나의 심장은 콩닥콩닥 뛰었고 내가 복화술로 해야 할 일이 무엇인지 구체적인 비전을 가지게 되었다. 그로부터 얼마 후 나는 서울행 기차에 몸을 실었다. 세계적인 복화술사 안재우 선생님을 만남으로 인해 나는 한 단계 더 성장했고, '소리를 던져 마음을 울리는 진짜 복화술사'가 된 것이다. 지금은 세계적인 복화술사로 거듭나기 위해 복화술로 하루를 시작하고 복화술로 하루를 마무리하고 있다. '세계적인 복화술사'가 꿈이라고 쓰고 나면 부

끄러움에 얼굴이 붉어진다. 하지만 '꿈을 크게 가져라. 꿈이 커야 꿈이 깨지더라도 그 조각이 크다.'라는 글을 읽은 적이 있다. 그 말에 용기를 내어 가진 꿈이다. 나의 꿈은 멈춤을 모른다.

복화술사가 되기 위해 가져야 할 마인드

'글로 쓴 구체적인 비전은 반드시 이루어진다.'

복화술사가 되기 위해 가져야 할 마인드라 쓰고 한참을 생각했다. 내가 처음 복화술을 배웠을 때는 복화술사라는 직업의 길라잡이가 없었기에 내가 가고 있는 길이 맞는지 알 수 없었다. 무작정 내가 좋아하고 잘할 수 있는 일이기에 포기하지 않았고, 포기하지 않았더니 오늘의 내가 존재하게 되었다. 매일 아침 눈을 뜨고 가장 먼저 하는 일은 구체적인 비전을 글로 쓰는 것이다. 그 일을 5년째 하고 있다. 생각만으로 끝나지 않고 실행하기 위한 자율 훈련법인 것이다.

복화술이 알려지기 시작하면서부터 사람들의 문의 전화가 늘고 있다. "얼마만큼 배워야 복화술사가 될 수 있어요?"라는 질문을 받으면 명확한 답변을 할 수가 없어 우물쭈물할 때가 있다. 개인적인 차이가 있기도 하고 어디에 어떻게 활용하느냐에 따라서 단기간에도 가능하고 수년이 걸리기도 한다. 그러하기에 "포기하지 않고 끊임없이 노력한다면 반드시 멋진 복화술사가 되실 겁니다."라고 답변해주고 싶다.

나의 복화술 공연은 재능기부를 통해서 성장했다. 치매나 노환으로 '기억학교'에 다니시는 어르신들을 대상으로 복화술 공연을 했다. 웃음을 연구한 학자들에 따르면 사람은 살면서 50만 번 이상 웃는다고 한다. 어린이는 하루 평균 400번 웃고, 어른들은 8번 웃는다고 한다. 웃음을 잃어버린 어르신들이 복화술 공연을 보시고 웃음을 한 보따리 선물 받았다면서 꼬깃꼬깃 접어둔 쌈짓돈을 주신 일도 있다. 차마 받을 수 없어서 손을 내밀지 못하면 기어이 또여사(복화술 캐릭터)의 주머니에 넣어주시며 "살다 살다 내가 별 희한한 걸 다 구경 한데이. 태어나서 이렇게 재미난 거는 처음 본 데이"하시며 또여사를 꼬옥 안으시고 등을 토닥이셨다. 하하(복화술 캐릭터)가 '어머님 은혜' 노래를 부를 때에는 함께 눈물짓기도 하셨다. 복화술 공연은 단순히 입술을 움직이지 않고 말하는 trick show가 아니라, 관객들과 소통하고 공감하며 재미와 감동을 전하는 선물이다.

복화술사의 마인드를 소개해 본다.

첫째, 사람들과 끊임없이 소통하고 공감해라.

둘째, 내 안에 있는 나와의 소통에도 익숙해져라.

셋째, 타인을 사랑하는 마음으로 바라보아라.

넷째, 복화술은 실수도 공연으로 연결할 수 있다, 겁먹지 마라.
다섯째, 예기치 못한 상황에 대처하도록 순발력과 유연성을 장착하라.

이런 마인드가 필요한 이유는 복화술은 주제만을 가지고 시나리오 없이 무대 위에서 관객들과 소통하는 형태의 공연이기 때문이다. 그래서 관객들의 반응에 따라 자연스럽게 스토리를 이어가는 유연성과 순발력은 매우 중요한 요소이다. 무대 위에서 빛을 발하기 위해 반복적인 연습과 경험이 필요한 것이다. 모든 예술성이 그러하듯 복화술사 역시 자기의 삶을 녹아내어야만 감동을 주는 공연을 연출할 수 있다. 한때 나는 목소리가 예쁜 동화구연가 또는 puppeteer(인형술사)로 불리었던 적이 있다. 삶이 물 흐르듯이 흘러가던 시절이었다. 지금 돌아보면 그런 날이 있었나 할 만큼 아득하다.

동화구연과 복화술을 시작했지만, 내 아이들을 위해 활용하거나 취미활동으로만 생각했던 어느 날이었다. 느닷없다는 말은 이럴 때 쓰는 말일 것이다. 남편의 사업 파트너가 자기 신발을 가지런히 벗어두고 이 땅을 떠난 것이다. 그 일로 인해 회사의 모든 부채가 고스란히 남편의 몫이 되고 말았다. 부도가 나기 이틀 전 남편이 당분간 집을 떠나 있자며 빨리 짐을 꾸리라고 했다. 남편은 곧 다시 돌아올 수 있으니 당장 필요한 옷만 챙기라고 했다. 그렇게 작은 가방만 하나 챙겨 들고 잠시 친척 집에 가듯 집을 나섰다. 그리고 다시는 그 집으로 돌아가지 못했다.

곧바로 나에게 두 아이와 집안 경제를 책임지는 가장의 역할이 주어졌다. 열심히 살아온 남편이었기에 원망은 없었다. 그러나 여섯 남매의 막내로 자라 독립성이라고는 찾아볼 수 없었던 내가 감당하기에는 눈앞이 캄캄하고 아득한 상황이었다. 현실 또한 냉담했다. 그러나 어쩔 수 없었다. 나는 즉시 일을 찾았다. 그런데 감사하게도 그동안 갈고닦은 실력이 곧 기회로 연결되었다. 일을 찾았더니 일이 차고 넘치기 시작했다. 아침부터 늦은 저녁까지 유치원, 학교, 문화센터, 개인 수업 등으로 일에 몰두했고, 수익을 낼 수 있었다. 정신없이 일만 하던 시절. 아이들을 뒷바라지 할 수 있어 다행이라 생각했지만 내 몸과 마음은 지쳐갔다. 아이들은 아이들대로 엄마 아빠와 함께하는 시간이 부족해서 점점 소극적으로 변했고, 무기력해진 남편의 말수도 줄어들었다. 나는 아이들에게 그늘이 생길까 봐 걱정이었고 행여나 표현이 없는 남편이 극단적인 선택을 할까 봐 노심초사였다. 그 흔한 바가지조차 긁을 수 없을 만큼 집안 분위기는 무겁게 가라앉았다.

그러던 중에도 재능기부는 멈추지 않았다. 내가 가난했기에 가난한 자를 돌아보게 되었고, 내가 불우했기에 불우한 사람들의 마음을 읽을 수 있었다. 그렇듯 절망 속에서도 희망의 빛줄기는 존재했다. 나에게는 쉼 없이 일이 있었고, 천부적인 긍정 마인드가 가정을 지키고 아이들을 지키게 했다. 나약했던 내가 강해질 수 있었던 건 온전히 내 편인 가족들과, 힘들 때마다 기댈 수 있게 어깨를 내어준 언니 오빠들 덕분이었다. 누가 내게 이 세상에서 가장 감사한 일이 무엇이냐고 묻는다면 나는 주저하지 않고 부모님께서 언니 오빠를 낳아 주신 일이라고 대답하곤 한다. 긴 터널을 지나 돌아보니 힘들었던 수많은 날이 마음의 근육이 되어주었다. 회복 탄력성은 절대 돈으로 환산할 수 없는 것인데, 살아가면서 키워진 공감 능력은 무대 위에서 관객의 소리를 들을 수 있는 밑거름이 되어주었고, 가난은 빛나는 무대 위에서도 겸손함을 잃지 않을 이유가 되어주었다. 나는 울고 있는 사람에게는 함께 우는 복화술사, 웃고 있는 사람들에게는 더 큰 웃음을 주는 가슴 따뜻한 복화술사가 되어있었다.

소리예술 복화술사의 장점과 단점

복화술사의 최고의 장점이자 단점은 Blue ocean(블루 오션)이다. 어떻게 장점이 단점이기도 할까? 복화술사는 현재 잘 알려지지 않은 직업군이다. 그 때문에 경쟁이 치열하지 않아 상대적으로 유망한 직업이다. 반면, 그런 이유로 열심히 홍보해야 하는 단점도 있다. 복화술 공연을 한 번이라도 본 사람은 그 매력 속으로 퐁당 빠지지만, 한 번도 보지 않은 사람에게 복화술을 이해

시키기는 쉽지 않은 것이다. 현재는 복화술을 하나의 예술 분야로 인정하지 않고 개인기나 장기자랑 정도로 인식하고 있는 사람들이 대부분이다.

우리가 함께 할 수 있는 일이 많다는 것은 함께 해내야 하는 일이 많다는 의미이기도 하다. 모든 사람이 복화술을 예술의 한 분야로 인정하는 그날까지 복화술사들이 한마음으로 노력해야 하는 이유이다.

반면 복화술이 가진 장점은 수만 가지이다. 복화술은 파트너와 함께하는 독무대다. 여러 명이 함께하는 즐거움도 좋지만 바쁜 일정 속에서 타인과 연습 시간을 조율하는 것도, 호흡을 맞추기도 쉽지 않다. 복화술 공연은 특별한 장소나 시간에 구애받지 않고 인형과 함께라면 언제 어디서든 연습을 하고, 무대를 만들 수 있다. 때로는 인형이 없더라도 마임 형태의 공연을 할 수 있는 소리예술이다. 공연료는 오롯이 나 혼자의 몫이다. 가끔 또여사님이 재주는 자기가 부리는데 돈은 왜 혼자 가지느냐고 떼를 쓰기도 하지만 내 안의 나를 잘 달래기만 하면 별문제가 되지 않는다. 또여사님이 욕심내는 복화술 공연료는 40분 공연에 50~100만 원 정도이다.

복화술공연은 주어진 틀에 얽매여있지 않는다. 무대 위에서 춤을 추고, 노래를 부르고, 때로 졸기도 하고, 장난을 쳐도, 절대로 비난을 받지 않는다. 실수마저도 연출로 승화시킬 수 있는 매력적인 공연이다. 메시지만 잘 전달한다면 내가 가진 스토리로 관객을 들었다 놨다 웃겼다 울렸다 할 수 있다. 사람이 아닌 캐릭터의 해학은 사람을 무장해제 시키는 힘이 있기 때문이다. 따스한 햇볕이 나그네의 무거운 코트를 벗기듯, 살아 움직이는 캐릭터의 소리가 사람들의 마음속으로 잔잔하게 스며들면, 사람이 해낼 수 없는 일을 인형이 해낼 수 있는 것이다. 바로 복화술사를 통해서 말이다.

복화술은 유아부터 시니어까지 전 연령대를 아우를 수 있는 강력한 도구이다. 대상에 따라 원하는 주제를 정하고 주제에 따라 캐릭터를 선정해서 어린이들에게는 언어확장과 창의력을, 청소년들에게는 비전을, 성인들에게는 힘이 되는 말을, 어르신들께는 감사함을 웃음과 감동으로 전할 수 있다.

공연이라고 하면 무대가 있어야 하고 화려한 조명과 사운드를 필요로 하지만 복화술 공연은 이 시대에 걸맞게 온택트공연에도 최적화되어 있다. 등장인물이 인형과 나 둘뿐이고, 둘의 대화 속에서 온라인 관객들과 소통 할 수 있는 공연이다. 마스크도 필요 없다. 복화술 교육 또한 마찬가지이다. 사람과 캐릭터의 움직임을 한 화면에 다 볼 수 있기에 꼼꼼한 피드백이 가능하다. 온라인과 오프라인을 오갈 수 있는 최고의 강점을 가지고 있다.

복화술은 활용할 수 있는 분야가 무궁무진하다. 복화술을 꼭 공연에만 활용해야 하는 것은 아니다. 아이들과 놀 때도 수업할 때도, 어떤 교육이든 Spot으로 활용하면 인기 만점이다. 복화술로 노래를 부를 수도 있고, 인형과 함께 행사를 진행할 수도 있고, 정보를 전달할 수도 있다. 나와 같은 생각과 능력을 갖춘 또 하나의 사람과 함께 하기에 든든하기도 하다.

복화술공연은 맞춤식 공연이다. 공연을 의뢰한 사람과 협의하여 행사의 의미에 알맞게 얼마든지 연출도 가능하다. 나는 이제까지 행사, 교육, 각종 축제 등 수많은 공연을 했지만, 한 번도 똑같은 공연을 한 적이 없다. 함께하는 사람의 연령대가 다르고 분위기가 다르고 행사의 주제가 다르기 때문이다. 관객이 수동적으로 듣고 보는 공연이 아니라 관객이 직접 주인공이 되고 조연배우가 되어 참여하는 공연이다. 공연을 관람하러 왔다가 공연에 참여한 관객들은 즐거움과 함께 뿌듯함도 가진다.

복화술은 나를 치유하고 타인을 치유한다. 사람은 누구나 가슴에 파란 무덤 하나쯤 가지고 살고 있다. 나도 가끔 아무에게도 말하고 싶지 않고, 말할 수 없는 가슴 속 응어리들을 나의 파트너인 또여사님께 쏟아낼 때가 있다. 내 어깨에 기대어 눈을 지그시 감은 또여사는 누구보다 내 마음을 잘 안다는 듯 고개를 끄덕이며 가장 듣고 싶어 하는 말을 전해준다. 때로는 불같이 화를 내며 나를 대신해 한바탕 입바른 소리를 토해내기도 한다. 내 안에 있는 또 다른 나에게 위로받을 때 더는 혼자가 아니라는 생각이 든다. 나에게 있어서 하하와 또여사는 내 숨결과 같다. 이제까지 수많은 공연에서 사람들이 하하와 또여사를 만나 웃고 우는 것을 보았다. 반응이 없기로 유명한 대구 공무원들을 대상으로 한 공연에서는 공연이 끝난 후 머리가 희끗희끗한 신사분이 찾아와 교육을 수없이 들었지만 이렇게 집중이 잘 되는 공연은 처음이라며 '엄지 척'을 해주신 적도 있다. 교육과 더불어 힐링이었다는 말씀을 해주셨을 때 내 어깨의 뽕이 동산처럼 솟아올랐다. 이렇게 관객과 함께 서로 치유하고 치유 받는 것이 바로 복화술이라고 감히 말하고 싶다.

복화술은 마음만 있으면 누구나 쉽게 배울 수 있다. 교수는 박사학위가 필요하고 공무원은 고시에 합격해야 하지만 복화술사는 말을 할 수 있는 사람이라면 누구나 할 수 있다. 가끔 목소리가 좋지 않아서 복화술을 못 하겠다는 사람들도 있다. 그러나 복화술은 목소리가 예쁘지 않아도, 나와 다른 목소리를 한 가지 낼 수 있으면 누구라도 충분히 가능하다. 복화술 교육과정 중 내 캐릭터의 목소리를 찾는 시간이 있는데, 인형의 목소리를 함께 찾고 꾸준히 연습할 수 있으니 걱정 안 해도 된다.

다만, 복화술을 배운다고 단기간에 선수가 되는 것은 아니다. 모든 것이 그렇듯 내가 노력한 만큼, 내가 투자한 시간만큼이다. 그러나 지금 당장 시작할 수 있다는 장점은 행여나 이 글을 읽는 사람들에게 주는 '꿀 Tip'이다.

복화술사의 미래

복화술은 영어로 Ventriloquism, 복화술사는 Ventriloquist라고 한다. 복화술의 사전학적 의미는 입술을 움직이지 않고 말을 하는 기술, 예술적 표현으로는 '말소리를 던지는 예술'이다. 복화술사들은 복화술을 '소리를 던져 마음을 울리는 예술'이라고 정의한다. 여기서 소리를 던지는 복화술의 기본은 복식호흡이다. 복식호흡이 잘되어야 소리를 던질 수 있다. 다행히 복화술은 입술을 많이 움직이지 않아도 되는 한국어가 비교적 유리하다. 순음인 'ㅁ, ㅂ, ㅍ, ㅃ'을 제외한 자음들은 혀의 움직임만으로 정확한 발음을 할 수 있다. 복화술사의 생명은 혀(舌)이다. 사람의 몸속에서 가장 자유자재로 움직일 수 있는 근육은 혀(舌)이다. 혀를 잘 사용하는 것으로 입술의 움직임을 Control 할 수 있다. 주의할 점은 단순히 입술을 움직이지 않고 말을 하는 것은 기술일 뿐이다. 이 기술에 더해 복화술사의 능청스러운 연기, 인형과 대화하는듯한 자연스러움, 시선 처리, 표정 연기 등이 더해져야 복화술이 예술로 승화되는 것이다.

또한, 복화술의 Lip Control로는 Smile Position, Relax Position, Open Position이 있다. 복화술의 소리로는 Near Voice(가까운 소리) Distant Voice(멀리서 들리는 소리) 등이 있다. 또한 복화술 인형의 자연스러운 움직임은 '인형이 정말 살아있나?' 하는 환상을 불러일으킨다. 캐릭터의 섬세한 움직임은 대사보다 더 큰 감동과 의미를 전해주는데, 캐릭터의 입만 움직인다면 환상을 불러일으킬 수 없다. 입과 함께 몸도 자연스럽게 함께 움직여야 캐릭터의 생각이나 감정, 성격 등을 표현하기 쉽다.

무슨 일에든 과거를 알면 현재와 미래가 보이는 것은 분명한 사실이다. 사실 복화술은 고대부터 존재해왔다. 이집트와 히브리의 고대 유물에서도 복화술을 사용한 흔적을 발견할 수 있다고 전해진다. 최초의 전문 복화술사는 프랑스 왕의 궁 안에서 루이 브라방이라고 전해져 오고 있다. 그 뒤 계속해서 전해져오다 18세기에 이르러서 인도와 중국에도 잘 알려졌고, 유럽과 미국에서는 대중오락 형태로 자리를 잡았다. 이렇듯 고대부터 이어져 온 전통과 역사가 깊은 복화술은 오직 사람만이 할 수 있는 직업이다. 기술이 아무리 발달한다고 해도 인공지능이 대체할 수 없는 분야이기에 자부심을 가져도 좋다는 뜻이다. 가장 유명한 복화술사로는 미국의 Edgar Bergen(에드거 버겐)이 있고, Jae Woo Ann(안재우), Jeff Dunham(제프 던햄), Terry Fator(테리 페이터), Darci Lynne(달시 린) 등의 현역 복화술사들이 그 뒤를 잇고 있다.

행사하러 다니다 보면 "어떤 공연을 하시나요?"라는 질문을 받을 때가 있다. "네, 저는 복화술 공연을 하는 사람입니다."라고 답하면, "어머? 독특한 일을 하네요." 또는 "복화술이 뭔가요?"라고 반문한다. 복화술을 하는 사람이 많지 않고, 복화술이 무엇인지 모르는 사람이 많다는 것이다. 하지만 아직 자리를 잡지 않았을 뿐 언젠가는 복화술이 주목받는 날이 올 것이라 확신한다. 프랑스 미국 등의 공연 선진국에는 복화술 공연이 확연하게 자리를 굳혔다. 한두 사람의 관객들과 함께하는 공연부터 수천 명 관객의 폭소를 터트리는 공연, 온택트 공연까지 규모와 장소를 가리지 않는 자유로운 공연이기 때문이다. 온라인에서 직접 시청자들과 교류하는 1인 방송시대에 복화술은 더 매력적인 콘텐츠이다. 장시간 혼자 진행을 하다 보면 지루하거나 단조로울 수 있다. 이때 인형과 함께 진행하며 정보를 전달하기도 쉽고 재미도 있어 생동감이 넘치는 방송을 만들 수 있다. 이러한 복화술의 매력을 알리기 위해 수강생들에게 나는 매시간 마음을 다해 교육한다. 그들이 나의 비전 파트너로 잘 성장해주길 간절히 바라고 기대하면서 말이다.

복화술사를 꿈꾸는 그대에게

핑퐁 핑퐁 핑퐁 복화술 소리를 던져 마음 울리자

핑퐁 핑퐁 핑퐁 복화술 해맑은 소리 온 누리에

하하하 호호호 웃음꽃을 피우자 (소리야 누리야)

하하하 호호호 배꼽 소풍 떠나자

(하하야 (네네 선생님) 친구들과 배꼽 소풍 let's go)

나의 branding을 '핑퐁복화술 소리누리'라 이름 지어 1인 기업으로서 사업자를 등록했다. 핑퐁복화술을 홍보하기 위해 할 수 있는 일이 무엇일까 고민하며 '핑퐁복화술'이라는 노래 가사를 직접 썼고 어린이 글 노래 작곡가이신 이종일 선생님께서 작곡해 주셨다. 노래는 가수 최병윤 님과 듀엣으로 불렀다. 오랫동안 꿈꿔왔던 일을 이룬 셈이다.

복화술사를 꿈꾸는 그대여! '노력하는 자는 즐기는 자를 이길 수 없다.'라고 하지만 '노력은 절대로 거짓말하지 않는다'라고 받아쳐 주고 싶다. 노력해서 꿈을 이룬 후에 충분히 즐기면 된다. 복화술은 친구와 대화 하듯이 대중들에게 강의하듯 하면 된다. 환한 미소와 함께 두 눈을 반짝이며 나를 향해 박수를 보내는 사람들을 떠올려 보라. 무대 위에서 빛나는 나의 모습을 꿈꿔 보라. 빼어난 미모가 아니더라도, 타고난 가창력이 없어도, 사람을 배꼽 잡게 하는 유머 감각이 부족해도, 꿈을 가지고 노력한다면 그대들은 누구보다 빛나는 주인공이 될 수 있다. 아이돌의 꿈, 배우의 꿈, 스타강사의 꿈을 한 번이라도 가졌던 적이 있다면 과감하게 복화술사에 도전해보라고 권하고 싶다. 복화술사는 가수이고 배우이고 강사이다. 어떤 복화술사가 될지는 그대들의 선택과 노력에 달려있다. 그 길에 핑퐁복화술사 이송비가 미흡하나마 도움이 되고 싶다. 신이 나에게 재능을 주셨고 그 재능은 나만을 위해 주신 건 아니라는 생각이 든다. 그 재능을 나눔으로 더 풍성해지기를 원하신다. 세계적인 복화술사. 그 가슴

뛰는 일을 그대들과 손잡고 걸어가려 한다. 거기 누구 없소? 내 손을 잡아주오.

나는 비전과 사명감을 전도하는 직업상담사다

권한나

나만의 뾰족함은 무엇일까? 내가 진짜 원하는 일은 무엇일까? 나 역시 10년 이상을 저 질문을 마음속에 품고 인생 직업을 찾기위해 허비하고 돌고 돌아 결국 지금 나의 자리에 있다. 재밌는 이야기는 나는 여전히 실패하고 있다는 것이다. 그리고 이 실패를 계단 삼아 나에게 더욱 잘 맞는 옷을 입기 위해 한 계단 더 올라갈 예정이다.

단순히 취업에 대해 고민하고 있는가? 좀 더 번듯해 보이는 회사를 위해 고민하고 있는가? 그렇다면 이 책을 꼭 보길 바란다. 나의 실패 사례가 여러분들의 인생 직업 찾기에 있어 유턴 없이 조금 더 빠르게 전진할 수 있기를 바란다.

_ 권한나

- 부산 지자체 공무직 직업상담사
- ㈜수토피아HR컨설팅 협력교수
- 한국생산성본부 취업컨설턴드
- 산업교육 전문강사
- NCS활용취업지도관1급
- 공기업채용분석관
- THE가치로운진로교육연구소 대표
- 한국이혼상담협회 이혼상담사
- 『2016년 경력단절여성 취업지원 성과보고대회』 여성가족부장관 우수상
- 『2020년 경력단절여성 취업지원 성과보고대회』 여성가족부장관 최우수상

toktokspeech@naver.com
https://blog.naver.com/toktokspeech
010-4474-1554

나는 비전과 사명감을 전도하는 직업상담사다

직업상담사는 내 운명

남편은 플랜트 사업 관련 밸브 전문가로 일을 하고 있었다. 평소 가고 싶던 회사에 결혼 직전에 스카웃이 되어 이직을 하게 되었는데 단순히 회사의 네임밸류만 믿고 이직을 실행한 남편에게 큰 위기가 닥쳐왔다. 해외 영업직으로 배치를 받게 되었는데 술을 입에도 대지 못하던 남편에게 억지로 권유하는 술자리가 일주일에 세 번 이상은 마련되었고 그 자리를 이끌어가야만 했다. 나 역시 첫째를 임신하고 입덧으로 고생하던 시기라 남편의 도움이 한창 필요했던 그 시기에 울며 겨자 먹기로 회사를 다니고 퇴사를 고민하며 가장으로서 이러지도 저러지도 못하는 남편에게 용기 내어 제안했다.

"여보, 전 괜찮아요. 당신이 원하는 대로 하세요."

아직 우리는 젊었다. 이직이나 사직을 할 때에는 대책을 준비한 이후에 실행해야 했지만 지금 아니면 결심하기가 쉽지 않을 것 같았다.

서울의 1호선 지옥철을 경험하며 콩나물시루 안의 삶처럼 출퇴근을 반복하던 남편은 부산의 슬로우 라이프를 동경했다. 마음먹으면 언제든 바다를 볼 수 있고, 느리게 흘러가는 듯 보이는 나의 고향인 부산을 참 좋아했다. 그렇게 남편은 나에게 부산으로 이사 가서 다시 시작할 것을 제안했고, 부산 경남권에 있는 본인이 목표하는 기업을 위해 우리는 모든 것을 정리하고 부산으로 내려왔다.

큰 꿈을 갖고 모든 것을 정리했던 그 시기에 위기가 닥쳐왔다. 바로 남편의 산업군인 플랜트의 경기는 폭삭 주저앉았고, 유가 폭락과 금융시장의 위기 등 우리에게는 악조건들만 가득했다. 공채는 줄지어 취소되었고, 그 와중에 첫째 아이를 출산했다. 어려운 일은 항상 한꺼번에 오더라.

사면초가의 상황이었다. 하지만 피하지 못할 땐 즐겨야 하듯, 업무적으로 필수적이었던 영어 능력 때문에 어려움을 갖고 있던 남편에게 또 한 번 제안했다. 평생 일해야 한다면 남편에게 쉴 수 있게 허락된 시기는 지금 뿐이다. 1년의 시간을 줄테니 이 시기에 무조건 영어를 마스터 해서 앞으로 평생 일하는 데 어려움이 없도록 하라고 말이다. 우리에게는 정말 큰돈이었지만 남편의 미래에 투자했다. 남편은 1년에 천만 원 과정인 ELS 영어학원 코스를 등록했고, 우리는 친정과 합가하게 되었다.

첫째를 출산했지만 나까지 집에서 아이를 키우며 쉴 수 없었다. 친정 부모님은 2보 전진을 위한 1보 후퇴의 시기이니 남편에게는 아무런 눈치 보지 말고 마음껏 공부하고, 나에게는 남편의 뒷바라지를 하라고 하셨다. 어떤 마음이셨을까. 그렇게 나는 채용사이트를 뒤적거리며 구직을 하기 시작했다.

결혼 전의 나는 일자리 찾기에 있어서 어려움을 많이 느껴본 적은 없었다. 아마 젊음이라는 강력한 무기가 있어서 그랬지 않나 싶다. 미혼 때의 구직활동만 생각하며 자신 있고 패기 있게 이력서를 제출하기를 수십 번, 단 한 군데에서도 나에게 회신은 오지 않았다. 내가 생각한 것과 너무 다른 결말이었다. 모든 것이 내 생각처럼 되지 않는다는 것은 이미 경험해서 알고 있지만 위기감이 닥쳐왔다. 출산한 지 얼마 되지 않은 경력단절 여성을 이 어려운 시기에 써줄 리 만무했다. 그래도 이건 아닌데? 고민하고 또 고민하다 마음이 조급해져 왔다. 어떻게 살아야 할까? 무엇을 해야 할까? 정말 절박했다. 인생을 터널이라 비유한다면 끝이 보이지 않는 터널 속에 갇혀있는 느낌 같았다.

그때, 나는 깨달았다. 나 같은 마음을 갖고 있는 사람들이 많겠구나. 본의 아니게 어려운 상황에 처하게 되어 경제활동을 해야만 할 때, 이런 큰 벽을 만나는 사람들이 많겠다는 것을 깊이 느끼게 되었다. 나와 같은 고비를 겪는 사람들을 돕고 싶었다. 그렇게 나는 고용센터의 문을 두드리게 되었다.

고용센터를 방문하고 안내를 받은 후 나이가 지긋하신 상담사님이 나를 맞아주셨다. 상담사님을 통해 나의 직업의 흥미는 어디에 있는지, 또 나의 적성에 맞는 직업군에 대해 이야기를 나누면서 상담사님은 나에게 진심을 다했고 따뜻하게 상담을 해주셨다. 나를 상담해주셨던 상담사님을 통해서 직업상담사라는 직업에 대해 한 발자국 더 가까이 다가가게 되었고, 나에 대한 관점을 다시금 돌이켜보고 나 스스로에 대한 질문이 시작되었다. 나는 무엇을 좋아하는가? 나는 무엇을 잘할 수 있는가? 내가 세상을 향해 가진 관점은 무엇인가? 나는 어떤 자리에서 어떤 영향력을 끼칠 수 있는가?였다.

고민에 빠져있을 무렵 친한 친구에게서 전화가 왔다. 나의 모든 상황을 잘 알고 있던 친구였다. 부산노동지청에서 근무를 하면서 함께 근무하는 분들을 보니 나에게 꼭 맞는 직업이 있다는 것이었다. 놀랍게도 그 직업은 직업상담사였고 나는 이 직업을 위해 공부하기 시작했다.

나에게 맞는 직업을 찾는 일이란 쉽지 않다. 관점의 전환이 필요하다. 관점의 기준이 남이 되어서는 안 되는 것이다. 남에게 말하기 좋은 직업, 번듯한 직업, 월급을 많이 주는 직업. 이런 것들이 기준이 되어서는 안 된다. 결국 남의 인생을 사는 것과 마찬가지다. 직업탐색의 시작은 오롯이 나로부터 시작되는 것이다. 나는 무엇을 하고 싶은가? 그리고 어떤 종류의 일들이 특별히 쉽게 느껴지는가? 그리고 어떤 재능을 타고났다고 느끼는가? 개발한 적은 없지만 개발해보고 싶었던 재능이 있는가? 대부분의 시간을 보내는 일에서 자신이나 다른 사람들을 위한 진정한 목적의식을 느끼는가? 이런 질문에서부터 시작이 되어야 한다는 것이다.

그렇게 나는 운명처럼 직업상담사라는 직업을 시작하게 되었다. 나에게 직업상담사라는 자리는 매우 특별했다. 특별히 경력단절 여성으로써 느꼈던 취업의 어려움을 위해 일해보고 싶었다. 누구보다 구직자들의 마음을 잘 헤아릴 수 있을 것 같아서였다. 단순히 직업을 알선하고 채용만 해드리는 과정에 집중한 것이 아니라 구직자들의 적성과 그들만의 뾰족한 부분을 찾기 위해 함께 노력해야 하는 것이 나에겐 사명감이었다. 그렇게 나는 부산의 한 지자체에 속해 경력단절 여성들을 위한 기관에서 나와 인연이 된 구직자들이 가진 적성과 성향에 맞는 일을 찾아드리기 위해 일할 수 있게 되었다.

직업상담사가 되는 방법

직업상담사가 되기 위해서는 4년제 대학 이상을 졸업하고, 한국산업인력공단이 시행하는 직업상담사 자격증을 취득하는 것이

유리하다. 외국기업을 주요 고객으로 하는 고급인력 알선업체에는 석사학위 이상의 근무자도 많으며, 외국어 능력을 요구한다. 특히 헤드헌터 중 컨설턴트는 대개 해당 분야의 관련 경력이 있어야 업무수행이 가능하다.

■ 관련 학과: 심리학과, 상담학과, 교육학과, 사회학과, 직업학과, 교육학과, 아동·청소년복지학과, 특수교육학과 등

■ 관련 자격: 직업상담사 1급, 2급(한국산업인력공단)

직업상담사 자격증을 취득하기 위해서는 1차로 필기시험에 합격해야 하며 합격자에 한해 2차 실기시험을 칠 수 있는 자격이 주어진다. 직업상담사 시험은 총 5과목이며 직업상담학, 직업심리학, 직업정보론, 노동시장론, 노동관계법규의 과목으로 이루어져 있다. 1차 필기시험은 4지선다로 되어있으며 2차 시험은 주관식으로 주어진 문제에 대해 서술형으로 적어내는 형식이다.

직업상담사들은 직업을 알선하여 채용으로 연결하는 것이 주 업무로 상담자의 적성이나 흥미 등을 잘 파악하여 맞는 직업을 찾아줄 수 있어야 한다. 상담이 기본이 되기 때문에 타인의 이야기를 잘 듣고 공감할 수 있어야 하며, 각종 진로지도 프로그램을 운영하기 때문에 타인과의 소통이 원활하고 적극적인 사람에게 조금 더 적합하다.

독학으로 공부하는 스타일이 본인에게 맞지 않다면 고용노동부에서 진행하는 내일배움카드를 통해서 국비로도 직업상담사 과정 학원등록이 가능하다. 학원을 다닐 시간적 여유가 있다면 국비로 학원을 다니며 공부하는 것도 추천하고 싶다. 그리고 직업상담사의 업무 중 행정업무가 차지하는 비율이 높기 때문에 컴퓨터활용능력을 함께 공부하면 취업하는 데 있어 큰 메리트가 될 수 있다. 필자가 속한 공공기관에서도 서류점수의 우대사항에 컴퓨터활용능력 2급이 포함되어 있으니 참고하면 좋을 것 같다.

직업상담사들의 입직 경로

직업상담원은 고용노동부, 지방자치단체, 대학, 기타 여성·청소년·군인·고령자 유관 기관 등에서 근무할 수 있다. 고용노동부 고용(복지플러스)센터, 시군구청 취업정보센터, 공공 직업 훈련기관, 국방취업지원센터 등의 공공 직업안정기관과 각 지자체가 운영하는 취업지원센터, 여성·청소년·노인 관련 단체, 대학교의 취업정보실 등에서 직업상담원을 공개채용 방식으로 채용하고 있다. 고용노동부 고용지원센터의 직업상담사는 9급에서부터 시작하여 근속연수 및 내부 평가 등을 통해 승진이 이뤄진다. 취업알선원은 주로 유료직업소개소, 고급인력 알선업체(헤드헌팅업체), 인력파견업체 등에서 활동한다. 헤드헌터 업체에 입사한 경우 리서처로 입사하여 5~8년 정도가 지나면 컨설턴트로 승진할 수 있고 일정 경력을 쌓은 후 헤드헌팅업체를 설립할 수도 있다.

기존의 직업상담사 및 취업알선원의 업무가 일자리를 소개하는 수준에 그쳤다면 최근에는 이미지 컨설팅, 경력관리, 이력서 작성 및 면접 관리 등 취업에 필요한 거의 모든 내용을 조언하고 설계하는 업무로 활동 영역이 확장되며 역할이 전문화되고 있다. 공공부문에서는 청년, 경력단절 여성, 고령자, 은퇴자 등으로 나누어 서비스를 제공하고 있고, 민간시장에서는 임원 등 고급은퇴 인력, 기술 전문 인력 등 분야 및 인력 특성에 따라 사업을 세분하여 전문화하는 추세이다. 특히 평생직장의 개념이 사라지면서 은퇴인력 외에도 이·전직을 원하는 중간관리자, 기술전문인력 등의 수요가 증가하고 있어 민간시장에서 일자리 창출이 더욱 증가할 것으로 보인다.

직업상담사 자격증에 최종합격된 사람들은 계속 입사 지원을 할 테지만 직업상담사 자격증 취득자들만 경쟁하는 것이 아니다. 직업상담사 분야는 특성상 다른 분야에 비해 신입을 정말 잘 뽑지 않는 편이고 경력자도 대다수 계약직이라 신입들은 경력자들과도 경쟁해야 한다는 단점이 있다.

필자는 부산의 한 지자체에서 공무직으로 경력단절 여성들을 위한 센터에서 근무하고 있다. 내가 근무하는 동안 나와 같은 일을 하고자 하는 많은 내담자들을 만났다. 직업상담사에 대한 직업적인 목표가 뚜렷하신 분들에게는 내가 알고 있는 모든 정보를 알려드리며 준비과정을 도왔다. 하지만 직업상담사의 자격증이 있다 하더라도 실무경력이 최소 2년 이상은 되어야만 지원자격이 되는 공고들이 대부분이다. 어렵게 자격증을 취득했지만 현실적인 벽 앞에서 시도조차 하지 못하는 지원자들에게 나의 경험을 공유하고자 한다.

자격증을 취득한 이후, 누구보다 간절했다. 가장의 학업으로 인한 경제활동 부재와 함께 출산해서 아기까지 있는 상황이라 직업을 찾는 일은 선택이 아니라 필수였다. 목표했던 경력단절여성들의 취업을 돕고 싶어 처음 지원했던 민간위탁업체인 여성새로일하기센터에서는 채용방식이 방문 또는 이메일 접수였다. 한가로이 이메일로 서류를 제출하고 가만히 기다릴 수만은 없었다. 제시되어있는 서류를 다 준비한 이후, 면접 때의 복장과 동일하게 차려입고 업체를 직접 방문했다. 센터장님께 직접 서류를 접수한 이후 몇 가지 준비한 질문을 하기 위해 센터장님께 잠시 시간을 내어달라 부탁을 드렸다. 다행히도 센터장님은 시간을 내어주셨고, 내가 준비한 질문들을 할 수 있었다. 우선 경력사항에 관한 것이었다. 센터장님은 경력자가 아니면 이 일을 할 수가 없다고 하셨지만 내가 왜 이 센터에 지원하게 되었는지, 그리고 내가 처한 현재의 상황에 대해서도 짧게 이야기 드릴 수 있었고 정해진 연봉에 대해서도 수습급여 수준으로만 받겠다고 했다. 다행히도 센터장님은 나의 상황에 대해 깊이 공감하셨고 패기에 놀랍다고 하셨다. 그렇게 나는 최종합격을 이루어냈고 그렇게 경력자들만 지원이 가능했던 자리에서 신입으로 경력을 쌓기 시작할 수 있었다.

물론 나의 경험이 직업상담사의 처음 입직을 위한 모든 이들에게 정답이 될 수만은 없을 것이다. 경우에 따라 다르겠지만 자신만의 굳은 의지를 갖고 실행한다면 각자에게 허락된 조그만 틈을 비집고 취업 성공이라는 문턱에 다다를 수 있을 거라 확신한다.

어디까지 알고 있나요? 실무자가 느낀 직업상담사의 매력과 단점!

직업상담사의 업무를 하다 보면 얼마나 다양한 역량이 필요하고 공부를 끝도 없이 해야 하는지, 그리고 얼마나 전문성이 필요한지에 대해서 시간이 흐를수록 더욱 느끼게 된다.

내담자들마다 성향이 다 다르고 그분들의 희망하는 직무를 어떻게 파악할지에 대한 직무 분석과 성향을 파악하는 성격분석 방법들에 대해서도 계속 연구해야 한다. 물론 진단지로 사람을 평가하기에는 부족하지만 참고는 해야 하기 때문이다. 지금 살고있는 지역과 연계된 기관 또는 취업을 지원해주는 프로그램 등 전반적인 분야에 대한 지식이 필요하다. 그래서 채용과 취업에 관련된 최신 트렌드에 민감할 수 밖에 없어 끊임없는 정보탐색이 필요한 일이라 성향에 따라 이런 부분이 장점이 될 수도 있고, 단점이 될 수도 있다. 나에게는 이 장점이자 단점일 수도 있는 부분이 감사하게도 장점으로 맞아떨어졌다. 센터 내에서 구직자들을 위한 집단상담을 통해 강의하는 스킬과 진로 및 취업에 대한 컨텐츠들을 조금씩 발전시켜왔고 현재는 기업 교육 강사로써 발을 내딛을 수 있게 되었다.

경력단절 여성들만 대상으로 했던 강의에서 현재는 고등학교 및 대학교, 신규임용공무원, 기업 등에서 강의를 할 수 있게 되어 나의 강의 스펙트럼이 점차 넓어지게 되었고 이런 경험들을 통해 나는 관점이 달라지기 시작했다. 이 부분은 마지막 단락에서 더 자세하게 이야기 하겠다.

그리고 직업상담사들이 직장인으로서 받을 수 있는 급여가 제한적이라 자기 계발이 끊임없이 필요한 직무에 비해 급여가 다소 작게 느껴질 수 있다. 대학 일자리센터나 공공기관에서 계약직으로 일하는 취업알선원들의 평균 초임이 3,000을 넘지 못하고 대부분 해마다 계약을 갱신해야 하는 부담 때문에 내담자들의 일자리를 컨설팅해주는 입장이지만 본인의 일자리가 안정적이지 못하다는 아이러니함도 안고 가는 어려움 중의 하나이다.

필자는 지자체 소속으로 공무직이라는 직급으로 일을 하고 있어 직업상담사 중에서도 안정적인 일자리 중 하나이다. 해마다 직급호봉은 꾸준히 올라가고 연봉인상률은 평균 2.5~2.8% 정도이며 기본급 외 수당(가족수당, 성과상여금, 연가보상비, 정액 급식비, 명절휴가비 등)이 추가되어 2020년 기준으로 연봉이 약 4,000만 원 정도이다. 누군가에게는 작을 수도 있고 만족할 만한 수준일 수도 있다.

그리고 직업상담사 및 취업알선원의 성별은 여성의 비율이 압도적으로 높은 편이라 근무환경에 있어 여성끼리의 업무의 환경이 대부분이다. 이런 상황이 불편한 이들에게는 근무 환경이 힘겹게 느껴질 수도 있다. 어디를 가도 사회생활이 쉽지 않은 부분이 있겠지만 후배 상담원들의 직업적인 고충을 상담하다 보면 업무에 대한 어려움도 많지만 사람으로 인한 스트레스도 많은 부분을 차지하는 것을 느낄 수 있다.

그리고 공공기관이나 대학 일자리도 마찬가지로 실적 위주로 흘러가는 관리시스템으로 인해 실질적인 구직자와의 상담의 내실에 마음껏 집중하지 못하고 취업 인원, 알선 횟수 등 숫자로만 카운팅 되는 실적이 결과치가 되므로 숫자적인 스트레스에 마주할 수도 있다. 이 부분은 제도적인 개선이 필요한 문제로 개인의 역량과는 무관하다는 것을 말해주고 싶다.

내가 속한 기관에서는 다양한 사후관리 사업을 내가 직접 기획할 수 있다는 것이 흥미로웠다. 내가 직접 관리하는 기업체에 대한 사후관리 프로그램과 취업자들에 대한 사후관리 등을 위해 기업체가 필요한 것은 무엇인지, 또 취업자들에게 실질적으로 필요한 사업은 어떤 것이 있는지에 대해 깊이 고민하고 직접 기획하며 예산을 짜고 프로그램을 만드는 일이 본인의 적성에 맞다면 재밌는 일이 될 것이다.

직업상담사가 되고 싶은 후배들에게

직업상담사라는 직업의 이름 덕분에 주어진 내 자리에 앉아서 찾아오는 내담자들을 상담하는 일만 할 것이라고 짐작하는 사람들이 많은데 사실 앉아서 상담하는 시간보다는 프로그램을 기획하고 모집하기, 구인업체 발굴하기, 구직자들 대상으로 강의하기, 구직자들을 현장에서 만나서 직접 상담하는 일 등 다양한 분야에서 능동적으로 일하는 일에 더욱 초점이 맞추어져 있다.

구직자들을 위한 정신적, 육체적 소모가 큰 직업이다. 그래서 어쩌면 더 매력적인 직업이기도 하다. 구직자들이 갖고 있는 뾰족한 한가지의 재능을 발견하는 것도 중요하지만 채용까지 이어지게 하려면 구인 업체와의 돈독한 관계도 더욱 중요하다. 채용 일정은 어떻게 되는지, 채용조건은 어떻게 되는지 등 기업체에 대한 정보와 분석을 누구보다 더욱 자세하고 긴밀하게 알아본다. 누군가의 직업을 설정한다는 것에는 책임이 따른다. 내가 직접 가보지 않은 길에 대해 더욱 책임감 있게 알아보아야 하고, 현장에서 근무하는 사람들의 목소리에 귀를 기울인다. 그래야 구직자에게는 성공적인 취업 사례가 가능하다.

당신은 왜 직업상담사가 되려고 하는가? 당신의 직업적인 why에 귀를 기울여보라. 단순히 안정적이고, 비전 있고 유망한 직종이라 이 직업을 시작하게 되었는가? 그런 마음이라면 이 직업이 아니더라도 다른 직업에서도 실패할 수 밖에 없다. 왜냐하면 필자가 그러했기 때문이다.

어쩌면 나는 지금도 실패하고 있는지도 모른다. 직업적인 비전과 사명감도 내 직업의 선택에 아주 중요한 역할을 했지만 한편으로는 안정적이고 정년이 보장된 좀 더 편안한 일자리를 위해서 현재 일하고 있는 자리에 지원했다. 하지만 매우 보수적이고 수직적인 조직문화를 가지고 있는 나의 현재 일자리가 조금은 불편한 옷처럼 느껴지는 것도 사실이다.

그래서 나는 다시금 고민하며 나의 블로그를 통해 글을 적기 시작했다. 진짜 내가 원하는 것이 무엇인지, 내가 즐거운 일이 무엇인지에 대해서 말이다. 그러면서도 나의 본업인 취업 진로상담의 끈을 놓지 않았다. 약 2,000명 정도의 이웃을 보유하고 있는 내 블로그를 통해 프로젝트를 런칭하며 육군사관 대학교 졸업 이후 삼성전자 출신에다 미국에서 살고 있는 프로젝트 참여자와 zoom으로 진로상담을 하기도 하고, 대구에 사는 남자 간호사의 구직자에게 더욱 합당한 직업군과 직무에 대해서 함께 고민하며 온라인으로 취업 상담을 해주기도 했다.

프로젝트가 끝난 이후에도 스탭으로 있는 인터넷카페에서 취업 진로상담 문의가 들어오면 zoom을 통해 계속해서 취업에 관련해 상담을 해주기도 했다. 즐거웠다. 실적에 관계없이 온전히 상담에만 집중할 수 있는 그 시간들이 행복했다. 그렇게 나는 데일리 리포트를 작성하기 시작했고, 내 하루 중 HP(High Performance)가 나는 시간대가 언제인지를 꾸준히 적으며 확인하기 시작했다. 그렇게 나는 나만의 성과가 나는 시간이 직장에 매여있는 물리적인 시간보다는 퇴근 이후 나만의 개별상담 시간과 강의하는 시간이라는 것을 깨닫는 데 불과 몇 개월 걸리지 않았다. 그렇게 나는 오랜 고민 끝에 휴직을 결정했고 네이버 스마트스토어와 강의를 함께 병행하며 나만의 또 다른 길을 위해 지금도 도전하고 있는 중이다.

나는 직업을 찾는 이들에게 꼭 질문하는 것이 세 가지가 있다. 첫 번째로 고민해야 할 것은 당신은 직업적인 비전을 어떻게 설정하였는가? 비전이라는 단어가 너무 멀게만 느껴진다면 조금 다르게 이야기해보자. 우리는 각자마다 서 있는 자리에서 원하던 원치 않던 가까운 이들에게 영향력을 행사하며 살아가고 있다. 나는 이 직업을 통해 내 인생에서 그들에게 어떤 선한 영향력을 행사하며 살아가고 싶은가? 그리도 두 번째로 고민해야 할 것은 당신의 직업적인 사명감은 어떻게 설정하였는가? 사명감이라는 단어를 직업과 연결해 보았을 때 생각나는 직업들은 다른 사람의 생명을 구하기 위해 불길도 마다 않고 뛰어드는 소방관, 코로나19로 인해 더운 날씨에도 불구하고 방역복을 입은 의사와 간호사, 내 아이들도 케어하기 버거울 때가 많은데 그 많은 아이들을 사랑과 관심으로 돌보아주는 어린이집, 유치원 선생님들 등의 직업이 생각이 난다. 사명감이란 단어를 한자어로 뜻을 풀어보면 하여금 사, 목숨 명, 느낄 감이다. 주어진 임무를 책임있게 수행하려는 마음가짐이라는 뜻이다. 나는 나의 직업을 통해 어떤 사명감을 느끼고 싶은가?

나는 이 직업을 통해 나와 같은 어려움을 가진 사람들에게 희망을 찾아드리고 싶었다. 거창하게 들리겠지만 어려운 마음을 갖고 날 찾아오신 분들이 있다면 돌아가시는 발걸음에는 희망이 가득하도록 도움을 드리는 것이 나의 비전이자 사명이었다. 물론 지칠 때도 있었지만 그럴 때마다 나의 직업적인 비전과 사명을 다시금 되새겼다. 구직자들의 어려움에 진심을 다해 참여하고 도움을 드렸던 것뿐인데 사례가 달라졌고 그렇게 나는 2016년 여성가족부 장관상 우수상으로 전국 2등, 2020년에는 여성가족부 장관상 최우수상인 전국 1등으로 수상할 수 있는 영광을 누릴 수 있었다. 혹자는 나에게 물었다. 어떻게 그렇게 큰 상을 두 번이나 탈 수 있었냐고 말이다. 나의 대답은 언제나 동일하다. 나의 직업적인 비전과 사명감은 어제도, 오늘도 변함이 없다고 말이다.

그리고 마지막 세 번째, 당신의 직업적인 비전과 사명감이 설정이 되었는가? 그렇다면 마지막으로 설정해야 할 것을 기억하라. 그것이 바로 나의 '역할'이다. 이것이 나의 직업인 것이다. 자녀였을 때, 또는 자녀에게 "너는 커서 뭐가 되고 싶니?"라는 질문을 많이 듣기도 하고, 직접 하기도 했을 것이다. 이런 질문은 개인에게는 비전과 사명감의 정립 없이는 해서는 안 될 질문이며 가장 마지막 해야 할 질문이기도 하다. 결국 나의 인생 직업 찾기에 있어서는 원점으로 돌아오기 때문이다. 당신은 어떤 직업상담사가 되고 싶은가?

> '자신이 원하는 것을 명확하게 알면, 세상도 명확하게 응답한다.'
>
> – 존 맥스웰, 사람은 무엇으로 성장하는가 중

에필로그

공동저서 종이책을 기획했습니다. 공지와 모집, 원고 작성 시작, 수정 작업 등의 일이 기분 좋은 추억으로 기억됩니다. 함께 작업에 참여한 많은 분의 정성과 에너지 그리고 생각과 경험이 들어갔습니다. 평소 글을 많이 안 써보신 작가님들은 글을 쓴다는 것의 어려움을 토로하셨고, 때론 자신의 아픈 과거를 돌아보는 일이 힘들었을 것이란 것을 잘 압니다. 그런 마음을 잘 들어주고 보듬어 주는 것이 저의 역할이라는 생각이 들었습니다.

분명한 것은 작가님들 또한 글을 쓰면서 자기 자신과 자신의 일을 돌아보는 계기가 되었고 그를 통해 내 직업의 의미와 가치, 그리고 현주소와 미래를 그려보는 매우 소중한 작업이었다는 것이 우리 모두의 공통된 생각입니다.

모두가 바쁜 일상 속에서 짬을 내어 만든 작품입니다. 힘들기도 했지만, 매우 설레고 보람되었고 재미가 있었습니다. 함께 해주신 대표이자 작가님들께 무한한 감사를 전하며 모두의 빛나는 직업을 응원하고 늘 지지합니다.

우리의 책을 통해 세상이 아름다워지고 모두가 행복한 인생을 살았으면 합니다. 모두가 자신에게 잘 맞는 직업을 찾고 만나서 한 번 뿐인 귀한 인생을 후회 없이 살아가기를 바라는 마음으로 책을 마무리합니다.

언제나 당신이 가장 소중합니다.

1인기업협장 나연구소그룹 **우경하** 드림